CETTE TERRE EST TOUJOURS LA VÔTRE

DU MÊME AUTEUR

Aux éditions Robert Laffont

La grande muraille
Une fois sept
Mon père Edmond Michelet
Prix des Écrivains combattants 1972
Rocheflame
J'ai choisi la terre
Prix des Volcans 1975
Cette terre est toujours la vôtre
Des grives aux loups
Prix Eugène Le Roy 1979,
Prix des Libraires 1980
Les palombes ne passeront plus
L'Appel des engoulevents
Les Promesses du ciel et de la terre
Pour un arpent de terre
Le Grand Sillon
Quatre saisons en Limousin,
propos de table et recettes avec Bernadette Michelet
La Nuit de Calama
Histoires des paysans de France
La Terre des Vialhe
Les Défricheurs d'Éternité

Chez d'autres éditeurs

Le Secret des Incas
Bayard-Presse, coll. « Je bouquine »

Les Cent Plus Beaux Chants de la terre
Le Cherche Midi éditeur

Cette terre qui m'entoure
Christian de Bartillat/Robert Laffont

CLAUDE MICHELET

CETTE TERRE EST TOUJOURS LA VÔTRE

L'Ecole de Brive

ROBERT LAFFONT

ISBN 2-221-09509-X

à Pierre et Jacqueline Panen
Christian et Liliane Guichard
Jean-Marie et Bernadette Perrin
Robert et Christiane Veauvy
de la ville et des champs.

Vieille Terre, rongée par les âges, rabotée de pluie et de tempêtes, épuisée de végétation, mais prête, indéfiniment, à produire ce qu'il faut pour que se succèdent les vivants!

Charles de GAULLE

Sommaire

AVANT-PROPOS

La première édition de cet ouvrage fut proposée au public en 1977. Pourquoi un nouveau tirage ? Parce que tout, ou presque tout, ce que j'annonçais alors au sujet de notre agriculture s'est déroulé ou se déroule – hélas ! – comme prévu, que le monde rural est en train d'agoniser et qu'il faut donc le dire, à temps et à contretemps !

En 1977, je dénonçais les plans Mansholt et Vedel qui, sous couvert de rentabilité – en fait, déjà une capitulation totale devant la puissance américaine –, préconisaient le gel des terres ; on ne poussait pas alors l'hypocrisie jusqu'à parler de mise en jachère mais le résultat était le même.

Aujourd'hui, les jachères sont obligatoires et, pour les mettre tous les ans en place, on paie les céréaliers pour qu'ils n'emblavent plus leurs meilleures terres. Dans le même temps, et en application de diktats concoctés par quelques fonctionnaires européens dont l'incompétence n'a d'égale que la prétention, on inflige des amendes aux producteurs de lait qui ont l'outrecuidance d'être professionnellement trop compétents, donc de proposer à des instances incapables de le gérer, de le transformer, de l'écouler, un flot de lait qui sauverait des centaines de milliers d'enfants du tiers monde ! Car, ne l'oublions pas, alors que tout est mis en œuvre pour détruire une des plus belles et productives agricultures du monde, et cela au nom d'une Europe livrée pieds et poings liés aux États-Unis, des enfants meurent de faim à deux heures d'avion de chez nous ! Qui peut croire un instant que cette nouvelle forme de non-assistance à personne en danger restera sans conséquence? Un jour, ces peuples qui aujourd'hui meurent de sous-alimentation devant nos réserves et nos richesses nous demanderont des comptes... Que leur répondre alors?

Oui, à l'aube du XXIe siècle, un agriculteur français était capable, à lui seul, par son seul travail, grâce à ses compétences et à la technologie mise à son service, de nourrir plus de trente personnes. C'était sans doute beaucoup trop puisque, pour le remercier d'avoir trop bien travaillé et de faire de l'ombre à ses confrères d'outre-Atlantique, on le pénalisa à un point tel qu'il ne dut son « salut » qu'à la fuite et à l'exode!

Que répondre encore à ceux qui, un jour, voudront comprendre – et il est vraisemblable de croire que même nos petits-enfants auront cette curiosité –, lorsque la France ne sera plus qu'une vaste friche ou un Disneyland, voire, dans quelques coins du Limousin ou de la Lozère, une réserve d'indigènes en sabots qui, l'été venu, mimeront les gestes des ancêtres devant des touristes bardés de Nikon ou autres caméscopes! Que répondre? C'est très simple : nous avions à choisir entre notre indépendance alimentaire, notre autonomie et notre liberté de gérer, au mieux, ce fantastique potentiel qu'était l'agriculture française et la capitulation pure et simple devant la toute-puissante Amérique. Lâchement, et, disons-le, trahis par ceux-là mêmes qui auraient dû nous défendre, nous avons baissé les bras. Il est vrai que l'ennemi était dans la place, serinant à qui voulait l'entendre que notre agriculture, trop subventionnée, n'était pas rentable, et comme les imbéciles sont généralement ceux qui font le plus de bruit!...

Subventionnée, l'agriculture française? Certes, mais quand même deux fois moins que l'agriculture américaine! En fait, sachons-le, tous ceux qui, au nom de la rentabilité, s'insurgent contre toute forme de subvention ne le font que si ces aides profitent aux agriculteurs français. Car il va de soi qu'il s'agit avant tout de ne pas faire de peine à nos amis d'outre-Atlantique. Aussi, au train où vont les choses, et toujours pour leur complaire, on leur achètera, au prix fort, tout ce que nous serons bientôt incapables de produire et chaque consommateur français aura ainsi la satis-

faction de contribuer au bien-être et à l'existence de tous les braves farmers *du Middle West ! Je n'ai rien contre eux, tout au plus ai-je la faiblesse, subventions pour subventions, de préférer aider mes voisins des provinces françaises !*

Les aider, oui, et sans complexe ni état d'âme, car de leur survie dépend tout le devenir d'un pays qui a nom : France.

Un pays qui ne pourra vivre sans ces incomparables et irremplaçables jardiniers de l'espace que sont les agriculteurs, un pays où le mot paysage est, à lui seul, une douceur, un réconfort. Un pays capable d'aider à mieux se nourrir, donc à mieux vivre, une foultitude d'affamés, tous ceux que nos tartufes d'eurocrates se préparent à laisser sur le bord de la piste, discrètement si possible et loin des caméras... Un pays enfin qui mérite toute notre attention et tous nos soins si l'on veut que cette terre qui est la nôtre soit aussi celle de tous ceux qui, dans le monde, comptent sur elle. Puisse donc cette terre être aussi la leur.

N.B. *J'ai volontairement conservé les chiffres de 1977. Ils sont une terrible référence par rapport à ceux d'aujourd'hui. Eux aussi témoignent de la dégradation de notre agriculture : 1 300 000 agriculteurs en 1977, moins de 600 000 aujourd'hui. Parmi ceux-ci, menacés d'une proche extinction, tous les éleveurs frappés par la crise de la vache folle. Ils paient les aberrantes pratiques qu'on leur a imposées pour nourrir leurs vaches laitières ; mais je rappelle ici qu'ils n'étaient pas, eux, les fabricants des farines polluées qu'on leur a vendues.*

Enfin, récente attaque qui risque d'être fatale pour beaucoup, voici maintenant qu'une épizootie de fièvre aphteuse menace tous les cheptels.

Et comme il est prouvé que moins de 7 500 jeunes agriculteurs s'installent par an et que près de quatre-vingt-cinq exploitations disparaissent en France par jour, soit trois et demie à l'heure, six fermes sont mortes depuis que j'ai posé le premier mot de cet avant-propos...

On trouvera à la fin de cet ouvrage une cinquantaine de billets que j'ai publiés dans divers journaux entre 1977 et 1992.

C.M.
Mars 2001

I

CETTE TERRE
EST
TOUJOURS LA VÔTRE

A LA RECHERCHE D'UN CHEMIN

Un livre, quel qu'il soit, est toujours une aventure pour son auteur et de toute aventure il faut tirer leçon. Le ciel voulut que mon précédent ouvrage trouve auprès des lecteurs un accueil que, malgré mon optimisme, je n'attendais pas si chaleureux. A mon étonnement, force me fut de constater que de très nombreux citadins s'intéressaient à leur agriculture. Parallèlement, je notai avec plaisir que les ruraux lisaient beaucoup plus qu'on ne veut bien le dire.

Est-ce suffisant pour justifier la création d'un nouvel ouvrage? Non. Aussi, ce que je veux essayer d'écrire ne sera pas la suite de *J'ai choisi la terre*; je ne vais pas m'éterniser sur mon expérience déjà relatée et il est grand temps que je parle de mes confrères. Ce fut pour moi un remords de n'avoir point assez évoqué leur vie dans mon précédent ouvrage, mais telle n'était pas sa ligne directrice. De plus, il est impossible de peindre en détail le visage de toutes les fermes. Est-ce à dire qu'il faille pour autant les oublier dans le brouillard en y jetant seulement, parfois, en fonction de l'actualité, un puissant coup de phare qui aveugle tout le monde et ne perce qu'une infime partie de la réalité? Certes pas! Il faut, dans la mesure du possible et faute d'y être né, s'installer dans la nappe opaque, y vivre et patienter jusqu'à ce que le regard s'habitue; quand l'œil est acclimaté à la pénombre, paraissent alors des formes qui retiennent l'attention. Elles sont loin des clichés proposés et de l'idée que l'on se fait souvent des agriculteurs. Elles méritent qu'on en parle.

Je reprends donc la plume pour défendre l'agriculture et ceux qui la pratiquent en les présentant tels que je les ai découverts en bientôt trente ans de vie commune. Qui dit défendre une idée, un bien ou des hommes, suggère qu'un péril, voire une attaque en règle, fond sur cet ensemble. Qui oserait dire que l'agriculture n'est pas en péril, que nul ne la menace, que personne ne l'attaque?

La poussée qui l'assaille se déploie sur deux fronts. Le premier est formé de longue date par la cohorte des logisticiens qui, au nom d'une certaine conception de l'Économie, s'insurgent contre une agriculture qui, à leurs yeux, coûte finalement plus cher à la nation qu'elle ne lui rapporte. Ceux-là prônent l'abandon pur et simple de toutes agricultures autres qu'industrielles. Obnubilés par leur rigueur mathématique, ils rejettent toutes les données qui risquent de fausser leur solution. Ils n'ont pas compris, et ne comprendront jamais car ils s'y refusent, que le facteur humain qui est l'essence même de notre profession – ajouté au facteur terre, au sens biologique du terme, au facteur temps, sidéral et météorologique – s'oppose généralement à ce que deux et deux fassent quatre. Nous verrons plus loin quels sont les moyens d'action de ces adversaires et à quel point leur pression est pernicieuse.

Le deuxième front qui nous menace est sans doute plus dangereux encore et chaque jour qui passe grossit ses troupes. Sa force de frappe est l'ignorance dans laquelle s'enfonce une civilisation qui s'éloigne de ses racines terriennes.

Il fut un temps où un certain snobisme exigeait que l'on

reniât ses origines paysannes mais, qu'on le veuille ou non, la glèbe n'était pas loin et parlait encore; le pont entre ruraux et citadins n'était pas coupé et favorisait une compréhension mutuelle. Certes, il existait deux mondes distincts qui s'observaient avec prudence, mais l'un comme l'autre se savaient complémentaires et solidaires. De plus, et jusqu'au premier quart de notre siècle, la France était plus rurale que citadine, les problèmes de communication morale se posaient beaucoup moins que de nos jours.

LES CITADINS MAJORITAIRES

La France du dernier quart de siècle n'est plus du tout rurale. J'irai jusqu'à dire que cela importerait peu si chacun voulait simplement se souvenir que le mode de civilisation dans lequel il évolue est directement issu de deux mille ans de paysannerie. Qu'il le veuille ou non, le citoyen type, donc le citadin, a encore des racines terriennes. Vouloir les ignorer, ou pire, les trancher, me semble éminemment dangereux pour toute la communauté. Ce reniement engendrant dans un premier temps un ostracisme latent, puis un rejet systématique, pour déboucher enfin sur le racisme.

Sans doute n'en sommes-nous point encore là. Mais pour les agriculteurs qui appartiennent désormais à une catégorie minoritaire, il devient de plus en plus inquiétant de constater que la masse qui les cerne ne les connaît pas, ou les connaît très mal. Le pas entre la méconnaissance et l'antagonisme est vite franchi. Il se fera d'autant plus facilement que les deux classes – consciemment ou non – se jalousent quelque peu. L'une enviant à l'autre un mode d'existence dont elle ne voit que les avantages : soleil, espaces verts, oxygène, liberté, qualité de la vie; l'autre aspirant au confort matériel qu'elle décèle dans la vie du citadin : congés payés, week-end, salaire mensuel, etc.

Tout le monde se trompe et s'abuse, mais les faits sont là. Le fossé entre deux mondes se creuse, le temps n'est pas loin où il sera infranchissable. Viendra alors l'époque de la ségrégation avec tout ce qu'elle comporte d'injustices, d'erreurs, de haine.

Aujourd'hui la faille est ouverte et je ne suis pas de taille à la combler. Tout au plus aimerais-je, par ces lignes, creuser une petite fraction du chemin qu'il faut coûte que coûte ouvrir entre les champs et les cités.

Creuser la terre ne me rebute pas. Cela fait partie de mon métier. Je connais les surprises que cela réserve – cailloux, roches, racines – et le travail que cela demande. Je trouverai toutes ces embûches dans les pages qui vont suivre et j'ignore si j'en viendrai à bout. De toute façon, réussies ou pas, mes fouilles serviront toujours car si elles sont insuffisantes pour créer une avenue, le vent et les oiseaux se chargeront bien d'y semer quelques graines. Avec un peu de chance il y poussera même un arbre. Je souhaite qu'il ne soit pas de ceux qui cachent la forêt mais qu'il soit une invitation à la découvrir.

UNE CONNAISSANCE SUPERFICIELLE

Tout le monde a sa petite idée sur l'agriculture. Elle se forge au hasard de vacances passées dans telle ou telle province, au gré des promenades dominicales dans la région proche de la ville natale, à la lecture de quelques livres ou articles, à la vue de films ou d'émissions télévisées. Cette idée n'est pas nécessairement fausse, mais presque toujours superficielle car trop rares, hélas, sont les observateurs qui se donnent la peine – ou qui osent? – se renseigner sérieusement sur ce qu'ils voient. Ce qu'ils voient est souvent trompeur.

Ici, ce seront les immenses champs, le matériel énorme

et rutilant, la ferme plantureuse. Là, c'est la petite culture, les maigres pâturages, les bâtiments chiches et souvent sales. Ailleurs c'est la mosaïque de la polyculture, les villages coquets. Plus loin, ce sont les vergers bien alignés, le damier des primeurs, la vigne à perte de vue. Il ressort de toutes ces images l'ébauche d'une photographie, mais le cliché est flou, seuls transparaissent les plus gros traits, et encore sont-ils nimbés d'ombres qui les déforment.

Mais n'en est-il pas de même pour tout? Paris, ce n'est pas uniquement les tours de la Défense, les artères ouvertes par Haussmann, les périphériques et le métro, c'est aussi les hôtels du Marais et Notre-Dame, les immeubles 1900, la promenade dans les ruelles du VIe, c'est un gigantesque amalgame et si les Parisiens ont certains traits communs, qui oserait dire qu'ils vivent tous d'une façon identique!

Il en est ainsi pour l'agriculture. C'est un kaléidoscope, et celui qui n'en voit qu'une facette se trompe. Avec elle le manichéisme n'est pas de mise, elle échappe totalement à l'analyse globale, aux jugements définitifs. Elle ne se peint pas à grands traits réguliers de la peinture académique du XIXe siècle mais par le pointillisme. Elle n'est une entité que du point de vue économique, lorsqu'il s'agit d'établir un bilan de production. Mais si l'on désire l'étudier de plus près, donc la comprendre, il devient indispensable d'abandonner le singulier au bénéfice du pluriel. Nous parlerons donc des agricultures et de ceux qui les font.

LES DIFFÉRENTS VISAGES DE L'AGRICULTURE

La France recouvre 55 134 200 hectares, 50 252 900 sont agricoles mais seuls environ 30 000 000 d'hectares sont utilisés. Il suffit de traverser le pays du nord au sud, ou d'est en ouest, pour noter à quel point il est délicat, voire impossible, de tracer les frontières des différentes agricultures. La classification par province est certainement une des plus mauvaises qui soient; c'est cependant souvent sur elle que l'on s'appuie. Ne dit-on pas : l'agriculture du Berry, de la Bretagne, du Limousin? Je pourrais poursuivre l'énumération et l'étendre à tout le pays, mais les trois exemples cités suffiront je pense pour démontrer que les régions baptisées par les hommes ne concordent pas toujours avec les données géologiques et climatiques.

Dans l'esprit de beaucoup, lorsqu'on parle par exemple du Berry, on songe à George Sand et à *la Petite Fadette*, à ce pays plein d'eau, de brouillard et de bois; certes, on y trouve tout cela, mais pas uniquement cela. Car le Berry, c'est aussi la riche plaine céréalière de la région de Vatan, les landes misérables et gorgées d'eau de la Brenne, les terres d'élevage du Boischaut, les vignobles du Sancerrois. Peut-on dire sérieusement que les agriculteurs de cette province entrent tous dans la même catégorie? Certes pas, car en l'espace de quelques kilomètres on saute de la grande exploitation industrielle à la petite exploitation familiale. Pour l'une le chiffre d'affaires annuel atteindra le million et pour l'autre quarante mille francs! Les hommes qui exploitent ces fermes sont pourtant voisins, on peut même dire qu'ils sont de la même ethnie, ils sont tous deux des agriculteurs, ils fréquentent les mêmes banques, adhèrent à la même mutuelle et se regroupent souvent dans le même syndicat. Cela mis à part, qu'on le veuille ou non, ils servent l'un et l'autre deux agricultures. C'est une grave erreur de n'en voir qu'une seule; dans certains cas, c'est presque une malhonnêteté.

On parle aussi beaucoup des paysans bretons et par un conditionnement dû à la publicité et aux excédents, qui dit paysan breton pense aussitôt artichauts! Certes, on cultive des artichauts en Bretagne, tout le monde le sait, mais on ignore sans doute qu'elle est la première productrice de porcs. Et la Bretagne, elle aussi, a son lot de terres riches et de landes couvertes d'ajoncs, elle aussi abrite de grandes fermes et des lopins misérables. Là comme ailleurs il faut se défier de toute généralisation.

Quant au Limousin, c'est trop peu dire que son aire est chaotique. Il en résulte une diversité phénoménale entre les agricultures. Là, vers le plateau de Millevaches, c'est l'agriculture de montagne, ses longs hivers, ses terres froides et granitiques, ses collines de résineux et de bruyère, ses troupeaux de brebis, son exode rural. Là, dans le bas pays, ce peut être la culture maraîchère, les primeurs, le tabac, les noyers. Et si l'on sort des vallées aux riches terres d'alluvion, ce sont tout de suite les coteaux maigres et arides, les terres sableuses aux profils accentués et une agriculture agonisante. Comme j'exploite moi-même une de ces terres ingrates des collines – elles me plaisent telles qu'elles sont – je pense avoir quelques raisons de m'insurger lorsque j'entends parler, en bloc, des agriculteurs corréziens et, à plus forte raison, limousins. Car tout de suite se lèvent les questions : agriculteurs corréziens ? (ou de l'Ardèche, du Finistère ou de la Haute-Marne) oui, mais sur quelles terres, dans quelle localité précise, sur quelle ferme, avec quelle spécialisation ? Car ce sont bien ces points fondamentaux – et non une sommaire localisation géographique – qui, dans une certaine mesure, permettent sinon d'établir le portrait-robot des agriculteurs, du moins de cerner un peu mieux leurs physionomies.

DES CLASSEMENTS TROP SIMPLISTES

Quand on parle de l'industrie, on lui accole toujours un qualificatif, aéronautique, automobile, alimentaire, ou même pharmaceutique. Chacun sait que sous son couvert s'abrite une foultitude de spécialisations. Peut-être comprendra-t-on mieux nos problèmes le jour où l'on cessera de considérer l'agriculture comme un monolithe.

Il est vrai que l'on s'emploie à nous classifier quelque peu. On cite, par exemple, les céréaliers et tout le monde sait ce que cela veut dire, ou plutôt croit savoir... Car, des céréaliers, il en est qui emblavent 300 hectares en Seine-et-Marne et d'autres qui cultivent 10 hectares en Charente; n'y a-t-il donc aucune différence entre eux pour qu'on les affuble du même vocable?

On parle aussi des éleveurs, oui, mais lesquels? Ceux de Normandie spécialistes du lait ou ceux du Limousin fournisseurs de bifteck? Éleveur, qu'est-ce que ça veut dire? Huit bêtes à cornes sur les trente hectares de cailloux de cette ferme du Lot, ou quatre-vingts sur les trente hectares de cette ferme picarde?

Quant aux viticulteurs, principalement ceux du Midi, on les met tous dans le même pressoir!

Toujours dans le but de classifier on distingue aussi l'agriculture familiale et l'agriculture industrielle. La première recouvrant souvent la branche pauvre de la profession, la seconde la fraction riche; c'est par trop simpliste car nous verrons plus loin qu'il existe des exploitations familiales de type industriel et que le terme industriel n'est pas toujours synonyme de gigantisme.

Il est possible, enfin, et beaucoup usent de ce moyen, de délimiter l'agriculture en fonction de la taille des exploitations. C'est un système facile que tout le monde comprend, mais les agriculteurs savent à quel point il est fallacieux car ils ont depuis longtemps compris que l'interlocuteur, non averti des choses de la terre, se laisse impressionner par son annonce. Or, la surface est un point, ce qu'on peut y cultiver en est un autre!

Prenons la ferme française moyenne. Elle recouvre 22,8 hectares de surface agricole utile (S.A.U.), c'est-à-dire

228 000 mètres carrés de terre effectivement cultivable; les bois, landes, chemins et surfaces bâties n'étant pas jusqu'à ce jour susceptibles d'être labourés. Pour le citadin qui ne possède qu'un pot de géranium, c'est une belle étendue. Dans une terre céréalière ce pourra être entre 1 000 et 1 200 quintaux de blé; cela devient sérieux pour un vignoble; important pour un champ de légumes et, en bonne terre, il sera possible de nourrir trois vaches à l'hectare. Malheureusement, nous l'avons vu plus haut, la richesse du sol varie dans des proportions considérables et cela parfois au sein d'une même commune, voire d'une même ferme! Ainsi 22,8 hectares sur les Causses de Gramat, dans les landes bretonnes et dans bien d'autres régions de France permettent, sauf exception, de nourrir grosso modo une trentaine de brebis... Il est donc nécessaire de bien se renseigner sur la valeur du sol avant de décréter que tel ou tel agriculteur est un plantureux propriétaire parce qu'il est à la tête de 80 ou 100 hectares; dans bien des cas il préférerait n'en posséder que 15 pourvu qu'ils soient de bonne terre!

LA FRANCE COUPÉE EN DEUX

J'aimerais que l'on ne me prête pas l'idée de vouloir à tout prix compliquer les données du problème. Tel n'est pas mon but et si je m'efforce de disséquer les appellations classiques, ce n'est pas pour les démolir mais pour tenter de mieux faire comprendre sur quelles bases mouvantes elles reposent. Je ne demande pas que, loupe en main, chacun se penche désormais sur toutes les fermes de France. Il me suffirait qu'on les observe d'un œil nouveau, curieux, avec un regard rendu circonspect non par la crainte de quelque danger, mais par l'attention que demande toute exploration.

Les nombreux spécialistes qui se sont occupés de la

question se sont tous appliqués à délimiter les différentes agricultures. Déjà, au XVIIIe siècle, les agronomes traçaient deux grandes zones. Celle de l'Openfield (en français champ ouvert) au nord d'une ligne partant de la Normandie pour rejoindre la Franche-Comté, pays de champs non clôturés où s'utilisait surtout la charrue; et celle du Bocage, au sud, avec ses petits champs ceinturés de haies ou de murettes et où les agriculteurs affectionnaient l'araire.

Les recherches plus récentes ont continué à trancher la France en deux, opération ô combien classique chez nous! qui consiste à toujours opposer un clan à un autre! La ligne de démarcation de ces « deux France » part du département du Calvados pour rejoindre celui du Gard. Dans les côtés ouest, sud-ouest, centre et une partie du sud se trouve la petite agriculture, donc, du fait de son morcellement, une population agricole plus importante que dans la partie nord, est et sud-est où se regroupe la majorité des grandes exploitations.

Il n'est pas question de mettre en doute le sérieux des études qui ont permis cette classification, elles s'appuient sur de très concrètes données démographiques. De plus, ces deux zones doivent elles-mêmes être scindées pour permettre l'incorporation, de part et d'autre, de l'agriculture de moyenne importance. Il est quand même curieux de constater que cette ligne de démarcation nous ramène presque aux frontières du XIIe siècle! D'une part la couronne française, de l'autre l'occupation anglaise!

Autre sujet de méditation : il n'est un secret pour personne que la France du Nord est beaucoup plus industrialisée que celle du Sud, donc beaucoup plus compétitive et dynamique. Nous sommes donc coupés en deux, ce qui permit à un de nos ministres de l'Agriculture de pronostiquer, voici une quinzaine d'années, qu'un temps viendrait où il n'y aurait plus d'agriculture au sud de la Loire. Ce n'était, espérons-le, qu'un jeu de mots, un brin démagogique, destiné aux seuls habitants du Nord. Il n'empêche que cette manie de toujours diviser la nation en deux blocs peut, à la longue, se transformer en catastrophe pour la fraction la plus faible.

Nous vivons à une époque où les impératifs économiques priment sur tout et ce quel que soit le régime en place. Il est économiquement beaucoup plus rentable d'aider au maximum ceux qui sont les plus productifs. Avec eux, au moins, pas de surprises, on investit à coup sûr. Dans le même temps, et toujours au nom de l'économie, il peut apparaître financièrement intéressant, sinon d'achever, du moins de laisser doucement périr la tranche la moins productive.

Ce qui me choque dans cette France agricole si sérieusement découpée, c'est qu'elle facilite par trop le travail des tenants du désert français, et ils sont plus nombreux qu'on ne le pense. Leurs plans sont préparés de longue date et ils n'attendent qu'une occasion pour les mettre en pratique avec, hélas! l'assentiment passif de la majorité du pays. Je n'exagère pas.

Il y a peu de temps fut annoncé que, au train où allaient les choses, il n'y aurait plus que 250 000 agriculteurs en France dans vingt-cinq ans; c'est-à-dire qu'il y en aura, en gros, 200 000 dans cette fameuse zone de grande agriculture et 50 000 dans l'autre. Cela signifie aussi que, dans ce même laps de temps, plus d'un million d'agriculteurs doivent disparaître...

Nous étions en droit d'espérer que l'annonce de ces chiffres soulèverait la réprobation quasi générale. Pour ma part, j'ai attendu en vain que quelques grands ténors de la politique, qu'ils soient de droite, de gauche, ou de n'importe où, s'insurgent, demandent des explications, exigent la mise en place immédiate des moyens indispensables pour éviter cette issue. Non, tout le monde semble avoir admis cela et c'est donc dans l'indifférence générale que nous nous évanouirons dans quelque coin perdu du côté de Castres, de Bergerac, d'Angoulême, d'Angers ou de Saint-Lô.

C'est pour lutter contre l'oubli dans lequel on les enfonce que s'élève, çà et là, la voix des autonomistes. Mais qu'ils soient bretons, basques ou occitans ils font tous la même erreur et leur jugement politique est aussi périmé que leur folklore ou leur patois. Au lieu de réclamer une intégration et les égards que tout citoyen est en droit d'exiger, ils se coupent volontairement d'une communauté qui, administrativement, a déjà tendance à les cataloguer pour mieux les asservir, ils font son jeu. Et plus ils se proclament basques, bretons ou occitans, plus ils s'éloignent d'une solution qui n'est ni basque, ni bretonne, ni occitane mais tout simplement française.

Et c'est parce que je refuse les ghettos, mises en quarantaine et autres réserves que je me défie de ce provincialisme étriqué et de cette agriculture jugée en fonction de sa région; c'est faire la part trop belle à tous ceux qui, déjà, trouvent dans les ordinateurs une méthode de gouvernement. Une fois répertoriées et programmées, nos différentes agricultures n'échapperont plus au destin tracé pour elles par quelques spécialistes du management, et il n'en manque pas!

Malgré tout, et pour mieux comprendre nos agricultures, il faut tenter de tracer les grandes lignes qui les caractérisent. Mais que reste-t-il comme critère si la surface, les régions, les productions, les types d'exploitation se révèlent insuffisants? Il reste à faire une analyse plus minutieuse qui s'appuie sur des données qui, elles, ne trompent pas, qui ont la rigueur parfois angoissante de la colonne de mercure dans un thermomètre; en bref, seule la situation financière permet d'établir les trois principaux groupes.

TROIS GROUPES D'AGRICULTURE

Ils forment une pyramide dont les bases rassemblent toutes les exploitations agonisantes. Ces fermes ne sont pas systématiquement de petites surfaces, ni automatiquement situées dans les zones dites défavorisées, on en trouve de taille moyenne, elles se répartissent dans presque tout le territoire.

Contrairement à ce que l'on peut croire, elles ne sont pas inéluctablement gérées par des incapables, ou par des agriculteurs âgés et sans succession. Beaucoup étaient, il y a encore peu, des exploitations rentables tout à fait aptes à faire vivre une famille. Leur chute peut s'expliquer de deux façons.

Certaines, pour des raisons essentiellement financières – mais parfois aussi techniques –, ne purent participer à l'évolution phénoménale de l'agriculture. Puisqu'il est devenu impossible de vivre comme au XIXe siècle, il fallait soit s'adapter au rythme du XXe, soit disparaître. Paradoxe, ces fermes meurent faute d'avoir su user à bon escient de leurs possibilités de crédit, à côté de fermes qui, elles, meurent d'en avoir peut-être trop ou mal usé.

Car la deuxième tranche de ces moribondes rassemble les exploitations qui ont voulu jouer le jeu, qui ont pris force risques, qui se sont jetées à l'eau. Ce n'est pas leur faute si les bouées dont on leur avait garanti la présence ont fait défaut. Elles ne sont pas responsables de la stagnation des cours, des années catastrophiques, des plans non appliqués, des promesses non tenues. Et, bien souvent, le seul reproche qu'on puisse leur faire est d'avoir cru qu'il suffisait d'investir et de travailler pour être assuré d'un revenu décent. Bien des viticulteurs, des producteurs de fruits, de légumes, de lait ou de viande, méditent aujourd'hui sur le fait qu'il ne sert à rien de produire dès l'instant où le prix de vente de leurs denrées n'atteint pas le coût de production.

Dans cette catégorie de fermes à la dérive, je n'aurais garde d'omettre celles qui sont pilotées par ce qu'il faut bien appeler de mauvais agriculteurs. Toute catégorie professionnelle a son lot d'inadaptés, de paresseux et même d'imbéciles. Il s'en trouve parmi nous mais, contrairement à ce qui peut se dire – en partie pour justifier une attitude générale de non-assistance à personne en danger – le pourcentage de ces irrécupérables n'est pas plus élevé dans notre branche que dans toute autre.

Enfin il existe, bien entendu, des fermes beaucoup trop petites, ou établies sur des terres presque incultes dans des régions défavorisées. Elles sont souvent tenues par des agriculteurs âgés et sans successeurs. Elles meurent sans bruit, sans témoin. Seuls les regrettent les amoureux de la nature qui, d'une année sur l'autre, constatent qu'un champ, jadis cultivé et vivant, est lentement envahi par les ronces et les taillis; ou que tel petit chemin, si joli entre ses haies taillées, est devenu impraticable car l'aubépine, les prunelliers et les églantiers se sont sournoisement rejoints en son milieu.

Il est certain que toutes les fermes dont je viens de parler ne peuvent être sauvées, il est des maladies qui sont incurables. Mais ce n'est pas une raison pour assister passivement à l'agonie de toutes les autres. Car à leur disparition succédera celle de toute vie rurale, et ce ne sont pas les résidences secondaires, occupées seulement pendant les fins de semaine ou un mois en été, qui inciteront les commerçants à rester au village. Déjà les bourgs se dépeuplent.

Après les curés, en fuite depuis longtemps, voici les médecins qui se replient vers la ville; ils sont suivis de très près par les pharmaciens et les notaires. Émigrent ensuite les bouchers, boulangers, épiciers, mécaniciens, charpentiers, maçons. Bientôt l'école ferme ses portes et il ne reste plus aux vieillards qui hantent ces lieux qu'à trottiner jusqu'au cimetière pour évoquer, avec les morts, leurs souvenirs.

Il ne s'agit pas de sombrer dans le sentimentalisme, mais de bien comprendre qu'une nation privée de cette sève que sont les agriculteurs est une nation condamnée à plus ou moins brève échéance. Il paraît que les agriculteurs coûtent cher au pays – ce qui reste à démontrer chiffres en main – mais outre les devises qu'ils font rentrer, et ils en font rentrer un nombre certain dont bénéficie toute la communauté, ils entretiennent aussi la vie de cette même communauté. C'est là un point dont il faudrait toujours se souvenir.

Pour mieux mesurer l'ampleur du phénomène d'exode, il faut savoir que la France de 1848 comptait 75 % de ruraux, ils n'étaient plus que 48 % en 1946, et ils sont aujourd'hui 30 %. Et qu'on ne se méprenne pas, rural ne signifie pas exclusivement agriculteur! Est considérée comme rurale toute personne vivant dans un bourg de moins de 5 000 habitants. Pour ce qui concerne la population agricole, elle a diminué de 40 % pendant les dix dernières années... Elle représente aujourd'hui environ 9 % de la population totale active, mais les planificateurs espèrent bien qu'elle chutera bientôt à 5 %...

L'ÉQUILIBRE PÉRILLEUX

Le deuxième groupe d'agriculture prend place au milieu de la pyramide et, la géométrie aidant, les fermes y sont déjà moins nombreuses. Elles ressemblent par bien des points à celles du premier groupe et sont disséminées dans toutes les régions. Ce qui les différencie des précédentes c'est que, jusque-là, tant bien que mal, elles ont pu maintenir leur équilibre budgétaire. Cela ne signifie pas qu'elles gagnent assez d'argent pour faire des économies, loin de là, tout au plus en ont-elles suffisamment pour rembourser leurs dettes et survivre.

Elles s'accrochent, cahin-caha, bon an mal an, toujours à deux doigts de la culbute. Très vulnérables, car généralement couvertes d'emprunts et d'hypothèques, elles sont à la merci du moindre accident. Tenues de produire coûte que coûte, elles se doivent d'être à la pointe de la technique et leur matériel, que l'on juge arbitrairement bien luxueux, leur est indispensable; il n'est pas pour elles un signe extérieur de richesse, mais un instrument de travail.

On se gaussait, jadis, et souvent avec raison, de ces agriculteurs qui tiraient fierté de leur tracteur tout neuf, plus moderne que celui du voisin, plus puissant, plus beau. Cette attitude, compréhensible sinon excusable au début de la mécanisation, n'est plus de mise chez les agriculteurs; seuls quelques mégalomanes invétérés s'amusent encore à ce jeu-là lorsqu'ils en ont les moyens. Les autres achètent ce que leur proposent les industriels de la machine agricole, à savoir des engins de plus en plus gros, pour ne pas dire monstrueux, donc de plus en plus coûteux. Car les fabricants ont misé sur la très grande agriculture. Peut-être estiment-ils que l'agriculture moyenne n'existe plus, ou encore qu'il faut l'achever.

J'ai été frappé lors d'une visite au dernier salon de la machine agricole par l'absence quasi totale de matériel de puissance raisonnable, j'entends par là des tracteurs de 30 à 40 CV. Il est vrai que la société de production a poussé ses griffes jusque dans cette branche et que la robustesse des engins en a pâti. Ainsi, pour obtenir la force d'un moteur de 35 CV d'il y a quinze ans, il faut lui opposer un 50 CV 1976! Les constructeurs le savent bien et sur les vingt-huit modèles proposés par une de nos grandes marques trouve-t-on vingt types de plus de 55 CV! Ce dernier frise 55 000 francs et le plus gros atteint 184 000 francs...

Si je me suis quelque peu égaré dans le machinisme,

c'est parce que je sais que beaucoup nous jugent à travers lui. Que ces accusateurs, au lieu de s'ébaudir sur la richesse des propriétaires de ces « joujoux », calculent plutôt en combien d'années ils doivent être payés. Combien ils représentent de quintaux de céréales, de litres de lait, de kilos de viande. Qu'ils sachent surtout que cette agriculture du deuxième groupe est forcée de s'accrocher aux basques de l'agriculture de pointe, faute de quoi elle prendra du retard, ne pourra plus couvrir ses dettes et sombrera.

L'AGRICULTURE DE POINTE

Nous arrivons au sommet de la pyramide. Si, dans les deux premiers cas, il était possible de compter les agriculteurs par centaines de mille, le chiffre chute ici. Nous avons vu que la surface de l'exploitation n'était pas un critère infaillible; il est bon malgré tout de savoir que sur 1 300 000 exploitations [1] françaises, seules 137 000 ont plus de 50 hectares de surface agricole utile. Et si l'on pousse les investigations un peu plus loin, seules quelques milliers d'exploitations atteignent un chiffre d'affaires annuel de 800 000 francs...

On peut donc considérer que la très grande agriculture est représentée par quelques dizaines de milliers de fermes. Que ces agriculteurs minoritaires aient leurs problèmes, c'est certain, d'ailleurs qui n'en a pas? Il n'en reste pas moins qu'ils sont, à tout point de vue, beaucoup plus proches des chefs d'entreprise que de leurs confrères terriens des étages inférieurs. Vouloir se forger une

1. Chiffres provisoires du ministère de l'Agriculture. En fait, à peine 1 100 000 fermes peuvent encore revendiquer ce titre. Toutes les autres sont soit trop petites, soit ne sont plus la principale source de revenus de ceux qui les gèrent.

opinion sur l'agriculture en se fondant sur leur seul cas est une grossière erreur. Elle est malheureusement assez répandue et ce, pour la simple raison que ces immenses fermes qui s'étalent au bord des grandes routes frappent plus facilement l'œil que les petits champs morcelés et les masures nichées au fin fond de la Creuse ou de l'Ardèche. Comme il est indéniable que certains coins de France bénéficient d'une terre en tous points exceptionnelle, cette grande agriculture s'y regroupe tout naturellement. Le Bassin parisien est sans doute le secteur où la densité de cette agriculture est la plus forte; ce qui ne veut pas dire qu'il n'y existe pas aussi des fermes plus modestes.

On la trouve aussi implantée dans presque toutes les autres régions, et comme là l'homogénéité des sols y est beaucoup moins marquée que dans la vaste ceinture parisienne, elle y côtoie la petite et moyenne agriculture et se noie un peu dans le paysage.

J'avoue que l'avenir de cette grande agriculture ne me préoccupe pas outre mesure, elle est solide, productive et compétitive. Elle possède les moyens de se défendre et sait en user. On y rencontre, comme partout, des éternels mécontents, des requins et d'authentiques truands; mais aussi, et j'en témoigne, des gens remarquables qu'il faut se garder d'assimiler aux exploiteurs, râleurs et autres aigrefins. Je n'hésite pas à le dire car je sais qu'il est plus souvent question des premiers que des seconds, on a par trop tendance à toujours juger sur les extrêmes.

Voici donc survolées ces différentes agricultures. J'en ai présenté les trois grandes teintes et je suis conscient de leur imprécision, mais c'est cela l'agriculture.

Puissent les observateurs intéressés par cette question se souvenir toujours que chaque ferme est un cas unique, qui ne se juge pas sur un simple coup d'œil, une impression ou, pis, un préjugé. Pour permettre à ces aventuriers de mieux s'orienter dans les méandres de notre profession, cherchons les jalons qui pourront les guider.

GALERIE DE PORTRAITS

De même qu'il existe trois grands paliers indiquant approximativement l'état de santé des agricultures, il existe aussi trois principaux systèmes d'agriculture : la polyculture, l'agriculture spécialisée, l'agriculture industrielle.

Très longtemps, avant d'avoir découvert qu'une terre grattée se régénérait et qu'une graine semée dans ce « labour » donnait une récolte non négligeable, nos ancêtres de la préhistoire étaient, sans le savoir, des spécialistes. Pas encore agriculteurs, mais déjà éleveurs, ils pratiquaient la spécialisation dans les branches ovines – la bêtise légendaire des moutons se perd donc dans la nuit des temps –, caprines, porcines, bovines et équines.

Les préhistoriens ont établi que ce fut aux alentours du VIIIe millénaire avant notre ère que nos aïeux, las de courir derrière les troupeaux sauvages, capturèrent quelques reproducteurs et constituèrent les premiers cheptels.

Étymologiquement parlant ils étaient presque des paysans mais pas encore des agriculteurs. La différence est de taille et les Latins ne s'y trompèrent pas qui établirent un net distinguo entre les hommes des campagnes ou *pagani* et ceux qui les labouraient, *agricolae*. C'est donc avec la découverte du blé puis de la charrue que commença vraiment l'agriculture.

LA POLYCULTURE

Je ne sais vers quelle époque elle passa de la monoculture à la polyculture, cela se fit peut-être au gré du hasard et des sols. Toujours est-il que la polyculture est toujours pratiquée chez nous. Elle fut, pendant des siècles, et elle demeure, un système d'exploitation qui est, en fait, une assurance contre les calamités diverses. Le vieux dicton recommandant de ne pas mettre tous ses œufs dans le même panier trouve là sa pleine application. On mesure l'intérêt d'une telle pratique : cultiver le maximum de produits limite un peu les risques. L'exploitant mise sur le fait qu'une ou deux de ses productions compenseront la perte ou l'insuffisance des autres. Si, par exemple, le temps n'est pas favorable au fourrage, il peut l'être pour les céréales, et si ces dernières trahissent leurs promesses, les betteraves ou le maïs prendront peut-être la relève. La longue histoire de l'agriculture nous apprend que ce principe, très tôt mis en place, permit aux agriculteurs de vivre au maximum en autarcie; cultivant et produisant presque tout ce qui leur était nécessaire, ils limitaient ainsi au maximum les sorties d'argent et préservaient par surcroît leur indépendance.

Mais la polyculture a vécu ses grandes heures, et si elle existe toujours elle a limité son champ d'action. Il est facile de comprendre pourquoi. Il y a encore une trentaine d'années, toute ferme digne de ce nom se devait de produire son blé. Grâce à lui, et par un troc entre l'agriculteur et le meunier, le pain de toute l'année était assuré. Puis ce système se dégrada. D'abord parce que les producteurs sentaient confusément qu'ils n'étaient pas gagnants dans l'échange : on leur rendait bien de la farine, mais était-ce vraiment celle de leur blé? Ensuite parce que se généralisa un peu partout la notion de rentabilité des cultures. On calcula que le blé n'était pas, comme on le pensait depuis l'Antiquité, une source de revenus pour toutes les fermes et que, bien souvent, sa culture, loin d'être rentable, était beaucoup plus onéreuse que l'achat du pain au boulanger du bourg!

La deuxième raison, qui explique la limitation de la polyculture, provient de la disparition d'une main-d'œuvre gratuite, à savoir les membres de la famille. Autant il était possible de cultiver de tout lorsque la famille complète – c'est-à-dire presque une tribu puisqu'il y figurait les grands-parents, les parents, les enfants, et parfois même des oncles et des tantes – vivait sur cette ferme moyennant un salaire qui, généralement, se restreignait au gîte et au couvert, autant il se révéla impossible d'entretenir trente-six lopins et trente-six cultures lorsque cette main-d'œuvre se volatilisa.

La polyculture existe toujours, mais elle est beaucoup plus cloisonnée que jadis. Pour remplacer la main-d'œuvre, les exploitants ont dû s'outiller au maximum. Or, le matériel est très cher, de plus, il est extrêmement spécialisé et, par exemple, tel engin indispensable pour la culture de la betterave n'est rigoureusement d'aucune utilité pour celle des céréales. Aussi les polyculteurs resserrent-ils leur rayon d'action et sur telle ferme qui, il y a une génération, produisait toutes ses céréales: blé, orge, avoine; ses plantes sarclées: pommes de terre, betteraves, topinambours; ses fruits, ses légumes, souvent son vin, du lait, de la viande: bovine, porcine et ovine, bref la quasi-totalité de ce que le sol était capable de recevoir, se consacrent-ils aujourd'hui aux trois ou quatre cultures qui leur permettront d'établir un assolement correct, de restreindre l'outillage, la main-d'œuvre, les investissements, donc les frais d'exploitation.

L'AGRICULTURE SPÉCIALISÉE

Le deuxième type d'agriculture est celle dite spécialisée. Son existence est relativement récente puisqu'elle coïncide avec l'apparition de cette fameuse notion de rentabilité, notion qui, il faut le dire, n'était pas la hantise de nos prédécesseurs. Elle se forgea aussi et se généralisa grâce à une meilleure connaissance de l'exigence des cultures, de la valeur des sols, de la vocation naturelle de certaines régions, des débouchés et, elle aussi, de la disparition de la main-d'œuvre familiale.

Le choix de la spécialisation est, en théorie, possible dans toute la gamme de productions – ou d'élevage – pratiquée sous nos climats. En pratique, mis à part quelques régions favorisées qui se prêtent à toutes les cultures, l'exploitant est obligé de prendre celle qui s'adapte le mieux à sa terre, celle dont la mise en place ne demande pas un investissement trop considérable, celle qu'il se sent techniquement capable de mener à bien et enfin, et je dirais presque surtout, celle pour laquelle il a du goût.

Ces conditions bien étudiées et remplies, il pourra opter soit vers les céréales, les oléagineux ou les plantes sarclées; soit encore vers l'élevage avec toute sa gamme de sous-spécialisations : bovine, ovine, porcine, caprine, sans oublier le petit élevage : poules pondeuses, poulets de chair, lapins, dindes, oies, etc. S'il choisit par exemple les bovins, encore devra-t-il pencher vers la production laitière, ou vers la viande; et s'il prend cette dernière il pourra s'orienter dans la production des veaux, des taurillons, des bœufs, ou encore dans la vente d'animaux reproducteurs. De toute façon, quel que soit son choix, la vie de son exploitation dépendra de la réussite ou du fiasco de sa production principale. Pour lui, pas de

« rattrapage » comme dans la polyculture, pas d'échappatoire.

On mesure mieux dans ces conditions ses inquiétudes et ses angoisses en face d'un ciel hostile, sa colère devant les cours qui s'effondrent, son impuissance et son découragement devant la mévente. Car ce qu'il faut bien comprendre, c'est qu'il est de nombreuses régions où la vocation naturelle contraint l'agriculteur à adopter telle ou telle production bien précise. Il faut savoir aussi que la mise en place de certaines d'entre elles, et je pense là aux viticulteurs et aux arboriculteurs, nécessite des années d'investissements et d'attente avant de porter fruits. Que l'on tente au moins de comprendre l'état d'esprit de celui qui, au bout de plusieurs années de patience et de travail, s'aperçoit que ses espérances étaient vaines. Il est un peu trop simple de dire qu'il avait mal étudié son problème. Certes, il existe un certain pourcentage d'agriculteurs qui semblent s'ingénier à toujours avoir un train de retard et qui lancent sur le marché des denrées dont on ne sait que faire tant leur volume est déjà supérieur aux possibilités d'absorption. Mais ces agriculteurs, souvent mal orientés, sont minoritaires et ne peuvent faire oublier la masse de tous ceux à qui on ne peut quand même pas reprocher d'être nés dans telle province et de s'acharner à cultiver un sol ingrat qui leur impose sa production. Et cela ne concerne pas que certains viticulteurs ou arboriculteurs, cela me concerne en propre et avec moi tous ceux qui sont contraints de pratiquer une certaine forme d'élevage spécialisé. Pour les uns ce sera la viande, pour les autres le lait, mais pour tous la nécessité de s'accrocher à ces productions, même si elles sont chiches, car ce sont les seules que nos terrains tolèrent.

Voilà le schéma de l'agriculture spécialisée. Elle peut être un choix, elle peut aussi être une impérative obligation.

L'AGRICULTURE INDUSTRIELLE

Il nous reste à aborder maintenant l'agriculture industrielle. Je sais que, dans l'esprit de beaucoup, elle est synonyme de gigantisme, donc de très grandes fermes; il est vrai que souvent, c'est là où elle est la plus flagrante. Mais elle existe aussi – et dans des proportions non négligeables – dans de nombreuses exploitations, tant moyennes que petites. Elle est pour beaucoup d'entre elles la planche de salut, le ballon d'oxygène. C'est, dans le fond, ce qu'elle devrait toujours être. Ce n'est pas le cas. Il existe en effet de très grandes exploitations qui, surtout dans l'élevage, se lancent dans l'industrielle non pour équilibrer un budget qui n'en a nul besoin, mais pour arrondir encore leur pelote. On peut dire qu'elles cumulent et que leur énorme production est – dans l'état actuel des marchés – un préjudice certain pour toutes les fermes où l'agriculture industrielle est une nécessité vitale. Autant il est normal de travailler pour vivre, autant il devient vite scandaleux de le faire exclusivement pour s'enrichir, surtout si c'est au détriment de quelqu'un.

Au sujet de l'agriculture industrielle, je sais aussi que pour de nombreux consommateurs sa réputation s'entache de préjugés défavorables; on la trouve suspecte, on l'accuse volontiers de fabriquer des denrées parfois malsaines et toujours infâmes. Bref, elle fait les frais d'une certaine psychose savamment entretenue par quelques faiseurs d'actualité qui, lorsqu'ils sont en panne d'idées sensationnelles, ont trouvé ce bouc émissaire pour entretenir leurs lecteurs ou auditeurs en haleine. Comme ils ont, entre autres, pour point commun d'ignorer totalement de quoi ils parlent – « *Mais!* s'exclamait déjà un des héros de Mark Twain, *je vous dis que je suis dans le journalisme depuis quatorze ans et je n'ai jamais entendu dire qu'il faille savoir quelque chose pour écrire dans un journal!* » – ils couvrent l'agriculture en général, et l'industrielle en particulier, de quelques-unes de leurs obsessions : engrais chimiques, pesticides, insecticides, désherbants, auxquels il faut ajouter, s'il s'agit d'une production animale industrielle, hormones, cruauté, sadisme et j'en oublie sûrement.

S'il est vrai que les produits issus d'agriculture de type industriel ne peuvent avoir la saveur, la finesse, le goût et le parfum de ceux élaborés de façon traditionnelle et artisanale, si même, je vais plus loin, certains sont insipides, il n'en reste pas moins vrai que la France est un des pays du monde où les denrées alimentaires sont les plus sérieusement contrôlées.

Cela étant, qu'est-ce au juste que l'agriculture industrielle ? C'est, en quelque sorte, une agriculture superspécialisée dans une branche donnée. Elle a toujours pour finalité de produire le maximum en employant l'optimum des techniques et du matériel. Ainsi peut-on dire que les grandes fermes céréalières ou betteravières sont industrielles car elles sont seules capables d'acquérir et aussi de se servir d'engins très perfectionnés et de taille monstreuse conçus pour elles. Ces fermes sont aussi industrielles par l'énorme tonnage de leurs produits et leur standardisation. A l'heure actuelle, elles peuvent fournir toutes les céréales, plantes sarclées, oléagineux, fruits de toutes sortes, légumes divers adaptés à nos climats ; elles peuvent aussi être des industrielles du lait et de la viande (avec des troupeaux de 500 à 1 000 bêtes pour les bovins, ovins, porcins, et des batteries de 100 000 individus pour les poules, poulets, dindes, cailles, etc.), bref, elles sont à l'agriculture classique ce que la Régie Renault est à un forgeron de village. Mais, mis à part les céréales et les plantes sarclées, l'agriculture industrielle n'est pas l'apanage des très grandes fermes.

On la retrouve sous différentes orientations aussi bien dans la petite que dans la moyenne agriculture. Elle peut être l'ultime ressource, le traitement choc qui remet sur pied, mais, comme tout ce qui est ultime, elle est aussi, parfois, une thérapeutique mortelle.

On la pratique essentiellement dans l'élevage des veaux, des porcs, des moutons, des taurillons et, bien entendu, poulets, poules, lapins, etc. Son principe est simple. Il existe en France – et dans tous pays à économie libérale – quelques grandes maisons spécialisées dans l'alimentation animale. Ces trusts, dont la raison sociale n'est pas la philanthropie, ne peuvent assurer leur développement que dans la mesure où ils écoulent leur production avec le minimum de frais et le maximum de profit, c'est du commerce. Leur but est donc de trouver des agriculteurs décidés à passer un contrat d'élevage. Celui-ci signé, et les locaux prêts, la maison d'alimentation fournit à la fois les animaux à élever et la totalité de leur pitance. Elle peut aussi se charger de la surveillance – sanitaire et de croissance – et prend en charge la vente des produits. Celle-ci réalisée, la maison retient le fruit de ses investissements – installations de bâtiments adéquats, fourniture des jeunes animaux, plus alimentation et traitements – et donne à l'éleveur la somme qui reste. Naturellement elle n'est pas énorme par unité élevée – quelques centimes pour un poulet, cent ou cent cinquante francs pour un veau – aussi est-il indispensable pour l'agriculteur de travailler sur une grande échelle, c'est pour lui l'unique moyen d'assurer son salaire.

Lorsque l'on sait que la mortalité est à la charge de l'éleveur – un veau crevé peut ainsi emporter le bénéfice de dix sujets – on mesure à quel point cette orientation nécessite de soins, de pratique, de technique; bref, faute d'une gestion rigoureuse l'agriculteur peut en quelques mois non seulement se ruiner, mais encore être redevable envers la maison pour qui il travaille. Et c'est dans ce cas que, parfois, apparaissent les côtés odieux de certaines firmes qui, de traites remises en traites prolongées, finissent par transformer leurs débiteurs en forçats en les mettant dans l'impossibilité de refuser la reconduite du contrat : « Nous ne sommes pas responsables de la mortalité ou du mauvais rendement de tel lot, vous nous devez tant pour son alimentation, reprenez donc un nouveau contingent et nous nous paierons sur lui... »

Heureusement, là n'est pas l'issue inéluctable, beaucoup d'élevages industriels tournent bien et assurent aux agriculteurs qui les pratiquent un revenu décent. On peut donc se demander pourquoi toutes les fermes en difficulté n'optent pas pour cette forme d'agriculture; c'est, je pense, pour les raisons suivantes.

Dans cette affaire, une fois encore, c'est l'agriculteur qui assume la majorité du travail, mais aussi la majorité des risques et ce pour un rapport qui, à mon point de vue, n'est pas à l'échelle de la responsabilité engagée. Que l'on songe par exemple que cent jeunes veaux que l'on vous confie représentent environ un total de 80 000 francs; les mêmes, trois mois plus tard, c'est-à-dire prêts à être abattus, peuvent atteindre 180 000 francs dont vous êtes légalement dépositaires. Certes, vous échoira environ 8 % de cette somme mais en cas de sinistre – et Dieu sait si ça arrive vite dans un troupeau – on vous réclamera les 92 % restants. C'est légal et l'agriculteur qui signe son contrat est censé savoir cela, mais on comprend que beaucoup refusent de se lancer dans ce qu'ils jugent, à tort ou à raison, une opération aventureuse. De plus, nombreux sont ceux qui voient dans cette pratique une perte quasi totale de leur liberté, et on ne peut pas toujours leur donner tort.

Pour clore le portrait de l'agriculture industrielle, je citerai aussi la culture des légumes de plein champ. Là encore elle se pratique sous contrat avec quelques grandes conserveries qui s'engagent à payer un prix minimum pour un tonnage donné. Elle se distingue donc du maraîchage classique par le volume de la production et son mode de récolte. 1 hectare de carottes ramassées en fonction de leur croissance et surtout des demandes des grossistes ou de la capacité d'absorption du marché local, c'est du maraîchage; 5 hectares de carottes arrachées à la machine et expédiées aussitôt vers l'usine, c'est de l'industrie.

L'AGRICULTURE FAMILIALE

J'espère que ce périple que nous venons d'effectuer n'a pas été trop rébarbatif et lassant, mais il m'a semblé nécessaire de le faire pour que se dégagent mieux ces notions de diversité et de complexité, cette vision des mondes qui différencient les agricultures.

Si nous voulons entrer plus avant dans cette découverte, il est indispensable de suivre, piste après piste, les différentes étapes.

Depuis de très nombreuses années, le vocabulaire, qu'il soit politique, syndical ou économique, a créé dans l'opinion publique la notion d'agriculture familiale et celle d'agriculture d'entreprise. L'une comme l'autre étant susceptibles de servir une cause donnée, c'est volontairement que fut laissée dans l'ombre la définition propre à chacune d'elles.

Ainsi, pour beaucoup, l'agriculture familiale est-elle symbolisée par les petites fermes des régions pauvres. Elle est ainsi devenue le cheval de bataille d'un mouvement para-syndical (M.O.D.E.F. [1]) d'obédience communiste. Je ne peux absolument pas écrire marxiste car il est bien évident que Marx méprisait trop les paysans pour que ceux-ci puissent se recommander de sa doctrine sans trahir ses idées. C'est bien lui, en effet, qui, dans le *Manifeste,* remercie en quelque sorte la bourgeoisie

1. M.O.D.E.F. : Mouvement de Défense des Exploitations Familiales.

d'avoir dépeuplé les campagnes, créé des villes immenses et libéré ainsi : « ... *une part considérable de la population de l'idiotie de la vie rurale* ». A ses yeux, et je le cite, le paysannat : « ... *était le représentant permanent de la barbarie au sein de la civilisation* ». Bref, c'est trop peu dire qu'il me paraît oiseux pour les agriculteurs de chercher un quelconque secours dans son giron. En fait, cette appropriation du terme exploitation familiale par un mouvement politique relève de l'imposture pure et simple, tout comme est une imposture la mainmise sur le terme travailleur. Car l'exploitation familiale n'est pas nécessairement misérable, de petite surface et exclusivement localisée dans les coins les plus reculés de France, et tous les travailleurs ne sont pas communistes, loin de là!

On trouve l'exploitation familiale répartie sur l'ensemble du territoire et elle regroupe des exploitations de toute importance. Je pense qu'il est indispensable de bien la définir. Point n'est besoin pour cela de lui donner une surface quelconque, un revenu annuel type ou une localisation particulière. Il suffit de considérer toute exploitation comme familiale dès l'instant où les capitaux engagés dans la ferme sont le propre de la famille exploitante et de lui laisser son appellation tant que la main-d'œuvre, dite familiale, est supérieure à la main-d'œuvre salariée éventuellement employée sur cette ferme.

Ainsi, n'en déplaise à certains, une ferme céréalière de 200 hectares gérée et effectivement travaillée par le père de famille et sa femme, son fils et sa belle-fille, plus deux salariés, reste une exploitation familiale; elle le demeurera tant que ne sera pas renversé l'équilibre du travail, tant que la main-d'œuvre extérieure restera minoritaire.

44 % des exploitations françaises sont ainsi cultivées, elles occupent environ 9 millions d'hectares.

L'AGRICULTURE D'ENTREPRISE

A côté de l'agriculture familiale se trouve l'agriculture d'entreprise. Elle se distingue d'abord par l'origine des capitaux engagés dans la terre (placements ou investissements dans une ferme effectués par certaines professions non agricoles); on conçoit, dans ce cas précis, que l'exploitant n'étant ni propriétaire de la terre ni locataire, est automatiquement salarié, qu'il soit chef de culture ou vacher. L'un comme l'autre travaillent en un point donné, moyennant une rémunération donnée, exactement comme sont tenus de le faire les salariés de toutes les autres branches professionnelles.

Mais, indépendamment des capitaux, il arrive qu'une exploitation familiale devienne d'entreprise. Cette mutation s'effectuera dès l'instant où l'agriculteur exploitant sera tenu d'employer une main-d'œuvre salariée majoritaire soit dans le but de développer ses productions, soit encore en cas de défection de différents membres de sa famille.

FERMAGE ET MÉTAYAGE

Outre le mode de faire-valoir dont nous venons de parler, je citerai encore le fermage et le métayage qui concernent 18 % des fermes sur 7 millions d'hectares.

D'un agriculteur propriétaire de ses terres et les travaillant on dit qu'il pratique le faire-valoir direct, et s'il est un fermier au sens grammatical du terme il ne l'est pas aux yeux du Code Rural et Forestier. Les fermiers, tout comme les métayers, ne sont pas propriétaires des terres qu'ils exploitent; les premiers paient une location, les seconds partagent les frais et les bénéfices de l'exploitation qu'on leur a confiée. Cela dit, ils entrent eux aussi, dans leur majorité, dans le vaste groupe des exploitations familiales; ils donnent aux terres prises en location leurs capitaux et leur travail. Mais dans leur cas, comme dans tous ceux déjà invoqués, il faut se garder de généraliser, leur catégorie aussi impose des nuances.

LES EXPLOITATIONS MIXTES

Il existe en effet un type social très répandu puisqu'il touche 38 % des agriculteurs et 14 millions d'hectares, c'est le système mixte où se regroupent tous ceux qui, outre les terres qu'ils possèdent en propre, prennent en fermage ou en métayage celles qui leur sont nécessaires pour constituer une exploitation valable. Ici, comme dans l'industrialisation à outrance dont j'ai déjà parlé, il peut y avoir des abus qu'il est indispensable de dénoncer.

En effet, autant il est normal qu'un propriétaire ou un fermier cherche à s'agrandir par la location (ou l'achat) si son exploitation n'est pas assez viable pour lui permettre d'élever dignement sa famille, autant il est scandaleux et anormal que d'autres, déjà très largement nantis, accaparent purement et simplement toutes les terres disponibles. Dans leur cas, cet agrandissement n'est pas indispensable, loin de là, il a pour seul but de placer et de faire fructifier des capitaux. Mais, ce faisant, ces boulimiques de la terre empêchent d'autres agriculteurs d'accéder à des terres dont la propriété ou la location est vitale; ils les condamnent ainsi à disparaître. Trop souvent enfin, ils s'opposent à l'installation de jeunes agriculteurs incapables de réunir les sommes nécessaires à l'opération ou effrayés, à juste titre, par le montant de l'emprunt à effectuer.

Autant l'idée, ou la pratique, de la nationalisation des terres me semble stupide, malhonnête et dangereuse, autant les implantations de nouvelles fermes de type médiéval, avec leurs métairies, leurs fermes et autres dépendances, leurs régisseurs et leur cohorte d'ouvriers, m'apparaissent elles aussi injustes, anachroniques et immorales. Dans ces deux cas, extrêmes, qui se rejoignent, la notion de profit insulte la dignité humaine en rendant impossible l'accession ou la persistance d'une légitime propriété et en confinant l'homme dans un rôle de subalterne.

LES AGRICULTEURS OUVRIERS

Une autre catégorie sociale propre à l'agriculture et que je n'aurai garde d'oublier, est également une catégorie mixte. On y trouve les agriculteurs que les impératifs économiques ont contraints à une forme larvée de migration, les agriculteurs ouvriers.

Ils sont généralement de petits propriétaires trop attachés à leur terre pour la vendre; de plus, bien souvent aussi, n'ayant reçu qu'une sommaire formation professionnelle d'ouvrier, ils ont besoin des deux modestes revenus que leur apportent leur ferme et leur emploi.

Peu vindicatifs, car redoutant toujours de perdre leur place, ils s'intègrent assez mal dans le monde ouvrier, lequel leur reproche confusément de manger à deux râteliers, d'être de médiocres revendicateurs – scandale! ils travaillent leurs terres les jours de grève! – et, de plus en plus, d'occuper des postes dont les chômeurs se contenteraient. Côté patrons, ça ne va guère mieux, et c'est bien parce qu'on les paie peu qu'on tolère les mystérieuses maladies qui frappent certains à l'approche des gros travaux agricoles... et les congés qui en découlent.

Pour tout dire, leur position n'est pas enviable. Côté agriculteurs on ne leur envoie pas dire qu'ils cumulent, s'occupent peu de défendre les prix de vente et ne libèrent pas les terres. Ni complètement ouvriers ni totalement agriculteurs, ils sont toujours pris entre deux feux et, ce qui est peut-être pis, entre deux mentalités.

Je n'ai pas, pour ma part, à apporter de jugement sur leur existence, mais si j'en parle ici, c'est sans doute parce que je les sens plus proches de la terre que de la ville; ne reviennent-ils pas, chaque fois qu'ils le peuvent, travailler leurs champs? Une chose est certaine, il est peu probable que leurs enfants appliquent ce système. Ils sont donc, et avec eux tous les exploitants condamnés, les derniers représentants d'une agriculture qui meurt.

Il faut noter à leur sujet l'énorme différence entre l'agriculture française et l'agriculture allemande. Chez nous, sur 1 300 000 fermes 1 200 000 sont gérées par des agriculteurs qui tirent leurs principaux revenus de la terre. En Allemagne 45 % [1] des agriculteurs trouvent leur principal revenu dans des activités non agricoles! Peut-être y aurait-il là une solution pour mettre un frein à notre exode rural, mais il faudrait pour cela que les régions touchées par cet exode cessent « d'exporter » leurs forces vives vers les grands centres industriels; il faudrait pouvoir concilier les emplois en ville et la terre. Ce n'est pas le cas en ce moment.

LES SALARIÉS AGRICOLES

Pour clore cette revue des travailleurs de la terre, je parlerai enfin des salariés agricoles. Indispensables à la grande agriculture, ils sont environ 300 000. Ils furent jusqu'à ces dernières années parmi la catégorie sociale la plus exploitée et la moins rémunérée. Seuls les spécialis-

1. Chiffres cités par Pierre Le Roy : *L'Avenir de l'agriculture française*, P.U.F.

tes – vachers, porchers, conducteurs de tracteur – échappaient à ce triste sort.

Il semblerait aujourd'hui qu'on s'inquiète un peu de cette classe trop longtemps oubliée et méprisée. C'est pourtant sur elle que repose le sort des 100 000 exploitations qui ne peuvent se passer de son aide. Il serait donc temps qu'on cesse de la considérer comme une sous-classe taillable et corvéable à merci.

DEUX MILLE ANS DE LABEUR

Sans avoir besoin de remonter dans la préhistoire, nous savons que la majorité des civilisations reposent sur des bases éminemment terriennes. Mis à part quelques peuples nomades – et je pense par exemple aux Touareg – qui ont su, malgré leur incessant périple, forger une forme de civilisation non sédentaire mais évoluée sous certains aspects, les autres types de sociétés – dites avancées – sont issus du monde agricole.

Nul n'ignore que les Gaulois étaient d'excellents agronomes. Ils firent l'admiration des Romains. Non seulement ils utilisaient la charrue à roues, mais aussi les vertus du chaulage et de l'assolement triennal – deux années de céréales, une année de jachère. Ils maniaient aussi bien la charrue que le glaive.

Comme il est beaucoup plus long de labourer un champ que de fracasser le crâne d'un ennemi, ils acquirent, au fil des sillons, une forme commune de caractère qui leur devint propre, que ce soit pour la religion, l'art, la morale civique ou familiale. Ils savaient qu'une tribu, ou un peuple, incapable de se nourrir était condamné, soit à périr de faim, soit à se transformer en horde de pillards. Mais à part les mauvais souvenirs, que nous ont laissé les pillards? Un certain nombre d'enfants, sans doute, plantés en force un peu partout, et qui s'intégrèrent dans les différents peuples étrillés neuf mois plus tôt par leurs coureurs de pères.

Et ces peuples étaient essentiellement agriculteurs. La preuve, malgré les guerres, les pillages, les viols et les massacres, ils s'entêtaient à cultiver et à défendre des contrées périodiquement ravagées. C'est qu'à travers les labours, les semailles et les récoltes, ils avaient découvert la notion de patrie.

Toute petite patrie, certes, puisque limitée à leurs seuls champs et au village, mais qui méritait qu'on la défendît, parce qu'elle vous nourrissait, mais aussi parce qu'on y était né, qu'on y avait ses habitudes et ses aises, sa famille, sa religion et ses morts. Ainsi, de siècle en siècle, malgré les guerres et les invasions, les épidémies, les famines et autres catastrophes, se développèrent l'agriculture et la vie rurale.

Dans le même temps, se forgea cette civilisation qui nous imprègne encore et qui, jusqu'au début de ce siècle, vivait en symbiose avec la paysannerie. Car si les villes se développèrent et avec elles un nouveau mode de vie, si l'art et la pensée purent atteindre le degré que nous leur connaissons, si les structures de toute une société furent assez solides pour traverser les siècles en les épousant, si, par périodes, nous fûmes contraints de sombrer mais capables de nous relever encore, c'est à notre armature essentiellement rurale que nous le devons.

Elle nous inculqua, entre autres, ce sens du travail solide et bien fait qui transparaît dans nos édifices historiques, ce sens du raisonnement, du détail et de la logique, qui font la richesse de notre langue et de notre littérature, ce sens moral qui, quoi qu'on en pense, nous permit à travers les siècles de conserver notre entité, ce sens de la famille, aujourd'hui battu en brèche, mais sans lequel aucune civilisation ne peut survivre. Elle nous enseigna enfin, et les famines venaient périodiquement le rappeler, que nous vivons en liaison étroite avec la nature, son rythme, ses saisons et sa rigueur. Bref, elle nous éduqua.

Il ne s'agit pas, pour moi, de pleurer un genre de vie disparu, je n'ai aucune attirance pour la mode passéiste. Je pense simplement qu'il est bon de savoir que nous portons en nous une hérédité rurale qui recèle sa part de qualités et de défauts. Il est indispensable de compter avec les uns et les autres pour que les mutations qui s'opèrent dans notre société ne donnent pas naissance à un de ces monstres qui surgissent souvent lorsqu'on bafoue les lois de la génétique.

Je veux bien naître d'une civilisation rurale pour vivre dans une civilisation industrielle à condition toutefois que cette dernière ne fasse pas table rase de tout ce que fit son aînée et ne s'imagine pas que son jeune âge, sa fougue, sa science et sa technique lui donnent tous les droits. Le seul droit qu'elle puisse revendiquer est de faire mieux.

UNE CLASSE MAJORITAIRE MAIS DÉDAIGNÉE

Vingt siècles de civilisation rurale donc et, pourtant, presque vingt siècles pendant lesquels le monde agricole apparaît sinon comme le plus mal loti, du moins comme l'un des derniers à bénéficier de l'évolution du niveau de vie.

Il fallait vraiment que plane la misère pour qu'un La Bruyère, en plein règne du Roi Soleil, s'aperçoive que « *ces animaux farouches, mâles et femelles* » qui fouillent la terre et la remuent avec une opiniâtreté invincible, étaient des hommes, en l'occurrence des paysans. Ou que l'Anglais Arthur Young, dans son *Voyage en France*, écrive : « *10 juin 1787. Traversée de Payrac (Lot) et vu beaucoup de mendiants, ce qui ne nous était pas encore arrivé. Dans tout le pays, les filles et femmes de paysans ne portent ni chaussures, ni bas; les laboureurs à leur travail n'ont ni sabots, ni chaussettes... C'est une misère.* » Ou encore : « *5 septembre 1788. Dans ce que j'ai vu de cette province* (il était alors dans l'Ille-et-Vilaine) *un tiers semble inculte et la presque totalité dans la misère...* »

L'auteur manquait peut-être d'impartialité et faisait preuve de chauvinisme (à l'en croire les paysans anglais vivaient dans l'opulence, ou presque), de plus, on sent à travers ces lignes une sévère critique du régime en place et de ce qu'il appelle la noblesse féodale en vigueur en France; il n'en reste pas moins que ces souvenirs de voyage laissent, par certains côtés, une sinistre impression de famine, de crasse, de grande détresse.

Confinés dans leurs bois et leurs champs, les agriculteurs restèrent donc en marge de la société et se retranchèrent dans un farouche individualisme. Il est vrai que les quelques guérillas qu'ils tentèrent pour faire valoir leurs droits tournèrent à leur désavantage. Les jacqueries ne firent pas avancer leurs revendications, bien au contraire. Les répressions qui suivirent les coups de force d'un Guillaume Calé ou, plus tard, ceux des va-nu-pieds, Lanturlus et autres Croquants, durent laisser de tels souvenirs dans les hameaux que les paysans y regardaient à deux fois avant de brandir les fourches.

De plus, les guerres et les multiples invasions qui déferlaient sur les campagnes ne devaient pas beaucoup inciter les paysans à sortir des halliers. Si l'on ajoute à cela les corvées, dîmes et autres impôts, on conçoit aisément que la prudence et la réserve fassent toujours partie intégrante de la mentalité paysanne.

LES AGRICULTEURS ÉLECTEURS

On commença vraiment à s'occuper d'eux, ou plus exactement à les flatter, lorsqu'ils devinrent électeurs. Considérés jusque-là comme ayant pour seul intérêt de nourrir les masses et de payer des impôts – ils furent longtemps la catégorie sociale la plus nombreuse et fournirent donc pendant des siècles la quasi-totalité de l'impôt direct – ou encore d'être un inépuisable réservoir de soldats, on les envisagea sous un autre angle lorsque la Révolution de 1848 instaura le suffrage universel.

La IIe République, en ouvrant les urnes, ouvrit aussi un œil intéressé vers cette masse de bulletins de vote qui frémissaient dans les campagnes. Espérances déçues puisque le vote des paysans, loin de consolider cette république naissante, fut prédominant dans l'installation de Napoléon III et dans les plébiscites qui confirmèrent son coup d'État.

C'est vraisemblablement de cette époque que datent les préjugés qui peignent l'électeur paysan comme un abominable conservateur, un fieffé réactionnaire, bref un puant suppôt de la droite bourgeoise. Il est vrai que Marx, encore lui, présenta cette attitude comme « *la revanche de la campagne sur la ville* ». C'est un jugement sommaire qui fut démenti un quart de siècle plus tard. On oublie en effet un peu vite que ce furent les votes des paysans des années 1875 qui installèrent et maintinrent la jeune IIIe République et qui la soutinrent jusqu'en 1940 !

Sans doute est-ce pour conserver cet appui que Gambetta s'employa à défendre cette tranche d'électeurs en créant le ministère de l'Agriculture. Sans doute cela explique-t-il aussi l'instauration du protectionnisme mis en place par Jules Méline. Protectionnisme effréné qui flatta sûrement les agriculteurs mais bloqua et anesthésia le développement, tant moral qu'économique, de toute la profession.

Pour en venir à une période plus récente, je pense, et les chiffres ou sondages tendent à le prouver, que l'on trouve un électorat également réparti à droite et à gauche dans le monde agricole. Et si on le traite de conservateur c'est sans doute parce qu'il est moins versatile que dans les autres catégories sociales. Une enquête [1] établit en effet que 71 % des Parisiens changent d'opinion et adoptent, par « panurgisme », celle qu'ils croient être majoritaire alors que seuls 18 % des agriculteurs abandonnent la leur...

Enfin, n'en déplaise à quelques politiciens, on peut être un fieffé réactionnaire conservateur tout en se proclamant de gauche. Le choix serait bien trop simple si la droite gardait pour elle seule le monopole de ces attributs et de ces vices.

CONSERVATISME OU FIDÉLITÉ?

Je crois qu'au terme conservateur, il faudrait substituer celui de constant, la nuance est de taille. Longs à s'enthousiasmer, circonspects ou même dubitatifs, les agriculteurs donnent l'impression d'être figés dans leurs attitudes, qu'elles soient politiques, professionnelles ou morales. C'est sans doute parce qu'ils ont, eux, la notion d'un facteur temps qui échappe aux citadins. Mais lorsqu'ils ont fait un choix politique, il faudra vraiment que l'élu, ou le parti, soit un incorrigible maladroit, ou une association de brigands, pour que les agriculteurs retirent leur confiance. Cela est valable pour tout candidat et tout parti.

---

1. *Promovere,* revue internationale de socio-criminologie clinique. N° 4, décembre 1975.

C'est une forme de fidélité. Peut-être s'appuie-t-elle sur la crainte d'un avenir toujours incertain – et c'est alors de la déformation professionnelle – qui est la hantise des agriculteurs. De plus, et ce n'est un secret pour personne, ils n'aiment pas la pagaille, sans doute parce qu'ils furent, pendant des siècles, les premiers à en payer les conséquences. Ils n'avaient rien à perdre en 1789 et n'hésitèrent donc pas à brandir les faux, mais il n'en fut pas de même par la suite. Ainsi virent-ils d'un œil inquiet la Révolution de 1848, puis la Commune de Paris, plus tard le Front populaire et enfin, récemment, les événements de mai 1968.

A ce sujet, je signale aux éventuels fomentateurs de révolution – et s'ils veulent la réussir ils auront besoin de l'appui du monde paysan, Mao Tsé-Toung l'avait très bien compris – qu'il est au moins trois principes qu'il leur faudra respecter s'ils veulent s'attirer le soutien des agriculteurs.

Le premier est qu'on ne lance pas un mouvement pendant les gros travaux agricoles, et le mois de mai est une période de labeurs intenses pendant laquelle les paysans n'ont pas le temps de défiler.

Le deuxième sera d'éviter le gaspillage du matériel : les destructions superflues déplaisent à ceux qui connaissent le prix des choses.

Le troisième enfin, et c'est je crois le plus important, est qu'ils devront éviter de choisir les étudiants ou les lycéens comme porte-parole et troupes de choc. Aux yeux des agriculteurs, les étudiants font partie d'une caste privilégiée qui a la chance, elle, de pouvoir poursuivre des études. Pour les agriculteurs, autant il est sérieux et respectable d'étudier en travaillant au maximum, autant il leur apparaît scandaleux, et en même temps puéril, de dissiper son temps en vains palabres, manifestations et autres meetings. Ils voient dans les attitudes revendicatives des étudiants comme une provocation, une insulte à tous ceux qui n'ont pu faire d'études et qui, très souvent, se sacrifient pour en offrir à leurs enfants. Ils savent enfin qu'une révolution est une affaire beaucoup trop sérieuse pour la confier à des gamins.

Tout cela pour expliquer la réserve dans laquelle se cantonnèrent les agriculteurs en mai 1968. On la leur reprocha et on y vit, une fois encore, la marque d'un esprit conservateur et borné; mais, comme par hasard, nul à l'époque ne fut capable de leur démontrer concrètement pour quoi, ou pour qui, ou contre quoi il fallait se battre. Il y eut, une fois de plus, ce fossé d'incompréhension, cette impossibilité de communication entre deux mondes qui, de plus en plus, emploient des mots qui n'ont pas la même signification.

C'est dommage car s'ils avaient été motivés, les agriculteurs auraient pu apporter dans le train de réformes et de bouleversements qui nous porte depuis 1968 ce petit détail qui rend possible l'irréalisable et qui s'appelle le bon sens. Mais, de nos jours, seuls, paraît-il, les implacables techniciens ou les intellectuels délirants ont de bonnes idées; elles sont tellement étincelantes que l'on peut se demander avec inquiétude si elles ne vont pas mettre le feu un peu partout.

UNE PLACE ÉCONOMIQUE INCONTESTABLE

Si notre place sur l'échiquier politique tend à perdre de son importance du fait de l'émiettement de notre population, il n'en va pas de même de notre place économique. Phénomène curieux, autant on est prompt à nous accuser d'être le boulet de la nation, autant on est discret quant à l'incontestable croissance de notre force économique. A lire la majorité des journaux, à entendre les commentateurs de radio ou de télévision lorsqu'ils abordent ce sujet, et, ce qui est beaucoup plus grave, à compulser certains ouvrages destinés aux étudiants de quelques grandes écoles, on pourrait croire que les auteurs appuient leurs dires sur des données vieilles de cinq ans ou plus. Alors de deux choses l'une : ou ils le font exprès, ou ils pêchent leurs informations dans les archives du ministère des Finances!

N'en déplaise à ces économistes qui ont l'art et la manière de triturer les chiffres pour les adapter à leurs vilaines thèses, nos productions agricoles ne cessent de se développer dans toutes les spécialités. Elles ont progressé de 40 % en dix ans et elles furent en 1975 les seules qui permirent à notre balance commerciale d'être excédentaire de 4,3 milliards de francs... A nous seuls nous fournissons plus du tiers de la production totale de la communauté économique européenne, ce qui nous place au rang de premier producteur du Marché commun et de second à l'échelle mondiale.

Certes, certes, disent les spécialistes, il n'en reste pas moins que votre production croissante conduit à la surproduction, donc au gaspillage et que, de toute façon, nous importons un tonnage considérable de denrées alimentaires. Bien entendu! Et on voudra bien nous excuser d'être incapables de cultiver des produits exotiques. Mais, pour le moment, le café ne pousse pas en Brie, ni le cacao dans la Marne, et on ne pêche pas non plus d'esturgeons dans la Loire! Et au sujet des importations alimentaires, je trouve qu'il est pour le moins défavorable à l'agriculture de lui assimiler la pêche – je sais bien que les poètes assurent que les bateaux labourent la mer, mais quand même!

Enfin, et c'est alors qu'on atteint la quintessence de la mauvaise foi – ou de l'idiotie – certains nous reprochent encore de pratiquer des cours très supérieurs aux cours mondiaux. Ces délateurs estiment que la France ferait de belles économies en s'approvisionnant directement chez ceux qui les pratiquent.

Je me refuse à croire que ces gens-là poussent l'ignorance jusqu'à méconnaître les bouleversements intervenus en la matière depuis plusieurs années. S'il fut vrai, en un temps, que les cours mondiaux étaient inférieurs aux nôtres, cette situation s'est renversée depuis 1973 à la suite d'une pénurie alimentaire mondiale. Et si, à l'heure où j'écris, les tarifs mondiaux du blé sont de nouveau à la baisse, rien ne prouve qu'il en sera de même dans six mois. Il serait donc follement imprudent de miser sur la fluctuation des cours pour abandonner notre place de producteurs de céréales. Cela est valable pour toutes nos productions, lesquelles, depuis quatre ans, furent dans l'ensemble d'un prix inférieur aux tarifs mondiaux.

Mais je ne pense pas un instant que ces beaux prêcheurs ignorent ce nouvel aspect des choses. S'ils continuent à le taire, au mépris de l'honnêteté la plus élémentaire, c'est qu'il est avantageux pour eux de déprécier l'image de marque d'une agriculture en constante progression et d'une France indépendante. Tout leur est bon pour détruire l'une et l'autre. Et c'est là le fond du problème lequel, on le voit tout de suite, relève beaucoup plus de la philosophie politique que de l'économie. Car, bien au-delà des chiffres, ce qui importe c'est de savoir si un pays doit préserver ou aliéner sa liberté; c'est bien d'elle qu'il s'agit et pas d'autre chose et la basse querelle qui consiste à déterminer si l'agriculture rapporte ou coûte de l'argent au pays n'est qu'une passe d'armes parmi tant d'autres.

Nous pourrions, peut-être, éliminer de France toutes les exploitations considérées comme non rentables par les censeurs et ne conserver que les grandes unités d'exploitation très productives et compétitives. Mais, ce faisant, nous perdrions cette indépendance économique et alimentaire qui est garante de notre liberté. Un pays incapable de se nourrir, mais aussi de tenir sa place sur les marchés extérieurs, est un pays en passe d'être colonisé, ou satellisé, par celui qui lui fournit son alimentation. Et que peut-il invoquer ou brandir pour se défendre? La dignité de l'homme? Allons donc! Qui s'en préoccupe en cas de guerre? Et même en dehors de tout conflit, à qui fera-t-on croire qu'un pays détenant le monopole d'une production quelconque n'abusera jamais de sa force?

LA FORCE DE FRAPPE ALIMENTAIRE

Je redoute, quant à moi, beaucoup plus la guerre alimentaire que la guerre atomique, et si les deux sont une force de frappe redoutable, il est à craindre que la première, sous des couverts moins dantesques, soit aussi terrible que la seconde et beaucoup plus facilement employée.

Toutes les nations sont en passe de posséder l'arme atomique et cela fait froid dans le dos, mais qu'apporterait une attaque nucléaire à celui qui la déclencherait? D'une part une riposte quasi immédiate avec tous les risques d'anéantissement qu'elle comporte, d'autre part la sinistre certitude d'avoir rayé un pays de la carte du monde. Économiquement parlant, la destruction totale d'une État quelconque n'a rigoureusement aucun intérêt, on peut même dire que c'est une perte de clients éventuels.

Or, l'Histoire nous enseigne que la majorité des guerres ont des visées économiques, on les cache parfois derrière le paravent d'une idéologie, mais c'est pour se donner bonne conscience. Même le malheureux Viêt-nam fit les frais de cette habitude qu'ont les hommes de toujours revendiquer la part du voisin, et si le Sud-Viêt-nam n'avait été une riche province agricole, il y a fort à parier que les mal lotis du Nord n'auraient pas mis un tel acharnement à le conquérir. Et la guerre d'Algérie aurait-elle eu lieu sous la forme qu'on lui a connue si le pays ne s'était soudain mis à sentir le pétrole? Et si le Maroc et l'Algérie se battent en ce moment, ce n'est pas du tout pour les misérables Mauritaniens, mais pour mettre la main sur les gisements de phosphate récemment découverts. Enfin, n'est-ce pas pour avoir ses aises, étaler sa race et s'emparer des richesses des pays voisins que Hitler prit la responsabilité du plus atroce massacre de tous les temps? Que lui aurait apporté la destruction de ce qu'il convoitait, dans les débuts de la guerre? Rien, et surtout pas la masse de produits de tous ordres sur laquelle il fit main basse partout où on le laissa s'installer.

Une attaque nucléaire n'attirerait donc que des ennuis – et quels ennuis! – à son auteur. En revanche, et si, paraît-il, même un simple citoyen peut fabriquer sa petite bombe A, tous les pays ne peuvent pas, et ne pourront avant longtemps se suffire à eux-mêmes du point de vue alimentaire; c'est dire qu'ils ne sont pas à la veille d'être gros exportateurs de produits agricoles.

Beaucoup pourtant ont un besoin vital de ces denrées et consacrent une part impressionnante de leur budget à leur achat. Ils sont, qu'on le veuille ou non, à la merci de leur fournisseur. Il suffira à celui-ci, en cas de conflit, d'arrêter temporairement ses livraisons et d'attendre, les pieds dans ses pantoufles, sans mobilisation générale et sans aucun risque, que les autres crient famine, reconnaissent leur impuissance et s'inclinent.

Et même en temps de paix, et entre gens bien élevés, c'est toujours le fournisseur qui influencera – à son avantage – la marche et la gestion du pays quémandeur. C'est une forme de guerre implacable qui déjà, çà et là de par le monde, a fait ses preuves. Les États-Unis nous en ont donné un petit aperçu en établissant un embargo sur le soja en 1973... L'Union soviétique aussi en sait quelque chose, elle qui est contrainte, depuis des années, d'acquérir une partie de son blé aux États-Unis et qui a signé avec ces derniers le 1er septembre 1976 un accord valable cinq ans qui lui permettra d'acheter de 6 à 8 millions de tonnes de céréales par an. Et certains de ses inconditionnels défenseurs ont beau chuchoter qu'elle revend ce qu'elle achète – à des pays encore plus démunis et avec bénéfices sans doute? ce qui serait une attitude mercantile fichtrement réactionnaire et bourgeoise! – personne n'est dupe : il y a de sa part, qu'elle le veuille ou non, l'aveu de sa faillite en matière agricole.

Quant à nous, je crois que la crise pétrolière et le chantage auquel se livrent les pays producteurs donnent un très bon aperçu de ce qui pourrait nous advenir si nous commettions l'erreur d'abandonner notre indépendance alimentaire sous de fallacieux prétextes budgétaires. Quel poids ont-ils devant une guerre alimentaire déjà ouverte?

Ce n'est quand même pas pour rien que les U.S.A. ont mis sur orbite un phénoménal réseau de satellites météo, ce n'est pas pour rien qu'ils survolent, photographient et analysent toutes les régions du globe où pousse un grain de blé ou de riz, c'est pour prévoir qui aura besoin de leur aide, découvrir de nouveaux clients et préparer les marchés.

Ce n'est pas pour rien, enfin, qu'après des années de sous-production volontaire ils viennent de remettre en culture 10 millions d'hectares...

LE REVENU AGRICOLE

En ce qui nous concerne, qu'on ne vienne donc pas nous dire que quelques régions de haute valeur et de grande technicité agricoles suffiraient à nos besoins; l'été 1976 est venu démontrer le contraire et prouver qu'en matière de productions agricoles les plans et autres prévisions étaient généralement faux.

Je le dis sans détour, cet été qui fut pour nous,

agriculteurs, une catastrophe, aura néanmoins quelques répercussions favorables, du moins je l'espère. Il est venu démontrer aux techniciens de salon que le terme surproduction n'existait pas, que le malthusianisme était une dangereuse théorie, qu'il suffisait de quatre mois de sécheresse pour que chute une production agricole dans des proportions considérables, et qu'il y a seulement un siècle, cette petite facétie de la nature aurait, faute de réserves alimentaires – donc d'excédents –, entraîné des famines.

Quelle paire de claques pour les tenants d'une France sans paysans, quel avertissement aussi pour tous les apprentis sorciers qui surgissent périodiquement et tiennent essentiellement à prendre l'agriculture comme champ d'expérience. Puissent-ils comprendre, tous ceux-là, que notre présence et notre production sont des facteurs essentiels, tant à la vie de la nation qu'à celle de tout pays en voie de développement.

En effet, tant que subsisteront de par le monde plusieurs nations exportatrices, les pays défavorisés conserveront au moins la possibilité de s'approvisionner dans les États de leur choix. Mais que s'instaure le monopole en matière agricole et ils perdront toute liberté d'achat.

Enfin, puisque certains, contre toute logique, prônent encore l'alignement de nos prix agricoles sur certains tarifs mondiaux, pourquoi n'élargissent-ils pas leurs prétentions à toutes les branches commerciales et industrielles? Pourquoi ne pas faire sauter tous les verrous douaniers et laisser aux États-Unis et au Japon le soin de tous nos approvisionnements? Trêve de plaisanterie, j'aimerais, lorsqu'il est question de nos prix agricoles, que nos délateurs fassent preuve d'un minimum d'objectivité et reconnaissent non seulement que notre marge bénéficiaire est la plus basse qui soit, mais qu'elle ne cesse de décroître.

Pourquoi ne jamais dire, par exemple, qu'en dix ans la croissance du revenu moyen fut de 133 % pour les agriculteurs et de 192 % pour les autres catégories sociales? Pourquoi ne jamais dire les choses en face et faire la grimace dès que nos prix font mine d'augmenter. Je dis bien font mine, et je le prouve. Dieu sait pourtant si j'ai horreur des chiffres et des calculs, mais il faut en passer par eux.

DES CHIFFRES QUI PARLENT

Deux produits types suffiront, le blé et le lait. En 1970, les agriculteurs adhérents d'un centre de gestion d'un département de l'Ouest touchèrent 46 francs pour un quintal de blé et 0,51 franc au litre de lait. En 1975, le quintal de blé fut payé 64 francs et le litre de lait 0,85 franc. Belle progression.

C'est là, malheureusement, une vision très optimiste des choses, car si l'on tient compte de l'inflation – elle frappe tout le monde, mais nous en particulier – on constate que, remis en francs constants, base 1970, le blé payé 46 francs en 1970, 1971 et 1972, chuta à 42 francs en 1975; et que le lait payé 0,51 franc le litre en 1970 monta à 0,55 franc en 1971, 0,61 franc en 1972 pour retomber à 0,56 franc en 1975...

Ainsi, toujours en francs courants – et c'est un rude coureur! – si l'on examine les charges à l'hectare, celles qui, par exemple, atteignaient 1 530 francs en 1970 grimpent à 2 595 francs en 1975; en francs constants, base 1970, elles passent de 1 530 francs à 1 709 francs pour la même période. Donc, en francs courants, un revenu agricole à l'hectare qui aurait été de 1 000 francs en 1972 fut de 557 francs en 1975; qui oserait prétendre que le revenu des agriculteurs n'a pas diminué?...

Ce n'est pas du tout pour le plaisir d'étaler des chiffres

(que tous les centres de gestion et d'économie rurale confirmeront) que je viens de faire cette infime démonstration. Des chiffres, je pourrais en remplir un plein chapitre – que personne ne lirait – et tous prouveraient l'incroyable dégradation du revenu agricole. Alors, que nous reproche-t-on en fait, d'être les plus mal rémunérés?

L'INFLATION ET LE REVENU

Les agriculteurs sont une des catégories les plus touchées par l'inflation, c'est logique. Quand on aborde notre cas, on oublie que nous ne sommes pas que des producteurs, mais également des consommateurs. Ainsi, mis à part les produits d'usage courant, nous sommes tenus, pour maintenir notre production, d'accroître d'année en année toutes les consommations de produits industriels qui nous sont indispensables pour obtenir nos rendements.

Or, qu'il s'agisse d'engrais, d'aliments du bétail, de traitements, de semences, de carburant, de matériel divers, etc., tout a augmenté en quelques années dans des proportions très supérieures aux prix de vente qu'on nous concède. C'est au très sérieux I.N.S.E.E. que j'emprunte les chiffres qui établissent le parallèle entre l'échelle des prix agricoles à la production et l'échelle des produits industriels indispensables pour obtenir cette production.

Au début de 1974, les deux chiffres se tenaient à la même altitude, indice 135. Fin 1975, les prix agricoles s'élevaient à 140 et les produits industriels à 165. Début 1976, les prix agricoles montaient à 155, mais les industriels (qui, je le redis, nous sont indispensables) grimpaient à 180... Point n'est besoin de sortir de Centrale pour deviner que nous ne sommes pas à la veille de les rattraper.

Si l'on rajoute à cela la hausse de toutes les charges sociales et le coût de la main-d'œuvre – la plus basse revient à plus de 10 francs de l'heure – (ce qui explique pourquoi il devient parfois plus « rentable » de laisser pourrir les fruits ou légumes plutôt que de les ramasser lorsque leurs prix de vente ne couvrent pas celui de la main-d'œuvre) on comprend qu'il ne sert à rien de vouloir comparer nos prix de vente avec certains prix mondiaux si l'on ne compare pas aussi les prix de production. Il est bien certain, par exemple, que le Maroc, la Turquie ou la Grèce peuvent nous fournir des légumes et des fruits à des tarifs défiant toute concurrence, mais faudrait-il, pour leur tenir tête, payer comme ils le font la main-d'œuvre avec des courants d'air?

Autre information tendancieuse qui consiste, lorsque l'on parle de nos revenus, à laisser croire dans l'opinion publique que les prix annoncés sont les prix pratiqués.

Prenons le lait, par exemple, qui, à la date du 1er août 1976, bénéficia d'une majoration de quelques centimes à la production. Or, ce que personne ne dit, c'est que, de plus en plus, le lait nous est payé en fonction de son pourcentage de matière grasse et que, consécutivement à la sécheresse, ce pourcentage baissa dans des proportions considérables. Moralité, les producteurs virent diminuer non seulement leurs rendements, mais encore leurs prix de vente : moins de matière grasse au litre, donc prix inférieur! Mais les consommateurs subirent la hausse qu'on leur présenta inéluctable puisque dépendant, paraît-il, des prix à la production.

L'alibi est complètement éculé. Pourtant il marche encore et derrière lui s'abritent toutes les hausses consécutives à une économie qui navigue au milieu des icebergs dans le brouillard le plus opaque. On brame : c'est la faute des producteurs! exactement comme un capitaine actionne sa corne de brume. Mais, dans les deux cas, le brouillard demeure.

LES PAYSANS DU DANUBE ET D'AILLEURS

« Eh va donc, paysan! » Quels sont donc les traits communs à tous les terriens du monde qui leur permettent de rassembler sur leur seul nom un mélange incroyable de qualificatifs injurieux? Lorsqu'il s'agit de traiter quelqu'un de paysan, nhaqué, moujik ou autres péons, c'est très rarement pour lui rendre hommage.

En règle générale, les chauffards sont des « paysans », tout comme les piétons inconscients, les automobilistes provinciaux égarés dans la capitale, les balourds, maladroits et grossiers de toutes espèces. La tradition mondiale affuble tous les paysans d'un esprit obtus, d'une intelligence bornée et d'un caractère taciturne; elle veut aussi que le paysan ne soit jamais satisfait de son sort et qu'il soit foncièrement pessimiste, mais il ne lui déplaît pas, toutefois, d'y voir aussi un roublard âpre au gain, capable de toutes les ruses pour arrondir ses économies qui, paraît-il, sont substantielles.

Il serait intéressant de savoir quel fut le premier paysan qui traita son confrère de paysan et surtout pourquoi, car il est probable que cette insulte, pour être aussi tenace et universelle, est vieille comme le monde. Elle dut donc être échangée entre deux voisins, du même village, qui pratiquaient le même métier! Ou alors, peut-être fut-ce un agriculteur préhistorique, fort de sa jeune agronomie et de son premier sac de blé, qui lança cette injure à son frère éleveur pour bien lui faire comprendre qu'il était un minable, et s'il n'employa pas le mot paysan tel que nous le connaissons, celui qu'il choisit, ou inventa, avait la même signification.

Ainsi, à travers les millénaires, se perpétua cette habitude qui transforme le mot paysan en sobriquet péjoratif. Dans le fond, ce n'est pas grave et ne peuvent se sentir insultés que ceux qui ignorent ce qu'est vraiment un paysan. Laissons donc aux ignares la responsabilité du qualificatif injurieux et voyons plutôt tout ce qu'il recèle de noblesse.

Je ne suis pas un paysan, et ne le serai jamais; agriculteur éleveur tant qu'on voudra, mais paysan, impossible. Pour l'être il faut quelques siècles d'ancêtres terriens comme parrainage et ce n'est pas mon cas. Si je peux en parler c'est parce que je les fréquente depuis bientôt trente ans et aussi, et c'est la raison la plus importante, parce que j'ai épousé une paysanne qui, pour perdre trace de ses aïeux terriens, doit remonter jusqu'au XIVe siècle.

On peut s'acheter tous les titres que l'on voudra, se fabriquer des arbres généalogiques en bois blanc et s'inventer des armoiries fantaisistes, on n'en reste pas moins un roturier; il ne suffit pas de prétendre à une aristocratie pour en acquérir les qualités. Ainsi personne ne peut se dire paysan s'il n'a derrière lui des générations de laboureurs et s'il ne porte, de naissance, les caractères propres à son état. Et ils sont indiscutables.

Ils sont le fruit de longues épousailles entre l'homme et la terre, avec tout ce que cela comporte d'adaptation, de patience, de ténacité de la part de ceux qui, leur vie durant, doivent se plier aux rythmes naturels et qui s'y plient avec une forme d'amour bourru dont toute mièvrerie est exclue car la mégère, qui feint parfois d'être apprivoisée, a tôt fait de prendre le mors aux dents si la poigne qui la retient vient à faiblir.

J'ai bien dit mégère, au risque de m'attirer les foudres de tous les disciples de Rousseau qui ne voient en elle que sagesse, beauté, bonté. Elle a parfois ces qualités, et bien d'autres encore, c'est pour cela qu'on lui pardonne, mais elle a aussi ses vices.

On parle beaucoup de la terre depuis quelques années et, sans doute parce qu'on en est trop frustré, non seulement on la sublime, mais encore on oublie son vrai visage, on l'enjolive, on le défie. On agit avec elle comme avec la mer; là on apprécie les fleurs et les bois, les oiseaux et le bon air, ici la plage ensoleillée, les bains et les croisières estivales. Mais les marins savent que l'océan, c'est une petite fraction de plage et une masse énorme d'éléments avec lesquels il faut compter et contre qui il faut se battre, et le paysan est placé pour savoir qu'au-delà de la poésie se tient le vrai caractère de la terre, et il est rude.

Le paysan est donc avant tout un homme qui porte en lui une hérédité où est imprimée l'histoire de son métier, histoire où se mélangent les luttes, les désillusions et les victoires, les joies et les peines. Et cet atavisme est assez puissant pour transmettre de génération en génération ce caractère typiquement paysan, dont on connaît l'existence sans connaître vraiment ses raisons, dont on se moque souvent et qui mérite pourtant d'être étudié et compris.

LE CARACTÈRE PAYSAN

Ainsi dit-on volontiers que le paysan est taciturne. Mais pourquoi parlerait-il, et à qui? L'agriculteur qui, au fil des jours, travaille seul et réfléchit seul, s'habitue il est vrai au mutisme. Peut-être applique-t-il aussi le vieil adage : qui parle sème, qui écoute récolte, et préfère-t-il récolter? Ou alors, et je penche volontiers pour cette explication, ne craint-il pas plutôt, par un excès de timidité, d'extérioriser trop ouvertement ses sentiments? Car il y a chez beaucoup de paysans placés en face de citadins à la fois des complexes d'infériorité et la certitude de ne pouvoir faire partager leurs problèmes.

Des complexes d'abord. Ils trouvent leurs racines dans plusieurs sources. Complexes séculaires, fruits des siècles pendant lesquels une des plus basses classes de la société était la leur. Cette classe d'où des générations d'enseignants se sont efforcés d'extirper les meilleurs éléments pour en faire tout, sauf des agriculteurs. Cette classe à qui ces mêmes enseignants livrèrent, comme à Moloch, le lot d'élèves « bons à rien sauf à faire des paysans ». Cette classe, dont ses maîtres, et plus tard ses adjudants, reprochaient l'accent du terroir, le patois, l'attitude intimidée, les gestes gauches. Cette classe que l'on conserva en prévision des insatiables besoins d'une infanterie qui préférait les paysans car ils étaient disciplinés, résistants et bons marcheurs; tellement parfaits que sur 1 325 000 tués de la guerre de 14-18, 680 000 étaient agriculteurs, plus d'un mort sur deux...

Il est possible que tout cela relève du passé – ce qui n'est pas du tout certain en ce qui concerne les enseignants – il n'en reste pas moins vrai que la masse paysanne en est profondément marquée; d'ailleurs ne continue-t-on pas à lancer : « Eh va donc, paysan! »

Complexes plus récents ensuite, issus de ce profond décalage entre deux niveaux de vie, le rural et le citadin, complexe attisé par la certitude presque fataliste que portent en eux beaucoup d'agriculteurs d'être toujours considérés comme une classe inférieure; sentiments entretenus, volontairement ou non, par une foule de petits faits et détails qui vont du spot publicitaire mettant en scène un paysan souvent grotesque ou archaïque jusqu'à l'article de tel hebdomadaire accusant ces mêmes paysans d'être des assistés permanents. Complexe enfin de l'homme de la terre, qui pratique un métier manuel – mais dont on ne parle jamais lorsqu'il s'agit de défendre les travailleurs manuels ! – et qui sent confusément que tout ce qui est manuel est systématiquement méprisé par certaines couches de la société, parce qu'on s'y salit.

Il est certain aussi que le paysan a les plus grandes difficultés pour faire admettre ses problèmes, et il a eu tellement souvent le sentiment d'être incompris que cela ne l'incite pas au dialogue. D'abord, pour dialoguer, il faut parler la même langue et user de mots qui ont le même sens. Ainsi, lorsqu'il parle prix de vente, il ne fait pas acte de mendicité. Malheureusement on lui répond subventions ! Il ne demandait pourtant pas la charité mais la juste rémunération de son travail. Aussi préfère-t-il bien souvent se taire. Mais son caractère n'est taciturne qu'en fonction des interlocuteurs. Qu'il se sente écouté, et surtout compris, et il devient disert et passionnant.

QUI REVENDIQUE SANS CESSE ?

On assure aussi qu'il est dans le caractère du paysan d'être un éternel mécontent. On le dit toujours insatisfait de son sort, du temps qu'il fait, de ses récoltes, de ses prix de vente, de sa vie. Il y a du vrai dans tout cela et c'est, de prime abord, l'idée qu'il peut donner. Elle le dessert.

Mais est-ce que par hasard il serait le seul à être mécontent ? Allons donc ! Qui se plaint à longueur d'année, qui revendique, qui défile de la Bastille à la Nation, qui en 1975 s'offrit le luxe de totaliser presque quatre millions de jours de grève ? Qui, presque chaque jour que Dieu fait, lance, à travers la presse, la télévision ou la radio, ses plaintes permanentes et geignardes, ses gémissements hypocrites qui fendraient l'âme si on s'y laissait prendre?

Les paysans? Non. Mais les enseignants oui, les cadres oui, les petits commerçants oui, la majorité des ouvriers oui, les fonctionnaires P. et T., S.N.C.F., G.D.F.-E.D.F. oui, on entend même meugler les médecins et les pharmaciens! C'est dire si les pleurs sont bien portés dans les villes!

Il ne faudrait quand même pas que la majorité citadine renverse les rôles et fasse un transfert de toute sa grogne sur le monde rural. Il faudrait peut-être, avant de nous accuser, qu'elle s'écoute un peu parler, qu'elle s'entende se plaindre de la vie chère, des fins de mois difficiles, des loyers exorbitants, de la circulation impossible, de la brièveté des congés payés, du sale temps qui gâche les vacances, du gouvernement, de l'opposition, de l'augmentation du prix de l'essence, de la limitation de vitesse, de la jeunesse qui se dévergonde, de la chute du franc, du salaire insuffisant et aussi, bien entendu, de ces paysans qui se plaignent tout le temps!

Il est possible qu'ils se plaignent, mais eux, au moins, ils ne se mettent pas en grève et c'est autant d'économie pour tout le monde, eux au moins ils ne paralysent pas l'économie et le travail de tout un pays, eux au moins, ils ne gênent pas grand monde. Bref, leurs plaintes sont loin d'atteindre l'amplitude et la virulence de ceux qui les leur reprochent.

Sans doute se plaignent-ils, mais sait-on pourquoi? Je pense qu'il faut gratter un peu les apparences et chercher les causes de cette attitude. Là encore, à travers le paysan, ce sont tous ses ancêtres qui parlent, et ils avaient de nombreux motifs d'être mécontents. Et si d'aventure ils trouvaient quelques raisons d'être heureux, ils devaient se garder d'en rien laisser paraître, on en aurait aussitôt tiré la conclusion qu'il était grand temps d'augmenter leurs impôts!

Ils acquirent ainsi la certitude qu'il fallait coûte que coûte donner toujours l'impression d'une année catastrophique, d'un été pourri, d'une récolte compromise. Et cela entra dans la race paysanne et s'y ancra. Une autre marque héréditaire, vieille comme le monde et qui relève peut-être d'une lointaine superstition, est qu'il ne faut pas vendre la peau de l'ours avant de l'avoir tué, et pour éviter les désillusions il est même préférable de laisser supposer qu'il n'y aura pas de peau à vendre, même si on tue l'ours!

Attitude de prudence extrême acquise au cours des siècles et qui se renouvelle à chaque génération. Attitude que finissent par adopter ceux qui, comme moi, ne sont pas de souche paysanne mais pratiquent les métiers de la terre.

LA LÉGITIME INQUIÉTUDE

On nous déclare donc toujours mécontents, le mot ne fait pas mon affaire, inquiets conviendrait mieux. Inquiets parce que tout nous pousse à l'être, inquiets comme le lièvre au guéret un matin d'ouverture; et l'inquiétude n'est pas la peur, ni la panique, ni le défaitisme, elle est l'attitude logique de celui qui pressent un danger et qui attend, dans l'incertitude, qu'il s'abatte ou s'éloigne.

L'incertitude est notre lot journalier et le comprennent sans doute mal tous ceux qui pratiquent un métier salarié, sauf bien entendu s'ils sont menacés de chômage. Nous travaillons avec la nature, sans elle nous ne pouvons rien faire, contre elle nous ne pouvons pas grand-chose. Livrés pieds et poings liés aux caprices de la météo, nous savons que rien n'est gagné tant que la récolte ou la production n'est pas vendue. Car telle culture si prometteuse peut être réduite à néant en quelques minutes; il en faut très peu pour qu'un coup de gel détruise toute la production d'un verger, et quelques instants de grêle suffisent pour hacher menu un champ de tabac, une vigne, un potager. Et il faut très peu de temps à un orage pour coucher et rouler une prairie prête à la fauche ou un champ de blé.

Je ne parle même pas d'événements exceptionnels comme la sécheresse de 1976, les tornades d'août 1971 ou les grands gels de février 1956, je parle d'événements que je qualifierais de classiques. Comme est classique la mortalité du bétail qui, sous forme d'accidents, d'épizooties ou de parasitisme, peut décimer une partie du cheptel. Comme est classique aussi la petite sécheresse locale dont personne ne parle mais qui fait soudain chuter vos productions. Comme sont classiques les pluies trop abondantes qui s'opposent à la récolte et aux labours.

J'arrête ici car on risque de dire que moi aussi je me plains toujours. Non, ce n'est pas dans mon tempérament et c'est bien volontiers que je m'enthousiasmerais parfois, mais le métier m'a rendu très circonspect; j'ai atteint, moi aussi, cette prudente réserve qui évite bien des désillusions. Prudent donc, le paysan l'est à un tel point qu'on a fini par confondre prudence et immobilisme. Il est vrai qu'il se méfie des innovations tapageuses, des techniques révolutionnaires, des cultures nouvelles; son réflexe est d'observer tout ce que cela peut donner.

Il ne se lance pas, à l'aveuglette, dans toutes les aventures qu'on lui propose et, dans bien des cas, le temps finit toujours par lui donner raison. Mais il n'est pas systématiquement contre les changements de tous ordres; simplement, lorsqu'il évolue dans un sens ou dans l'autre, il le fait à son rythme, il tâte le sol avec précaution avant de poser son pied sur un terrain qu'il ne connaît pas. Mais il ne pratique pas l'immobilisme qu'on lui prête, la prodigieuse évolution que l'agriculture vit depuis vingt ans en est la preuve flagrante.

UNE ORGANISATION DIFFICILE

Un autre grief souvent formulé à l'encontre des paysans est qu'ils sont très mal organisés pour écouler leurs produits. C'est vrai sauf en ce qui concerne les céréaliers, les betteraviers, les viticulteurs produisant de grands crus et quelques agriculteurs très spécialisés.

A part ces exceptions, tout le reste de la profession se heurte à des impasses au niveau de la production; là, c'est la foire d'empoigne, la pagaille, la magouille et le paysan ne s'y sent pas du tout à l'aise car, quoi qu'on puisse penser, il n'est pas un commerçant. Le serait-il vraiment qu'il y a longtemps que la majorité des intermédiaires qui se glisse entre lui et les consommateurs aurait disparu. Et si, au cours d'une foire ou d'un marché, il donne l'illusion de se défendre pied à pied, s'il s'acharne comme un malheureux pour défendre son prix, c'est parce qu'il a la certitude qu'en fin de compte il est toujours roulé; et il ne trouve aucune consolation dans le fait de savoir que le consommateur l'est autant que lui!

Il existe bien sûr des groupements de producteurs ou des S.I.C.A. [1] qui tentent de mieux organiser les méthodes de vente et de défendre ainsi leurs adhérents. Certains de ces organismes fonctionnent très bien, d'autres, pour des raisons financières ou administratives, battent de l'aile ou calquent purement et simplement leurs attitudes sur celles de ces intermédiaires qu'ils étaient censés éliminer. Car ces organismes, essentiellement agricoles, offrent, sauf exception, le paradoxe de n'être pas gérés par des agriculteurs exploitants. C'est logique, l'agriculteur ne peut à la fois s'occuper de sa ferme et d'une S.I.C.A., il doit choisir de se donner en priorité à l'une ou

1. Société d'Intérêts Collectifs Agricoles.

à l'autre. Aussi, très souvent, est-il obligé de laisser à des salariés – d'origine et de formation diverses – le soin d'animer les organismes qui, théoriquement, sont là pour le défendre.

Je le répète, il en est qui fonctionnent très bien; il en est d'autres, hélas! qui sombrent très vite dans le plus lamentable des fonctionnarismes, avec tout ce que cela comporte d'imbécillité, d'irresponsabilité et de gaspillage. De quoi dégoûter les paysans de jamais remettre les pieds dans de semblables galères!

INDIVIDUALISTES OU INDÉPENDANTS?

On dit aussi que le paysan est un individualiste forcené et on explique par là son retard dans tout ce qui concerne l'organisation de sa profession.

Le terme individualiste est sévère et me paraît abusif car il implique un égoïsme inébranlable qui n'est quand même pas le travers de tous les agriculteurs. Beaucoup en effet pratiquent l'entraide et contrairement à ce qui risque de vous arriver si vous êtes sans famille et tombez malade dans une grande ville – à savoir d'être complètement oublié par vos voisins de palier – les paysans ne vous laisseront pas choir. Ce n'est pas sur les routes de campagne que vingt-cinq ou trente automobilistes écrasent le même malheureux et qu'aucun ne s'arrête, c'est sur les grandes artères des grandes villes... Aussi au terme individualiste je propose de substituer celui d'indépendant, car pour être indépendant, oui, le paysan l'est, c'est presque sa seule richesse.

Une fois de plus son hérédité le marque, car cette indépendance lui fut mesurée pendant tous les siècles où il dépendait de l'État par l'intermédiaire du seigneur local, des tailles et autres impôts; dans le même temps on le contraignait à l'autarcie car c'était pour lui le système le moins ruineux, celui qui lui permettait malgré tout de nourrir sa famille.

Aussi, dès qu'il le put, c'est-à-dire après 1789, recouvrit-il cette indépendance qui devint presque totale puisqu'il continua à appliquer l'autarcie à laquelle il était habitué.

Certes, par le jeu des emprunts contractés par la majorité des agriculteurs, cette indépendance est aujourd'hui plus morale qu'économique et se trouve donc sérieusement diminuée. Mais elle existe encore et chaque agriculteur y est profondément attaché. Le paysan est un homme qui veut conserver chez lui sa liberté de décision, de choix et de mouvement, il a horreur que l'on empiète sur son domaine réservé. Qui pourrait lui reprocher d'être parmi les ultimes bénéficiaires de cette liberté dont tout le monde se réclame mais qui, par la faute des pressions de tous ordres (politiques, syndicales, démographiques, financières), auxquelles se rajoutent les démissions généralisées (morales, civiques et spirituelles), s'amenuise de jour en jour et ne sera bientôt plus qu'un mot vide de sens?

Indépendant, donc encore libre, je souhaite que le paysan le demeure. Je souhaite qu'il conserve farouchement, envers et contre tout, la possibilité d'agir comme bon lui semble dans la gestion de sa ferme, sans que de quelconques empêcheurs de vivre en paix viennent mettre leur nez dans ses affaires. Je souhaite qu'il continue à élever sa famille comme il lui plaît de l'élever, sans que de prétendus pédagogues viennent le tancer et lui rebattre les oreilles s'il a jugé nécessaire de fesser un de ses enfants. Je souhaite qu'il continue à faire l'amour comme bon lui semble sans que des pétroleuses frigides et refoulées viennent tenir la chandelle et donner leur avis. Je lui souhaite de demeurer ce qu'il est encore : un homme responsable de ses actes, responsable de son travail, de ses terres, de ses bêtes, de sa famille, de sa vie.

Et si prétendre que tout cela c'est être individualiste, je le conjure de le rester. Et tant pis si l'organisation de sa profession en pâtit quelque peu, elle est, de toute façon, viciée à la base car elle ne lui appartient pas encore, quoi qu'on en dise. On a beaucoup trop tendance de nos jours à mettre l'homme au service de l'organisation et non l'organisation au service de l'homme.

Sous les fallacieux prétextes de rentabilité, d'économie, de planification, on tombe d'organisation mieux structurée en réorganisation plus rationnelle; on glisse sur la dangereuse pente qui se déverse dans les théories nazie ou marxiste qui ont comme point commun d'asservir l'une et l'autre l'individu au bénéfice de la super-organisation. On baptisera bien entendu la nôtre d'un nom ronflant et apaisant, mais le résultat sera le même.

La responsabilité individuelle sera considérée comme une tare et un danger car elle mettra en péril un système établi sur la dépersonnalisation et la complète prise en charge du troupeau. Et ceux qui voudront défendre cette notion de responsabilité, qui fait l'homme et non le mouton, passeront pour de dangereux terroristes, des francs-tireurs, des anarchistes. Seuls prévaudront la passivité, la lâcheté et le « poncepilatisme ».

Galéjades! me dira-t-on, ce n'est pas parce que les pêcheurs à la ligne ou les joueurs de boules se groupent en associations qu'ils finiront dans l'esclavage. D'accord. Et je rajouterai même, ce n'est pas parce que les agriculteurs tenteront de s'organiser qu'ils se lieront les mains; c'est vrai, et pourvu que ça dure. Les uns et les autres ont encore de beaux jours devant eux, mais à la seule condition de se défier comme de la peste de la tendance actuelle qui cherche de plus en plus à les récupérer par tous les moyens.

Récupération économique, politique, syndicale, idéologique, catégorielle, et j'en oublie sûrement. Je suis loin, pensera-t-on, de mon sujet. Pas du tout, c'est parce que je suis agriculteur, donc encore relativement indépendant, que je mesure à quel point cette indépendance est précieuse; et c'est pour la défendre que je dénonce ce qui me paraît dangereux pour elle, et m'apparaît dangereux tout ce qui s'immisce contre notre gré et sans notre consentement dans notre vie privée et professionnelle, car dans notre métier les deux sont intimement liées.

LES QUALITÉS PAYSANNES

Mais nous n'avons pas que des défauts, si tant est que la prudence, le silence et l'indépendance en soient. On reconnaît donc volontiers que le paysan est patient. C'est vrai, la patience est aussi vieille que le premier agriculteur; c'est elle qui lui souffla qu'il ne suffisait pas de semer un grain de blé, mais qu'il fallait savoir attendre sa germination, sa croissance, sa floraison, son épiaison avant de pouvoir récolter.

C'est elle qui lui enseigna qu'il était inutile de s'exciter, de courir, de taper du pied, de s'énerver pour tenter d'accélérer la rotation des saisons. Chacune vient en son temps, à son heure et personne n'y peut rien changer.

Virgile déjà jalonnait les travaux agricoles en fonction de l'apparition des douze constellations du zodiaque :

« *Lorsque la Balance aura rendu les heures du jour égales à celles de la nuit, et partagé le globe par moitié entre la lumière et les ténèbres, attelez vos taureaux, laboureurs, et semez l'orge jusqu'aux pluies qui marquent le retour de l'intraitable hiver.* » L'agriculteur contemporain obéit aux mêmes règles que ses ancêtres de l'Antiquité. Il sait, tout comme eux, que la fébrilité n'a aucune place dans la nature.

Patient, oui, et c'est heureux car sans cette qualité il est à peu près impossible de pratiquer l'agriculture. Et c'est bien cette patience et un incroyable entêtement qui, au cours des millénaires, ont transformé la France, pays de forêts, en ce superbe jardin devant lequel tous ceux qui le traversent ou le survolent ne peuvent que s'extasier.

LA COURSE CONTRE LA MONTRE

C'est pourtant pour vaincre le temps que les techniques modernes ont mis au point des formes d'arboriculture, de cultures et d'élevage; elles permettent de réduire très sensiblement les années, les mois ou les semaines naturellement nécessaires pour obtenir des fruits, des céréales, de la viande.

Ainsi ne faut-il plus vingt ans, mais cinq ou six, pour qu'un noyer donne des noix; les cycles du blé, de l'orge et de l'avoine, suivant leur variété, peuvent être réduits de quelques mois; et tout le monde connaît la croissance ultra-rapide des poulets ou porcs industriels.

Il n'en reste pas moins que ce gain de temps se fait, d'une façon ou d'une autre, au détriment du rendement ou du goût, il n'y a pas de miracle. Ainsi les arbres basse-tige – ceux qu'une taille adéquate pousse très tôt à la fructification et qui ont un tronc réduit au minimum – ont un cycle de vie éphémère et une production inférieure si on les compare à ceux des arbres haute-tige; ils sont, de plus, totalement inaptes à toute utilisation comme bois d'ouvrage et, surtout dans le cas des noyers, c'est un indiscutable manque à gagner. Ainsi les blés et orges d'hiver sont plus productifs que ceux de printemps. Quant aux poulets ou porcs industriels, les consommateurs les reconnaissent à leur saveur, ou plutôt à leur absence de saveur.

Mon but n'est pas de critiquer ces modes de productions intensives, beaucoup ont fait leurs preuves. Je constate simplement que, de toute façon, il faut toujours payer à la nature les semaines, les mois ou les années qu'on lui a dérobés, c'est tout à fait logique.

Si, pour des raisons économiques – et elles sont impératives –, l'agriculteur lutte parfois contre la montre, il connaît et applique toujours les vertus de la patience. Il n'a pas la même notion du temps que le citadin, lequel, vivant à un rythme de plus en plus accéléré, veut tout, tout de suite. Et s'il va dans la Lune, il se scandalise presque qu'il lui faille huit jours de voyage; et s'il envoie deux sondes sur Mars, son plaisir en est gâché par les onze mois que demande l'expédition. Il ne prend même plus le temps de manger autrement qu'en coup de vent, même ses distractions sont minutées, et c'est toujours pour gagner du temps qu'il s'aplatit parfois sur un platane.

C'est également pour gagner du temps qu'il pratique sur ses propres enfants une sorte d'élevage industriel; il se persuade stupidement qu'une année scolaire d'avance, c'est une vie réussie. Aussi en est-il venu peu à peu à voler son enfance à sa progéniture.

Ne proclame-t-on pas, avec tout le pédantisme et l'impudence que confère l'ignorance, qu'il faut très tôt insérer le bébé dans cette course contre le temps en l'habituant, au plus vite, c'est-à-dire à deux ans, aux horaires de la maternelle et qu'il est indispensable de le libérer de toutes entraves familiales; faute de quoi, en vertu de thèses dont la dangereuse fantaisie n'a d'égale que l'incohérence et l'amateurisme, l'enfant entrera dans la vie avec le lourd handicap d'un traumatisme définitif. Pour leur éviter cette sinistre existence, toute peuplée de cauchemars, de phantasmes, d'inhibitions et de visites chez le psychiatre et pour leur apprendre à nager, on les jette donc à l'eau, persuadé que la noyade est préférable aux complexes! Et ces enfants, pour qui le temps ne signifie rigoureusement rien – du moins tel que nous le concevons – sont ainsi pris dans l'engrenage de la grande cavalcade où non seulement ils se noient, mais préparent une belle génération de névrosés.

Car on les frustre de toutes ces heures qu'ils savaient employer à regarder voler les mouches, à jouer avec leurs doigts de pied, à fouiner sous les meubles, à vivre avec leur mère, à lui faire partager toute leur exubérance, toutes leurs joies, tous leurs chagrins aussi. On les prive de leur enfance, on veut en faire des adultes avant l'âge, c'est-à-dire des individus qui ne prennent pas le temps de vivre, de regarder, d'admirer, de respirer, d'écouter, de découvrir.

Ils passeront dans la vie comme des bolides et ne verront rien de ce qui les entoure, n'entendront pas ceux qui leur parlent, et s'ennuieront à périr si, par malheur pour eux, ils ont un trou dans leur emploi du temps. Ils envisageront même le suicide si leur télévision tombe en panne...

LE SENS DU TEMPS

Pourtant, quelle leçon savent donner les enfants et quelle possibilité ils ont de faire partager leur émerveillement pour peu qu'on leur en laisse le temps.

Nous avons, chez nous, un petit dernier que je peux encore mettre en scène car il est trop jeune pour en tirer orgueil. Je me souviens de son deuxième printemps; il parlait encore très peu et parmi ses mots clés figuraient : Viens, et Entends, et il n'était pas question, lorsqu'il disait « viens » en vous prenant la main, de lui expliquer qu'on n'avait pas le temps de le suivre; non, sa force de persuasion était telle qu'il vous aurait conduit au bout du monde.

Un matin d'avril, alors qu'il jouait dans le jardin, il entendit le chant du coucou, ce fut une révélation et un mot nouveau pour lui. Aussi, dès le lendemain, me prit-il par la main : Viens, entends, coucou. J'avais du travail, comme tout le monde, et trente-six bons motifs pour refuser de distraire quelques instants à mon emploi du temps, mais il m'apparut tellement plus important d'aller entendre chanter le coucou que je le suivis. Et nous passâmes peut-être cinq ou dix minutes, peut-être plus même, qu'importe, à écouter s'appeler les oiseaux. Ils étaient plusieurs et se répondaient et David ne savait plus où donner de l'oreille, son plaisir était tel qu'aucun horaire au monde n'aurait justifié qu'on l'en privât. Je n'ai pas perdu mon temps ce matin-là, ni les suivants car bien sûr cela devint un rite. Et personne ne me prouvera que c'est une perte de temps que de réapprendre, avec un enfant, à écouter.

Et personne ne me prouvera non plus que ce qu'il aurait pu apprendre à l'école à la même heure était plus important que le chant du coucou.

ON NE TRICHE PAS AVEC LE SOLEIL

Tous ceux qui vivent en liaison étroite avec la nature ressentent beaucoup plus le temps en fonction de son échelle sidérale que de son échelle humaine. Le mot saison a encore un sens pour eux. Ils savent que chacune d'elles est indispensable, que toutes ont leurs inconvénients mais aussi leurs qualités, qu'il faut les vivre comme elles se présentent et s'y adapter.

Les hommes ont inventé les secondes, les minutes et les heures et ils en sont esclaves. Mais la terre met 365 jours 1/4 pour tourner autour du soleil, et pour ceux qui vivent à son allure cela donne le temps de respirer; l'agriculteur n'est pas payé à l'heure et si, à certaines périodes, il importe de ne pas en perdre une seule, il n'en reste pas moins qu'il calcule plus facilement en mois qu'en jours. De même organisera-t-il ses journées beaucoup plus en fonction du soleil que de l'heure légale. D'où la désorientation générale ressentie par tout le monde agricole avec l'application de la nouvelle heure d'été.

Système totalement contre nature que celui qui consiste à vouloir tricher avec le soleil et qui ne peut avoir été conçu que par des individus diaphanes et chlorotiques qui passent leur vie à l'ombre. Mais on ne triche pas avec le soleil, et ce n'est pas parce qu'un loufoque décrétera peut-être un jour que l'été commence le 21 décembre et s'achève le 20 mars qu'il ne neigera pas le 7 janvier ou le 23 février, ce serait trop simple. Et ce nouvel horaire, très agréable pour les citadins, je le conçois, n'a que des inconvénients pour tous ceux qui travaillent au grand air.

Si l'agriculteur a tendance à vivre à l'heure solaire, c'est parce qu'il trouve ainsi le moyen de se préserver de la chaleur, parce qu'il sait qu'à midi le soleil est à son zénith et que le bon sens commande d'éviter ses rayons. Malheureusement, un règlement complètement farfelu lui indique qu'il n'est pas 12 heures mais 14 heures et qu'il est temps d'aller au travail. Dans un bureau, il suffit de baisser les stores, de brancher le ventilateur et de décapsuler une bouteille d'eau minérale ou de bière, mais à la campagne?

Et que l'on pense aussi à tous les producteurs de lait, et ils sont des centaines de mille, qui, à cause de cette fraude horaire, sont tenus de se lever en pleine nuit, oui il fait nuit en juillet à 5 heures nouvelle vague et ce pour la bonne raison qu'il est 3 heures au soleil et que celui-ci se lève 53 minutes plus tard! Lever 5 heures, donc – et parfois même 4 heures et demie – pour livrer le lait au laitier qui passe à 6 heures. Travail jusqu'à 12 heures – c'est-à-dire 10 heures solaires. Reprise des travaux à 14 ou même 15 heures, et nous venons de voir que c'est la période la plus chaude et la plus pénible de la journée, et fin du labeur, non pas à 18 heures comme les citadins peuvent le faire, mais à la nuit, c'est-à-dire au moins 21 heures solaires, soit 23 heures légales.

Qu'on ne me dise pas qu'il est possible de se coucher plus tôt, qui peut dormir lorsqu'il fait grand jour et bon travailler? Qu'on ne me dise pas non plus que rien n'oblige à se plier à ces horaires. Si, tout y contraint dès l'instant où l'on a des enfants qui fréquentent un établissement scolaire. Bref, qu'on veuille bien me croire si je garantis que ce n'est pas en interrogeant les agriculteurs qu'on a pu établir le sondage indiquant que tout le monde était enchanté de cette innovation. Je n'ai pas rencontré un seul terrien qui en soit satisfait.

LA GRANDE PATIENCE DES TERRIENS

Un certain sens du temps et une patience à toute épreuve sont donc communs aux paysans. En ce qui concerne la patience, on dit parfois qu'elle leur fait défaut puisqu'ils n'hésitent pas, eux aussi, à employer le système de la manifestation pour faire valoir leurs droits. C'est vrai, mais cela appelle des réserves.

Il faut savoir et dire que, contrairement aux autres catégories sociales qui s'enflamment à la moindre étincelle et donnent ainsi l'impression de revendiquer à la première occasion et pour les motifs les plus futiles, le monde paysan est, dans son ensemble, très long à se mettre en marche. Il faudra qu'un conflit couve pendant des mois, ou même des années, pour qu'il débouche sur une levée de troupes. Il est alors certain que les affrontements sont durs et parfois meurtriers, hélas, comme le furent ceux des viticulteurs de l'Hérault par exemple.

Il faut se méfier de la froide colère des gens patients, tout le monde sait cela. Il se trouve malheureusement parfois des personnages assez vicieux qui, pour crever un abcès, mobiliser l'opinion publique ou faire preuve d'autorité, acculent les paysans dans leurs derniers retranchements. Les agriculteurs ne sont pas des gamins que l'on peut calotter impunément et disperser à coups de pied dans les fesses, mais des hommes chez qui sommeille le maquisard, et les maquisards ne se battent pas pour rire; alors pourquoi les contraindre au combat puisqu'on sait qu'ils s'y livreront avec violence!

Je n'approuve pas les manifestations, car rien de bon ne peut sortir de cette forme de revendication typiquement barbare et indigne d'hommes prétendument évolués; aussi n'en suis-je que plus sévère pour ceux qui les provoquent. Je préfère, de très loin, les journées d'information ou les ventes sauvages, cela au moins permet de dialoguer et non de s'entre-tuer.

DES HOMMES TENACES

Point n'est besoin d'être féru d'histoire de France pour savoir que l'existence du paysan à travers les siècles fut toujours entrecoupée de guerres, d'invasions, de famines, d'épidémies diverses. Il y eut, bien entendu, des périodes d'accalmie et même de prospérité, il n'empêche que la ténacité du paysan lui fut, et lui reste, indispensable pour s'accrocher au sol; pour relabourer derrière une récolte détruite, replanter de la vigne après le phylloxéra, reformer un cheptel après une épizootie, pour lutter en permanence contre une terre rebelle et un ciel souvent peu clément.

Le paysan est têtu par mimétisme car, dans le fond, toutes ses attitudes sont calquées sur celles de cette nature dans laquelle il vit et dont il tire toutes ses productions. La nature est obstinément rebelle à la culture, un champ, aussi fertile soit-il, ne donne son plein rendement que dans la mesure où l'homme l'y contraint. Aucun agriculteur n'ignore qu'une terre délaissée quelques années ne se couvre pas spontanément de blé, d'arbres fruitiers ou d'excellent fourrage, mais de ronces, de taillis et d'herbes folles.

Le combat est donc permanent entre la nature qui a horreur du vide – et une façon bien à elle de le remplir – et le paysan qui, lui aussi, a horreur du vide mais une tout autre idée sur la façon de le combler. C'est donc la lutte pour occuper la place, pour déterminer qui imposera sa production. Éternelle bataille entre le blé et le chardon qui, jusque-là, et heureusement pour nous tous, voit chaque année la victoire du premier; mais il serait très imprudent de croire qu'elle est définitivement acquise.

Tous ceux qui possèdent une résidence secondaire et un bout de jardin peuvent, chaque week-end, se faire une petite idée de la guerre perpétuelle que l'agriculteur doit livrer sur une tout autre échelle. Guerre contre les éléments, certes, mais aussi, et ce n'est pas la moindre, contre le découragement, contre cette envie de baisser les bras qui frappe parfois – ou frappera tôt ou tard – tout agriculteur.

Car il n'est pas facile d'être sans cesse sur le qui-vive, le besoin d'un entracte se fait quelquefois sentir. Mais il n'y a pas beaucoup d'entractes dans la marche des saisons, dans la prolifération des parasites, des maladies, des mauvaises herbes, dans les exigences et les soins que réclame toute culture, dans la conduite, la surveillance et l'alimentation d'un troupeau. Il importe donc d'être toujours prêt à faire face avec l'acharnement et l'entêtement habituels, toujours mis à l'épreuve, mais toujours tenaces.

LA PLACE FORTE ASSIÉGÉE

Nous vivons dans une civilisation suicidaire, Pierre Chaunu n'est pas le seul à le dire et à le déplorer.

Suicidaire, parce qu'on y assassine légalement les enfants indésirés et que tuer un fœtus, c'est s'ouvrir lâchement, et par victime interposée, les veines de l'avenir.

Suicidaire, parce qu'on y prône de plus en plus la destruction de la cellule familiale et l'abolition de toute éducation autre que matérialiste, et que le matérialisme érigé en institution se retourne toujours contre l'homme et l'écrase.

Suicidaire, parce que pour mieux détruire cette famille on incite les mères à l'abandonner, soit par contrainte économique – et le fait qu'elle soit obligatoire pour bien des ménages n'en brime pas moins les enfants –, soit par les pernicieux et venimeux discours ou écrits que distillent inlassablement les adeptes d'un monde asexué qui parlent toujours de la libération de la femme, mais jamais de l'asservissement des enfants.

Suicidaire, enfin, parce que, au nom de cette prétendue évolution de l'homme, qui passe par le meurtre et la destruction, on instaure lentement l'ère de l'irresponsabilité, de l'inconscience et de l'asthénie collective. Et si la famille est la cible favorite de tous ces novateurs, c'est parce qu'ils trouvent en elle une entrave à leur travail de rongeurs. Parce qu'ils savent aussi qu'elle est l'ultime creuset dans lequel se transmet et se forme une certaine idée de l'homme, de la communauté, de la responsabilité, de la survie d'une civilisation qui a sans doute ses défauts et ses tares, mais aussi ses qualités.

Et le destin que nous proposent ces prétendus bâtisseurs d'avenir, qui s'érigent en prophètes pour mieux masquer leur inconsistance et leur médiocrité, rejoindra tôt ou tard, si on les laisse faire, celui que Bernanos prédisait à une classe démissionnaire et pleutre qui « *au premier signe d'un maître étranger se couchera sur le dos, écartera les jambes : prenez-moi, rendez-moi heureuse !* ». Ils nous invitent déjà à nous mettre sur le dos en nous enseignant comment on vit à l'horizontale.

Or donc, mort à la famille, et applaudissons tous ces détracteurs, y compris ce vieillard qui recommande non seulement l'avortement mais, pour faire bonne mesure, la suppression des allocations familiales à partir de deux enfants ; et tant pis pour lui si, dans la foulée, on applaudit bientôt l'euthanasie, il devra, en bonne logique et vu son âge, être parmi les premiers à marcher gaiement vers le crématoire.

Oui, pauvre famille, raillée de toutes parts, critiquée, battue en brèche, agressée par ceux-là même qui ont été – ou demeurent – incapables, soit par égoïsme, immaturité, ou refus de prendre leurs responsabilités, de bâtir une cellule familiale. Elle est pourtant, que cela leur plaise ou non, le noyau fondamental, non seulement de toute civilisation, mais encore de toute survie de l'espèce. Elle fut le premier pas vers l'humanisation, car si nos ancêtres découvrirent un jour le culte des morts, c'est parce qu'ils prirent conscience que les défunts appartenaient toujours à la famille, que leur départ affaiblissait l'ensemble et qu'il était logique – et sans doute avantageux et prudent – de perpétuer leur souvenir.

LA FAMILLE RURALE

Biologiquement parlant, assure le zoologiste Desmond Morris, l'homme a la tâche innée de défendre trois objectifs : lui-même, sa famille et sa tribu. Si l'on veut bien admettre qu'une tribu, ou une nation, est un ensemble de familles, on comprend qu'en détruisant ces dernières on anéantit la totalité du groupe.

C'est pour avoir perçu cela que la famille fut, au cœur des millénaires, d'autant plus soudée et solide que les menaces extérieures se faisaient pressantes. Physiquement très vulnérables, car beaucoup plus isolées que les familles citadines, les familles rurales durent, pour survivre, pousser à l'extrême le principe de l'unité autour du foyer central. Ce système de défense lui permit de traverser les siècles, et si le patriarcat nous apparaît pour bien des raisons critiquable, voire condamnable – il est de plus complètement désuet et anachronique de nos jours –, il fut néanmoins un des agents qui cimentèrent la famille paysanne. Cette famille qui, de génération en génération, fit bloc pour travailler, se nourrir, se protéger, pour transmettre enfin non seulement un héritage matériel, mais aussi moral.

Tout cela a évolué, et c'est heureux. Les fermes n'ont plus besoin d'être fortifiées pour résister aux bandes de pillards, d'écorcheurs, de routiers ou de chauffeurs; la famille rurale est sortie de son camp retranché, le patriarcat et le matriarcat ne sont plus que des cas d'exception. Pourtant, malgré cette ouverture, elle peut apparaître encore très en retard sur bien des points par rapport à la famille urbaine; certains diront même qu'elle est figée dans un traditionalisme poussiéreux.

Il est vrai qu'elle peut faire figure d'antiquité, mais je ne suis pas certain du tout que ce soit du traditionalisme au sens outré du terme, celui qui implique un refus des réalités, une sclérose intellectuelle, un goût morbide pour un mode de vie passéiste.

Parce que, dans le fond, tout le monde est traditionaliste par beaucoup de côtés, y compris les progressistes. La tradition veut, par exemple, qu'on s'adresse des vœux de nouvel an et on s'y plie, elle veut aussi qu'on marque les fêtes et les anniversaires, qu'on chôme pour le 14 juillet et le 11 novembre, qu'on se réjouisse avec les nouveaux mariés et qu'on ne danse pas aux enterrements; en fait, elle jalonne notre vie de tous les jours et tout le monde la supporte.

Elle ne devient haïssable que dans la mesure où elle refuse systématiquement toute forme de progression, toutes nouvelles démarches ou recherches. Je ne dis pas que toutes les innovations soient bonnes, loin de là, il en est même de furieusement démentes, mais ce n'est pas une raison suffisante pour couper court à toute évolution. Car alors, et au nom de la tradition, il faudrait, comme cela se pratiqua pendant des siècles, continuer à exécuter les condamnés à mort sur la place publique.

Aussi, vue sous cet aspect franchement momifié, la famille paysanne n'est pas traditionaliste, ou plus exactement ne l'est plus. Le serait-elle restée qu'elle vivrait encore sous la domination patriarcale avec tout ce que cela comporte d'engourdissements dans tous les niveaux, y compris le niveau professionnel. Car si l'agriculture fut si longue à sortir de son immobilisme – certains agriculteurs des années 1930 vivaient presque comme leurs ancêtres du XVe siècle – ce fut parce que, au-delà de l'emprise morale exercée par un père autocrate, sévissait aussi une emprise professionnelle principalement bâtie sur l'empirisme.

Bien sûr, si l'on appelle traditionalisme le respect,

l'application et la transmission d'un mode de vie familiale fondé sur une éducation et une autorité parentale, elle est traditionaliste. Elle l'est aussi pour tous ceux qui voient une aliénation dans la morale civique, cette fameuse morale qui enseigne, entre autres, que la liberté individuelle s'achève où commence celle d'autrui.

Peu importe dans le fond, et qu'on la juge traditionaliste ou pas ne change rien au fait qu'elle est très différente, en bien des points, de la famille citadine. J'ajoute, bien sûr, que les familles, quelles qu'elles soient, riches ou pauvres, citadines ou rurales, sont toujours des cas à part, il n'est donc possible d'aborder que les traits généraux qui les caractérisent.

LA VÉRITABLE ÉDUCATION NATURELLE

Ils suffisent amplement pour mesurer les abîmes qui séparent deux types d'éducation et deux styles de vie. Il peut paraître banal d'écrire que la famille rurale jouit d'une vie essentiellement naturelle; banal car tout le monde, depuis Rousseau, pense savoir ce que signifie naturel. Mais ce n'est pas si simple et ne se borne pas dans une vie bucolique libérée de toutes entraves éducatives et régie simplement par les besoins physiologiques.

Ce n'est pas en ce sens qu'elle est naturelle. Elle l'est parce qu'il est dans l'ordre naturel que les enfants naissent, vivent, s'épanouissent en contact direct et permanent avec leurs parents et qu'ils reçoivent d'eux tout ce qu'ils sont en droit d'en attendre. Cela, oui, c'est naturel, et la majorité des mammifères et des oiseaux se plient d'instinct à cette règle impérative.

L'enfant attend donc le gîte et le couvert, mais aussi la présence, l'éducation, le soutien et l'amour. Il est évident que, sur ces plans-là, le jeune rural est souvent favorisé par rapport au jeune citadin. Favorisé car le gîte et le couvert ne se bornent pas à une assiette pleine et à un toit, loin de là. Le déjeuner que prépare la mère, sous les yeux du bambin, avec des produits de la ferme, n'est pas seulement riche en calories; il est pour l'enfant la démarche concrète et le travail effectué pour lui, et pour toute la famille, par celle qui, à ses yeux et dans sa logique, est la nourricière. Rien à voir donc entre le plat mitonné et servi par elle et celui rempli d'une denrée précuisinée, réchauffée et distribuée à la hâte; bien heureux encore lorsqu'il ne s'agit pas d'un plateau de cantine!

Quant au gîte, même s'il n'est ni luxueux ni toujours confortable, celui du petit rural est généralement riche d'un passé qui, dans son esprit, sera presque toujours fabuleux. Il habite une maison qui parle, qui a son histoire, qui a souvent affronté les siècles et lui paraît d'autant plus solide et invulnérable. Il s'y sent à l'abri, il y vit en toute sécurité.

Au-delà de la maison, il a la chance considérable de bénéficier d'une aire qui lui semble sans frontière; là encore il se sent chez lui, il fait ses premiers pas sur son domaine et il y découvre tout : la vie et la mort. Vie du chien, des vaches, des moutons et des poules, mort des poulets ou du cochon, permanente initiation qui lui enseigne sans fards les secrets de la reproduction et de la naissance, et aussi la vie en communauté.

Communauté familiale, car il est exceptionnel que le jeune rural soit enfant unique (il y a 3,3 enfants par famille d'agriculteur, contre 2,34 pour l'ensemble des familles du pays) et aussi communauté de voisinage. Il apprendra ainsi tous les règlements sans lesquels aucune vie sociale n'est possible, il s'insérera dans le groupe et il y aura sa place.

Dirai-je que le jeune citadin, pour peu qu'il habite une grande ville, n'a pas cette chance? c'est superflu. Nul n'ignore qu'un appartement de H.L.M. est gai comme un caveau et intime comme un hall de gare et que la population des grands ensembles ou d'un quartier n'est qu'un rassemblement d'anonymes qui s'ignorent superbement car ils n'ont ni le temps ni peut-être l'envie de se connaître. Et si les enfants parviennent à se regrouper et à s'amuser ensemble, s'ils créent des communautés d'où les adultes sont exclus, c'est par instinct de conservation, pour y trouver l'apparence d'un environnement solide, d'un éventuel, mais factice soutien.

Ce soutien, cet encadrement dont il a viscéralement besoin, est concrètement assuré au jeune rural, car outre sa maison solide et tout son environnement rassurant, il bénéficie de la présence des adultes.

Il peut, à tout instant, quémander une explication ou un avis, réclamer une caresse ou recevoir une punition; le tout sera spontané et donné par tous ceux qui forment son entourage, les parents, mais aussi parfois les grands-parents. Pour lui, pas de promesses menaçantes et lâches du style : « Attends que ton père soit rentré, tu vas voir ce soir... » Non, il recevra dans l'immédiat ce qu'il s'attend à recevoir, y compris une paire de claques, ce sera fait et on n'en parlera plus.

Car le père n'est pas un épouvantail invisible et inaccessible, il n'est jamais très loin; il est dans les champs voisins, on le voit et on peut l'appeler. Ainsi l'enfant découvre-t-il aussi que son père œuvre pour toute la communauté familiale. Dire à un tout-petit : papa est parti travailler à l'usine, au bureau, à l'atelier, c'est lui parler hébreu, ça ne signifie rien, c'est vide de sens car il ignore ce qu'est le travail. En revanche, l'installer sur la remorque du tracteur, le laisser suivre son père aux champs ou à l'étable, c'est lui permettre de participer aux travaux divers, c'est l'ouvrir à la réalité.

Pour lui, le travail n'est pas cette mystérieuse obligation qui contraint ses parents à disparaître toute la journée et, par contrecoup, non seulement le prive de leur présence, mais l'expédie à la crèche ou à la maternelle; il est l'occupation naturelle des adultes. Entouré, libre de découvrir son univers, mais néanmoins surveillé, donc éduqué, le petit campagnard s'acheminera ainsi vers l'école.

LA SCOLARITÉ À LA CAMPAGNE

Jadis, il n'y allait pas avant l'âge prévu par l'administration; pourquoi l'y aurait-on placé plus tôt puisque sa mère ou sa grand-mère pouvait guider ses premiers pas et éventuellement lui apprendre l'alphabet et à tenir un porte-plume. Aujourd'hui, même dans les campagnes, une certaine tendance se développe qui tend à expédier l'enfant le plus tôt possible à la maternelle. J'ai dit plus haut ce que je pensais de cet élevage industriel, inspiré entre autres du maoïsme, et ce qu'il pouvait avoir de traumatisant pour les enfants qui le subissent.

Mais admettons qu'il entre à l'école à quatre ou cinq ans. Là, suivant sa chance et sa région, ou il pourra fréquenter celle du village, ou il devra s'exiler jusqu'en ville. Je dis bien s'exiler car pour un enfant de cet âge qui a jusque-là vécu dans un univers solide et essentiellement familial, le départ vers la ville peut faire figure de déportation.

Il est, d'un coup et sans aucune transition, immergé dans un monde inconnu dans lequel il décèle plus d'hostilité que de bienveillance. Et comment pourrait-il en être autrement? Il est plongé dans un univers qui n'est pas le sien et qui a sur lui, bien souvent, une supériorité qu'il juge écrasante. Supériorité d'enfants des villes qui, par certains côtés, paraissent plus éveillés, plus débrouillards que lui, qui semblent moins perdus qu'il ne l'est, usent d'un vocabulaire différent, organisent des jeux inconnus, habitent à deux pas de l'école et savent, en se jouant, traverser les rues malgré les autos. Univers où, peut-être pour la première fois de sa vie, mais pas la dernière! on le traitera de paysan et on se moquera de sa prétendue odeur d'étable.

On va sûrement me rétorquer que tout cela est très sain et bénéfique puisque cela permet à l'enfant de sortir enfin de son cocon, et si par hasard il en souffre, c'est parce qu'on l'a trop sécurisé, trop protégé, ou encore expédié trop tard à l'école; en somme qu'on l'a mal préparé à la vie.

Certes, on ne l'a pas préparé à la vie concentrationnaire des villes, et pourquoi l'aurait-on fait? Est-ce un si beau modèle? Et faudrait-il, sous prétexte que beaucoup de jeunes ruraux ne pourront rester à la terre, les habituer dès le berceau à respirer de l'oxyde de carbone, à s'entraîner au vacarme des autos, à subir toutes les contraintes d'une existence dont tout le monde s'entend à dénoncer les aspects déments, tout en faisant le maximum pour les alimenter! C'est l'histoire du fou qui se tape la tête contre les murs, parce que ça lui fait beaucoup de bien quand il s'arrête!

Il ne sert à rien de se plaindre d'une civilisation que l'on juge aberrante par bien des côtés si, au lieu de donner aux générations de demain les moyens d'en changer, on les oblige, dès leur bas âge, à en subir passivement tous les caprices. S'ils ne connaissent qu'elle et s'ils sont habitués à sa folie, pourquoi éprouveraient-ils seulement l'envie d'en instaurer une autre. Si, dès l'âge de deux ans, on leur inculque qu'elle est inhumaine, planifiée dans tous ses détails et nivelante pour tout individu, que c'est bien triste, mais qu'il n'y a rien à faire sauf s'y adapter, il est inutile d'espérer un changement quelconque.

Vu sous cet angle, alors oui, les jeunes ruraux ne sont pas préparés à la vie citadine, mais alors pas du tout; certains pensent même qu'ils sont irrécupérables et qu'on peut les mettre dans la catégorie des asociaux ou, pour qu'ils le deviennent vraiment, dans les classes de transition. Pas préparés à la vie citadine donc, et pourtant ils pourraient et devraient l'être, et ils y apporteraient un peu de fraîcheur, de calme et de bon sens.

REQUIEM POUR LES ÉCOLES DE CAMPAGNE

Ce n'est pas d'aujourd'hui que datent l'exode rural et l'insertion des ruraux dans les cités. Ce qui est récent c'est la suppression d'un grand nombre d'écoles de campagne, suppression qui, parmi toutes les gaffes dont les ministres de l'Éducation nationale semblent faire le concours depuis quelques années, est une des plus lamentables. Depuis le phylloxéra et la fièvre aphteuse on n'a pas fait mieux pour vider les campagnes et les livrer au désert.

Car l'école de campagne, même avec sa classe unique, avait entre autres cet atout d'être une véritable étape de transition, et pas la transition actuelle où l'on cloître ceux qui ont du mal à suivre – alors que c'est d'eux dont on devrait s'occuper en priorité – non, la vraie transition, celle qui permettait de passer en douceur du monde de l'enfance au monde adulte. Je sais qu'elle n'avait pas toutes les vertus, mais, comme disait Péguy, on s'en fout de ses vertus, et j'ai déjà parlé de la tendance qu'avaient certains de ses animateurs à extraire de la campagne les élèves les plus doués (que cela leur plaise ou non, car les parents étaient presque toujours consentants, car très fiers).

Malgré tout, elle existait et remplissait sa tâche éducative; et les futurs maîtres de campagne devaient, avant d'entrer en fonctions, s'initier à quelques données agronomiques; je ne sais pas si ça allait très loin, mais le principe était bon. Placé dans cette école que cernaient les champs et les prairies et où il connaissait tout le monde, l'élève se sentait encore chez lui, il n'était ni dépaysé ni traumatisé. Et s'il ne finissait pas à Polytechnique, il quittait l'école en sachant lire, écrire et compter, ce qui n'est pas toujours le cas des lycéens d'aujourd'hui! Si, par hasard, il manifestait le désir de poursuivre ses études, le maître le préparait patiemment à affronter la ville. On ne l'y jetait pas sans bagages, on ne le livrait pas pieds et poings liés. Il y partait en ayant conscience de sa promotion et de ce qu'on attendait de lui.

Beaucoup d'écoles de campagne ont fermé leurs portes, la mode est à la concentration et, le croirait-on, aux économies. Belles économies, au prix où est le carburant, d'intensifier le ramassage scolaire qui, matin et soir, sillonne les campagnes. Belle économie aussi de bâtir à la hâte, en dépit du bon sens et souvent de la sécurité, des masses d'établissements scolaires qui demain, et par la faute de la dénatalité, seront à moitié vides, si toutefois ils sont assez solides pour tenir jusque-là. Non, qu'on invoque ce que l'on voudra, mais pas l'économie. Avec ses changements annuels et ses livres inutilisables d'un frère à l'autre, l'Éducation nationale est très mal placée pour parler d'économie.

Bien sûr, il lui est difficile de reconnaître son erreur, il n'est pas dans les habitudes de l'administration d'avouer ses fausses manœuvres. Aussi, pour limiter les dégâts, car elle a quand même compris qu'elle avait sa part de responsabilité dans la mort des villages ruraux, assouplit-elle depuis peu son règlement. Ce n'est plus en dessous de quinze élèves que sont fermées les écoles, mais à partir de douze. De plus, elle tente d'instaurer des écoles rurales à classes éparpillées, chaque élève devant se rendre dans l'établissement correspondant à son niveau.

Ce système permet de laisser ouvertes les petites écoles de campagne, chacune d'elles étant chargée d'une seule classe. Il a cependant l'inconvénient de ne pouvoir fonctionner qu'avec un vaste ramassage scolaire et tout ce qu'il entraîne de frais pour la communauté et les parents, de fatigue et de temps perdu pour les enfants. Il rend, de plus, obligatoire la création de cantines, et la cantine, on dira ce que l'on voudra, ça ne vaut pas un repas pris en famille.

Quant aux parents et aux instituteurs, ils doivent, s'ils veulent se connaître, effectuer eux aussi chaque année la même rotation que les élèves. Je doute que les rapports ainsi établis – si toutefois ils s'établissent – soient très solides et constructifs. Quelquefois aussi, ce ne sont pas les élèves qui se déplacent de commune en commune, mais des super-maîtres qui passent d'école en école pour superviser et seconder l'instituteur en place.

Tout cela est bien gentil, mais ça sent le bricolage et l'incohérence. En aucun cas cela ne remplace la véritable école de campagne, celle qui était le bien propre d'un village, comme l'église, la mairie, le monument aux morts et le cimetière.

L'ÉDUCATION EN MILIEU RURAL

Si l'on en croit les spécialistes en la matière, l'éducation, en règle générale, est devenue permissive; on emploie ce mot car, pour les adultes, il est moins péjoratif que démissionnaire. Le monde rural n'a pas échappé à ce courant, mais, pour l'instant, il est celui qui s'en sort le moins mal. Peut-être parce qu'il y est entré en traînant les pieds, qu'il s'est méfié, d'instinct, des grandes théories prétendument libératrices prônées par certains; bref, ses enfants n'ont, jusque-là, pas été livrés comme cobayes à quelques grands prêtres – ou prêtresses – de la psycho-pédiatrie.

Il a donc pris du retard par rapport à l'éducation dite nouvelle, celle qui autorise tout, démythifie tout, chasse le merveilleux, condamne toutes contraintes et transforme l'amour soit en biologie, soit en débauche. Certains verront dans ce retard l'empreinte du traditionalisme cité plus haut. Peut-être, mais, dans ce cas, vive la tradition qui veut que les parents soient responsables de l'éducation de leurs enfants!

Les agriculteurs ont, dans l'ensemble, conservé cette notion de responsabilité, mais l'honnêteté m'oblige à dire qu'ils ont certainement beaucoup moins de difficultés à élever leur progéniture que les parents citadins, plus la ville est grande, plus cette difficulté s'accroît.

Dans un village ou dans un bourg, les jeunes ne peuvent donner libre cours à toutes les envies qui leur passent par la tête, tout le monde les connaît et ils connaissent tout le monde, ils savent qu'ils sont encadrés par l'ensemble de la communauté et je crois qu'ils en sont rassurés. Aussi ne ressentent-ils pas le besoin de s'agglutiner en bandes plus ou moins douteuses dans lesquelles ils déverseraient, parfois avec excès, leur trop-plein de vitalité. Les groupes qu'ils forment, et il est naturel qu'ils en forment, ne sont pas de ceux que redoutent et condamnent les adultes, bien au contraire.

Il est rare, en effet, qu'un bourg, aussi modeste soit-il, ne possède pas son terrain de football ou de rugby, on y joue parfois après avoir chassé les vaches, mais peu importe, on s'y retrouve et on s'y dépense. Souvent aussi les jeunes fréquentent des foyers ruraux qui n'ont peut-être ni les moyens ni l'ambition des foyers culturels ou des maisons de la culture, mais où ils trouvent cette fraternité dont ils ont besoin.

Enfin, ils ne sont pas, comme dans les grandes villes, perpétuellement agressés par la violence, le sexe, la drogue et l'ennui. Naturellement à l'abri de ces fléaux divers, il ne se développe pas entre eux et les adultes, cet antagonisme sournois, cette défiance réciproque qui, tranchant aveuglément dans la masse, jettent d'une part des jeunes toujours dévoyés et de l'autre des adultes toujours parfaits.

Autre atout pour les familles rurales, les jeunes ne traînent pas dans cette période bâtarde que traversent de nombreux adolescents qui se veulent légalement majeurs, donc libres, tout en demeurant économiquement dépendants de leurs parents le plus longtemps possible. Ce principe, souvent lié à un refus de prendre des responsabilités – donc à une immaturité –, est peu prisé dans le monde agricole; c'est donc très tôt que les jeunes participent à tous les travaux de la ferme. Ce faisant, ils accèdent au monde des adultes et s'y insèrent sans grands problèmes.

UNE SANTÉ MORALE

Il n'est pas dans mon idée de brosser un tableau idyllique de l'éducation donnée dans le monde paysan. Je sais très bien que, là comme ailleurs, tout ne va pas sans mal et sans soucis. Tout n'est pas parfait, loin de là. Il n'en reste pas moins vrai que cette forme d'éducation, peut-être vieillotte, donne les preuves tangibles de sa solidité et de sa valeur; grâce à elle, le monde rural est, dans la société contemporaine que l'on connaît, celui qui, moralement, franchit le mieux tous les écueils.

Puisque l'on mesure la température d'une société à ses qualités, mais aussi à ses défauts, c'est dans le Compte général du ministère de la Justice qu'il faut puiser les résultats. Je les trouve éloquents.

On y découvre que la délinquance juvénile est beaucoup plus faible dans les campagnes que dans les centres urbains; nous avons vu, je pense, pourquoi. Et si, depuis quelques années, on assiste dans certaines régions à d'authentiques attaques et pillages de fermes isolées et habitées par des vieillards, les jeunes truands qui se livrent à ces exactions viennent généralement de la ville la plus proche.

Il est également démontré que la drogue – avec toutes ses répercussions – est encore peu connue chez les exploitants agricoles; en fait, elle commence seulement à apparaître.

Si l'on pousse les investigations plus avant, on constate que le taux des condamnations de tous ordres (délinquance violente, chèques sans provisions, infractions aux mœurs, infractions aux règles de la circulation, etc.) est, de très loin, le plus bas chez les agriculteurs (10 pour mille contre 22 pour mille dans les cadres supérieurs et professions libérales, 24 pour mille chez les employés, 37 pour mille chez les ouvriers – y compris les agricoles – et le personnel de service et enfin 42 pour mille chez les industriels et les commerçants). Ce n'est peut-être pas une preuve absolue, c'est néanmoins le reflet de la santé morale des différentes classes sociales.

Autres chiffres intéressants du ministère de la Justice, ceux relatifs aux divorces. Là encore la classe paysanne est, de loin, la plus modérée (0,71 pour mille contre 6,96 pour mille et 8,73 pour mille chez les cadres moyens et les employés). Est-ce à dire qu'on s'entend mieux dans les fermes que dans les appartements? Je n'irai certes pas jusque-là; ce qui est sûr, et les chiffres le prouvent, c'est qu'on s'y supporte plus aisément.

Quoi qu'il en soit, le fait est que le divorce reste assez mal porté dans le monde agricole, et c'est logique, ne serait-ce que du point de vue matériel. Dans la majorité des foyers d'agriculteurs, les époux pratiquent un métier identique sur une terre commune; il n'est pas simple de s'en retrancher et de partir gagner sa vie ailleurs, la terre est là comme un très solide rempart.

Je pense également que dans les campagnes l'entourage pousse peu au divorce, peut-être parce qu'il coûte cher, mais aussi parce que tout le monde se connaît, se fréquente et, éventuellement, se réconforte; le divorce n'est plus l'affaire d'un couple mais de toute une communauté qui, peut-être par tradition, sera généralement sévère pour celui ou celle qui veut partir. Dans cette société paysanne qui peut être gaillarde – et même paillarde – il est mal vu de rompre un contrat, quel qu'il soit; on tolère que certains ou certaines lui taillent de larges croupières, mais pas au point de le transformer en tas de confettis.

Enfin, nous l'avons vu, la famille terrienne est celle qui abrite le plus fort pourcentage d'enfants. Or, dans un divorce, c'est en finalité toujours les enfants qui pâtissent le plus; il est bien certain qu'ils agissent comme un solide ciment. Cela est valable dans toutes les classes de la société puisqu'il est prouvé que le nombre de divorces décroît dans de très grandes proportions en fonction du nombre d'enfants et cela dans tous les milieux (sur 53 086 divorces on trouve, par exemple, 16 090 ménages de un enfant, 3 400 de trois enfants et 876 de six enfants et plus).

Il est un seul point où les agriculteurs se haussent au niveau moyen, c'est celui du suicide, lequel, c'est indéniable, est révélateur de l'état général d'une classe sociale. En bonne logique, et vu les difficultés professionnelles rencontrées par les agriculteurs, ces derniers devraient donc figurer presque en haut du tableau (ils y rejoindraient les ouvriers agricoles). Ce n'est pas le cas et il est probable que, là encore, la communauté familiale et villageoise, ainsi que l'environnement, joue un rôle modérateur. En fait, ce sont les plus de soixante-cinq ans qui font monter la moyenne. Soixante-cinq ans, c'est l'âge de la retraite et l'insidieuse tentation de se croire devenu, ou en passe de devenir, inutile.

Voici donc quelques traits de la famille rurale. On constate que, sur bien des points, certains la jugeront franchement retardataire. Et l'enquête réalisée en fin 1976 par la Fédération nationale des associations familiales rurales les fera sûrement ricaner. Ils y découvriront, entre autres, que 92 % des personnes interrogées estiment que le mariage doit être une union définitive. Ils y verront aussi que 82 % des jeunes jugent dangereux ou excessif l'actuel relâchement des mœurs. Oui, sans doute s'esclafferont-ils grassement devant un tel conservatisme. Je pense, quant à moi, que lorsqu'il s'agit de courir vers le néant comme beaucoup nous invitent à le faire, mieux vaut prendre son temps, quitte à rater le coche; il n'est pas de ceux que l'on regrette.

LA FAMILLE EXISTE ENCORE

De toute façon, la famille rurale évolue elle aussi, et seules les vacances lui sont encore étrangères puisque, selon l'I.N.S.E.E., 13,70 % seulement des agriculteurs prennent des congés. Cela mis à part elle est, depuis quelques années, beaucoup plus ouverte que par le passé sur le monde extérieur; les ruraux lisent, sortent, se renseignent, regardent.

En revanche, ils ont peut-être tendance à délaisser la communauté villageoise, grande victime de la télévision – 80 % des agriculteurs possèdent un téléviseur et ressentent moins le besoin de se réunir entre eux –, mais il reste encore des liens solides, ceux de l'entraide. Enfin, les agriculteurs se retrouvent toujours les jours de fête ou de deuil, sur les champs de foire et les marchés.

Mais la famille rurale évoluera encore. En bien, si elle sait faire l'économie des expériences douteuses dont elle mesure les tristes résultats dans le monde qui l'entoure, si elle conserve sa vocation primordiale d'éducatrice, si elle refuse la démission.

Je lui souhaite en revanche bien du plaisir si elle

s'engage dans les chemins scabreux du laisser-aller systématique car, outre son explosion, ce sera aussi celle d'une grande partie de la profession, celle qui repose sur l'exploitation familiale. Car s'il est possible à une famille plus ou moins branlante de survivre, tant bien que mal, lorsque chaque membre exerce, ou prépare, une profession différente, il est impossible de cohabiter et de travailler ensemble dans une ferme en dehors d'une profonde entente, de bases et de liens solides.

LA CLÉ DE VOÛTE

C'est par elles que j'aurais dû commencer ce livre. Elles, les agricultrices, elles sur qui repose toute la profession. Et je ne le dis pas pour faire plaisir aux féministes excitées et hargneuses qui nous rebattent les oreilles de leurs permanentes jérémiades.

D'ailleurs, comme par hasard, elles ne parlent pour ainsi dire pas des agricultrices. Il est vrai que beaucoup de ces suffragettes sont des bourgeoises qui ignorent tout de la condition féminine dans l'agriculture. Ou encore, véritable tare à leurs yeux, peut-être ont-elles appris que beaucoup d'agricultrices, qui travaillent comme des hommes, aimeraient bien, elles, retrouver ou acquérir leur place et leur rôle de femmes; place et rôle qui, paraît-il, n'existent que dans l'imagination perverse des phallocrates.

Non, si je dis que toute la profession repose sur les agricultrices, c'est parce que je le pense vraiment. Et si, tout compte fait, je n'ai pas parlé plus tôt d'elles, c'est parce que le chapitre que je veux leur consacrer prendra place au centre du livre, comme une clé de voûte. Cette clé qui soutient tout et dont la défection entraîne l'effondrement de l'édifice.

Autant certaines professions sont étrangères aux

femmes – et que les féministes nous disent tout de suite si elles veulent que leurs consœurs aillent, comme en U.R.S.S., travailler au fond des mines ou sur les chantiers de construction – autant l'agriculture a un impérieux besoin de leur présence et de leur aide.

Une ferme sans femme, c'est un bateau en perdition. Il pourra naviguer quelque temps, mais il finira toujours par sombrer. C'est peu encourageant lorsque l'on sait que le monde agricole est celui qui, de très loin, abrite le plus fort pourcentage d'hommes célibataires et sans grand espoir de trouver l'âme sœur.

Depuis que l'agriculture existe, et malgré tous les bouleversements qui l'ont secouée et les coups qu'elle a reçus, elle a toujours pu et su faire face aux événements et aux siècles grâce aux femmes qui, de génération en génération, se sont succédé pour la maintenir. Et si, surtout depuis un quart de siècle, l'agriculture se vide par suite d'un exode rural toujours croissant, c'est que de nombreuses femmes, ou jeunes filles, n'ont pas pu, ou voulu, poursuivre cette voie.

Elles sont parties poussées par une foule de raisons, la principale étant d'ordre économique et on ne peut vraiment pas leur reprocher d'avoir refusé la misère; à celle-ci, il faut accoler l'absence de tout confort ménager, l'isolement dans lequel se trouvaient beaucoup de fermes, souvent une cohabitation difficile avec les beaux-parents, et enfin un travail auquel aucune femme de ville ne voudrait se plier.

Ainsi, les femmes une fois disparues, les fermes périclitèrent, puis moururent. Il était fatal qu'il en fût ainsi, mais, pour bien le comprendre, il importe de connaître la vie des agricultrices.

Là encore, il est indispensable d'établir les différents types de vie; ils seront presque toujours liés à la physionomie, à l'orientation et à l'importance de la ferme. C'est en fonction de cela qu'il est possible de tracer les trois catégories dans lesquelles s'insèrent les agricultrices.

Il y a d'abord l'existence des femmes mères de famille travaillant dans la ferme, puis celle des mères de famille plus axées sur l'éducation des enfants, l'entretien de la maison et la gestion financière de l'exploitation, enfin vient la vie de celles qui travaillent en dehors de l'exploitation.

LA FEMME OUVRIÈRE AGRICOLE

Dans le premier cas disons, pour tenter de simplifier, que plus la ferme sera orientée vers la polyculture, plus la femme verra s'étaler l'éventail de ses tâches. Une coutume qui, heureusement, n'est pas immortelle mais qui persiste encore attribue aux femmes les soins de la traite; peut-être pense-t-on qu'elles y apportent plus de calme et de douceur, ce n'est pas mon point de vue, mais peu importe.

La traite – et je peux en parler puisque je la pratique – qu'elle soit manuelle ou mécanique est un de ces travaux dont on mesure peu, ou mal, vu de loin, les aspects contraignants. D'abord il est impératif de s'y livrer deux fois par jour et 365 jours par an. Pas question de « sauter » les dimanches, les jours de fête ou de maladie; donc, pas question non plus de prendre des vacances si personne n'est là pour vous remplacer. C'est un authentique esclavage qui va jusqu'à s'opposer aux bienfaits d'une grasse matinée le dimanche.

Elle s'effectue très tôt le matin, d'abord pour pouvoir livrer le lait au laitier, ensuite pour que le temps consacré aux bêtes n'empiète pas sur celui des autres travaux, enfin pour laisser s'écouler suffisamment de temps entre deux traites de façon à ce que les bêtes aient tout le temps de se nourrir et de se préparer pour le soir.

Suivant l'importance du cheptel et le mode de traite – manuel ou par trayeuse électrique – le temps consacré à cette opération sera très variable. Mais quelle que soit sa durée, qui peut atteindre plusieurs heures par jour, elle sera recommencée matin et soir et à heures fixes.

Cette corvée faite, la mère de famille devra ensuite préparer ses enfants pour leur départ à l'école, si toutefois ils sont en âge de s'y rendre, s'occuper de la basse-cour – et c'est moins poétique que sur les cartes postales surtout quand il pleut des cordes –, nourrir des cochons, préparer le déjeuner.

Suivant les saisons, et si toutefois il lui reste du temps, elle ira aux champs ou au jardin potager, où elle travaillera jusqu'à l'heure du repas. Elle le servira, fera la vaisselle et reprendra sa tâche d'ouvrière agricole jusqu'à l'heure de la traite du soir. Celle-ci effectuée, il faudra qu'elle songe au dîner puis, celui-ci pris, qu'elle s'occupe des enfants et refasse la vaisselle; enfin, si toutefois elle n'a aucun travail de couture, elle pourra songer à se reposer.

Je ne noircis pas le tableau. J'ai même omis de parler des lessives, des indispensables courses que demande toute famille et, pour beaucoup de femmes, la vente directe de légumes, œufs, poulets, etc., au marché local qui les occupe deux ou trois matinées par semaine.

Cette vie est celle de centaines de milliers d'agricultrices qui, non contentes d'être mères de famille et maîtresses de maison, sont aussi ouvrières agricoles; mais, pour elles, point de congés payés, ni de congés maladie, ni même de congés maternité. Toutes ces femmes, oui, aimeraient une existence et un travail plus féminins et je suis sûr qu'elles n'y verraient aucun signe infamant de dépendance vis-à-vis de leur époux.

Et ce n'est pas à elles qu'il faut venir parler de l'émancipation de la femme par le travail; en la matière, elles savent ce qu'il en est. Émancipées elles le sont car c'est très souvent à elles qu'échoit la charge de gérer le budget et elles s'y emploient d'une main ferme, comme elles s'emploient, en maîtresses femmes, à superviser la marche de l'exploitation.

Quant à l'égalité des sexes, si elle est logique et souhaitable dans tous les cas où elle est applicable – à travail égal salaire égal n'est que justice – elle devient en agriculture une farce de très mauvais goût et les agricultrices ne l'ignorent pas. Elles savent très bien que c'est une idée lancée par celles qui n'ont jamais eu à conduire de tracteur, qui n'ont jamais chargé de fumier, rentré de foins, trait les vaches, maîtrisé un veau, sarclé toute une journée, arraché les pommes de terre, nourri les porcs, transporté des seaux d'eau, bref, qui méconnaissent tout du travail manuel à la terre et de la dépense physique qu'il exige.

Cette égalité, les agricultrices l'ont, mais beaucoup s'en passeraient bien volontiers! Aussi leur faut-il énormément de courage, d'acharnement, de ténacité ou, et c'est alors bien triste, de résignation, pour persévérer dans cette vie. Et je leur trouve toutes les excuses lorsqu'elles incitent leurs filles à partir travailler en ville.

J'ai entendu, une fois, je ne sais plus quelle intellectuelle délirante qui, au nom de l'égalité des sexes, protestait contre l'habitude d'élever les filles en filles – c'est-à-dire en leur donnant des poupées – et les garçons en garçons, en leur donnant des fusils. A l'en croire, on empêchait les futures femmes de s'échapper de leur pauvre condition de femme.

Cette dame n'a pas dû souvent marcher dans les campagnes, ni visiter certaines fermes; ou alors elle n'a regardé que les fleurs et les si adorables petits poussins! Si elle avait su observer autre chose que son régime amincissant et ses ongles, elle aurait découvert que beaucoup d'agriculteurs n'avaient hélas pas attendu son babillage pour appliquer son stupide principe, à savoir élever les filles comme des garçons, les rompre aux mêmes travaux de force. Elle aurait vu des jeunes femmes qui, à vingt-cinq ans, en paraissent quarante, mal conservées, usées et brisées par un travail de force que, morphologiquement, elles ne pouvaient effectuer sans dommage. Je dis qu'au lieu de leur donner une fourche ou les installer sur un tracteur – qui tasse si bien les vertèbres – il aurait été préférable de leur apprendre la cuisine ou la dactylographie; je comprends donc que les mères de famille, qui connaissent et qui vivent tout cela, préfèrent voir leurs filles partir vers la ville, et plus le métier choisi sera typiquement féminin, plus elles en seront heureuses.

Mais, dira-t-on peut-être, pourquoi n'y vont-elles pas, elles, travailler en ville? D'abord qu'y feraient-elles sans préparation ni métier autre que celui de la terre? Et surtout, qui les remplacerait à la ferme? Dans bien des cas leur départ entraînerait la chute de l'exploitation. Si elles s'y usent autant qu'un homme, ce n'est pas pour le plaisir, mais pour remplacer la main-d'œuvre dont le prix est inabordable pour beaucoup de fermes, pour tenter, par tous les moyens, de produire au maximum, pour essayer d'équilibrer le budget.

Voilà pourquoi elles restent à la ferme et travaillent: l'agriculture est leur métier. Il est possible que ce labeur phénoménal soit le fruit d'une organisation défectueuse, ou d'une trop vaste gamme de productions, mais il est plus facile de critiquer que de résoudre et l'on constate, là encore, que chaque ferme est un cas particulier qui appelle donc des mesures particulières.

Il est bien évident que nul ne peut souhaiter la persistance de cette pratique qui transforme les femmes en ouvrières agricoles. Mais il est à craindre que la dégradation des revenus et toutes les difficultés que traverse la profession n'obligent encore longtemps certaines femmes d'exploitants à travailler plus de douze heures par jour, à longueur d'année, sans vacances ni jours fériés et pour un salaire qui, dans le monde ouvrier, déclencherait une révolution.

Sans vouloir généraliser en aucune façon, j'achèverai le portrait de cette première catégorie en indiquant qu'elle regroupe surtout les femmes d'un certain âge – disons en moyenne plus de trente-cinq ans – qui appartiennent à ces générations pour lesquelles il était tout naturel de se plier à cette mode ancestrale qui les expédiait aux champs et aux étables dès leur plus jeune âge. Une fois adultes et mères de famille, elles conservèrent cette habitude du travail à l'extérieur et il est à noter que beaucoup en viennent à le préférer aux travaux ménagers. Il en résulte bien sûr une désaffection du foyer, au sens large du terme.

LA MAÎTRESSE DES LIEUX

Dans le deuxième groupe d'agricultrices figurent surtout celles qu'on peut dire être de la jeune classe, celles qui, à la suite d'une bénéfique mais encore trop timide évolution, se sont préparées à leur rôle de femme d'exploitant, soit par la fréquentation de maison familiale ou d'école d'agriculture, soit par des études plus poussées.

Ces jeunes femmes ont une notion de leur tâche très différente de celle de leurs aînées. Plus axées sur leur travail de mère de famille et de maîtresse de maison, elles éviteront, dans la mesure du possible, de se laisser déborder par les gros travaux de force. Et si elles sont très capables, le cas échéant, d'apporter une aide efficace lors des « coups de feu » (fenaison, moisson, etc.), elles ne se considèrent pas, avec raison, comme des « tâcheronnes » disponibles vingt-quatre heures sur vingt-quatre.

Ce qui ne veut nullement dire qu'elles n'ont pas, elles aussi, un rude labeur journalier. Car outre les soins aux enfants, l'entretien de la maison, la préparation des repas – dont la gastronomie n'est jamais exclue; ne me démentiront pas ceux qui ont été invités, même à l'impromptu, à déjeuner dans une ferme –, la confection de toutes les conserves possibles, elles auront souvent à leur charge exclusive la responsabilité d'une spécialisation; soit dans le petit élevage (poules, poulets, lapins, etc.), soit dans l'élevage supérieur (porcs et veaux), soit encore dans la culture potagère.

Beaucoup aussi participeront à la traite et prendront la laiterie en main, et toutes celles qui vendent, au litre et à des particuliers, le lait à la ferme savent le travail et les contraintes que cela entraîne. De plus, ce sont très souvent elles qui s'occuperont de la comptabilité et de la gestion.

Cette nouvelle notion du rôle des femmes en agriculture – que la J.A.C. fut la première à préconiser et qui figure parmi ses plus belles réussites – apporte des changements notables dans la vie du monde agricole. Les jeunes femmes, au lieu de s'enfoncer dans les travaux éreintants, et abrutissants, qui s'effectuaient au détriment de la vie familiale et de la tenue de la maison, se sont hissées au niveau supérieur et ont ainsi renforcé leur influence et leur place.

Grâce à elles, le travail en agriculture est devenu plus humain, les maisons sont plus coquettes et accueillantes, les foyers plus épanouis. Et si des générations de femmes ouvrières agricoles ont permis à l'agriculture de survivre, je pense que les générations montantes de jeunes agricultrices lui permettront de revivre.

Le préjugé qui installe d'une part des femmes de ville, à qui on reconnaît le droit à l'élégance, au repos, à la lecture et aux vacances, et d'autre part les paysannes en haillons que l'on confine au fin fond des fermes sordides doit et est en train de disparaître. Et il est bien possible, et souhaitable, que le jour soit proche où les jeunes filles, au lieu de fuir vers les villes pour y épouser un salarié, préféreront rester à la terre et épouser un agriculteur.

Bien entendu, cette évolution ne peut se faire à sens unique, les hommes ont leur part de responsabilité. C'est à eux de déterminer la tranche de travaux et d'initiatives qui leur revient, et la place qu'ils veulent donner à leur épouse. C'est aussi à eux d'éviter, si possible, la cohabitation avec les parents ou les beaux-parents, qui, si elle représente des avantages – ne serait-ce que pour la garde des enfants, les soins ménagers et la cuisine –, a les redoutables inconvénients de s'opposer à toute intimité du couple, de compliquer très sérieusement l'éducation des enfants et de dégénérer souvent en une perfide guérilla entre générations. Cette cohabitation qui, il ne faut pas l'oublier, fut et reste une des responsables de l'exode rural.

Ils devront enfin, et devraient déjà, tout faire pour meubler l'isolement subi ou redouté par un grand nombre d'agricultrices. Cet isolement pernicieux qui les retranche du monde, les prive de tout contact et les transforme contre leur gré en ermites. Et c'est souvent pour meubler leur ennui que les femmes s'adonnent aux rudes travaux de force, elles s'y épuisent, s'étourdissent et oublient ainsi un peu leur solitude.

LA FEMME SALARIÉE

C'est par le biais de cette solitude que nous abordons la troisième catégorie de femmes d'agriculteur. Quelques-unes, en effet, pour rompre leur isolement et plutôt que de s'échiner à la terre, choisissent d'aller chaque jour travailler en ville. Mais la majorité de celles qui adoptent ce principe le font plus souvent pour des raisons essentiellement économiques.

En fait, beaucoup d'entre elles ont, avant leur mariage, soit exercé une profession, soit suivi des études leur permettant d'en pratiquer une. Si, comme c'est bien souvent le cas, le budget de la ferme est étroit, la jeune femme apportera par son travail un salaire mensuel non négligeable. Il est même de nombreux exemples de fermes à l'agonie sauvées par ce système.

Il est curieux de noter à quel point cet apport de capitaux, même modeste, transforme la mentalité et la vie de certains foyers d'agriculteurs. Beaucoup y trouvent une indiscutable assurance, leur dynamisme en est accru, leur possibilité d'investissements plus étendue ; toute l'exploitation et aussi toute la famille en bénéficient. En revanche, d'autres s'habituent à cette manne régulière, perdent leur esprit d'entreprise et prennent vite une mentalité de mauvais salariés. J'entends par là ceux qui, solidement soutenus par leurs syndicats, estiment que moins on en fait et plus on est payé, mieux on se porte.

Qu'on ne me dise pas que c'est un état d'esprit exceptionnel, tout prouve au contraire qu'il se développe dangereusement. Ainsi, pour les fameux « congés maladie », la Sécurité sociale a versé près de 12 milliards d'indemnités journalières en 1972 et presque 24 milliards en 1976 ! Comme ce ne sont pas les agriculteurs qui en ont profité, personne n'a crié au scandale, et personne non plus ne s'est inquiété de cette étonnante progression de la maladie en ville, pourtant, à ce stade de développement, c'est sûrement une épidémie !

Cette mentalité de cossards donc, qui heureusement n'est pas celle de tout le monde, n'est pas et ne peut pas être non plus celle des agriculteurs. Ainsi ceux qui en sont atteints acceptent-ils beaucoup plus mal les aléas du métier, ses servitudes, son manque de sécurité, ses risques multiples. Engourdis dans la certitude d'une mensualisation qui tombe, quoi qu'il arrive, ils ont tendance à vouloir comparer l'incomparable, à savoir leur profession libérale sans salaire fixe, et les autres métiers à salaires garantis et réguliers.

Quelle que soit la façon dont il est conçu, et même s'il est indispensable au budget de la ferme, le travail de la femme d'agriculteur hors de l'exploitation n'est pas sans lever bien des problèmes.

Le premier sera celui des enfants, je ne parle pas de ceux qui sont en âge d'aller à l'école, mais des tout-petits, ceux pour qui on fait semblant de croire qu'une bonne crèche ou une maternelle remplace efficacement la mère. Il y a beaucoup de jeunes femmes qui n'en croient pas un mot mais qui sont néanmoins contraintes de partir travailler à l'extérieur.

Elles se heurtent alors à de grosses difficultés pour faire garder leurs nourrissons. Elles doivent soit les confier à leur mère ou à leur belle-mère – ce n'est pas toujours simple ni possible car encore faut-il que l'une ou l'autre demeure non loin de la ferme –, soit les amener dans la maternelle la plus proche de leur lieu de travail.

Il en résulte, pour elles et les bébés, un périple bijournalier et un surcroît de fatigue. Beaucoup de femmes de ville connaissent tout cela, mais ce n'est pas une raison pour ériger cette contrainte en institution et si elles ont plusieurs heures de métro ou de train à subir par jour, n'oublions pas que certaines fermes sont très loin de toute agglomération et que les transports collectifs sont inconnus dans de nombreux coins de campagne.

Si, en été et sans enfants, il est possible d'effectuer le parcours à vélomoteur, c'est très difficile pendant toute la mauvaise saison. Il est donc normal que la femme emprunte la voiture familiale, c'est peu économique, parfois même à la limite de la rentabilité. C'est pour tenter de résoudre ce problème que beaucoup de jeunes femmes demandent la création de maternelles en campagne.

Il m'étonnerait fort, à une époque où l'on est plus occupé à supprimer les écoles rurales qu'à en créer de nouvelles, que l'administration s'engage dans cette voie et accède aux vœux de ces mères de famille. De plus, on ne guérit pas le mal par le mal et il serait beaucoup plus logique de donner à ces mères les moyens financiers pour élever elles-mêmes leur bébé; elles n'auraient plus alors besoin de courir les quatre coins du canton et tout le monde s'en porterait mieux, à commencer par les enfants.

UNE DIFFICILE ADAPTATION

Une autre difficulté, et pas la moindre, est aussi pour la femme travaillant à l'extérieur de parvenir à concilier sa vie professionnelle et sa vie familiale. En supposant qu'elle puisse revenir déjeuner, ce qui n'est pas toujours le cas, on peut considérer qu'il lui est possible de mener de front ces deux activités. En revanche, s'il lui est impossible de rentrer à midi, elle doit laisser à son époux les soins de la cuisine et, éventuellement, du ménage, et il n'est pas simple pour un agriculteur d'être tout à la fois aux champs et aux fourneaux.

Mais ce n'est là, à vrai dire, qu'un détail qu'une bonne organisation peut résoudre. La vraie difficulté est ailleurs et elle est beaucoup plus sérieuse. Elle se situe au niveau de la communication entre époux et, plus particulièrement, du dialogue au sujet de la ferme.

Une ferme n'est ni un atelier ni un bureau, mais un ensemble vivant et changeant, et s'il est à la rigueur possible à un mécanicien ou à un comptable de ne jamais parler, ou très rarement, de sa journée de travail à sa femme, un homme de la terre a besoin, lui, de la tenir au courant de ses travaux et de la vie de l'exploitation, ne serait-ce que pour quêter une approbation, un conseil ou un encouragement. Il lui est aussi naturel et nécessaire d'en discuter qu'à une mère de famille de relater la vie de ses enfants.

Je ne dis pas qu'il se lance dans des évocations lyriques,

loin de là, parfois même, ce qu'il peut dire semblerait bien laconique à un observateur, mais il signale les grands traits de son labeur en cours, annonce ses projets. Autant il lui est facile et naturel de le faire au hasard de la journée si sa femme est là et participe à la vie de l'exploitation, autant il peut devenir compliqué de communiquer avec celle pour qui la ferme n'est plus qu'un dortoir.

Si, par-dessus le marché, elle est rompue de fatigue, comme c'est normal après une journée de travail, et si, pour tout arranger, elle a, elle aussi, des soucis professionnels, le couple risque de se transformer peu à peu en une sorte d'attelage bizarre dans lequel chaque membre tire de son côté sans jamais s'occuper de la direction prise par son voisin.

Ce n'est pas l'idéal et tout le monde en pâtit. Et quand je dis tout le monde, j'entends également l'exploitation, car si l'épouse s'en désintéresse, son mari finira lui aussi par avoir, bien souvent, la même attitude; et avec la terre le coup du mépris ne marche jamais, c'est toujours elle qui gagne à ce jeu-là!

Bien entendu, et heureusement, beaucoup parviennent à maintenir un heureux équilibre. Mais qu'on veuille bien me croire si j'assure qu'il n'est pas facile de le trouver, car une ferme, un agriculteur et une femme qui oublie ou boude la première, ça fait presque toujours un ménage à trois.

DES GARDIENNES ATTENTIVES

Dans les trois cas que nous venons d'aborder, et quel que soit le mode de travail choisi par la femme, celle-ci devra donc toujours veiller à conserver sa place de conseillère et de maîtresse des lieux. D'où les immenses difficultés de la cohabitation dans laquelle deux générations de femmes s'affrontent, soit pour acquérir ce titre, soit pour le conserver. Comme il est impossible que deux reines se tolèrent dans la même ruche, les batailles sont souvent très douloureuses pour éliminer l'intruse.

Femmes de caractère, les agricultrices le sont en tout. Généralement habituées à vivre à la dure et à travailler beaucoup, elles figurent encore dans le dernier carré des femmes qui estiment naturel, par exemple, d'accoucher à la maison ; et, de l'avis même des spécialistes, elles le font mieux et plus vite que bien des femmes de ville. Il est vrai que leur isolement et leur bon sens les préservent de l'intoxication pseudo-médicale distillée dans certains milieux, qui transforme la grossesse en maladie et l'accouchement en opération !

A la campagne, on sait très tôt comment les enfants voient le jour, on sait surtout que la nature fait bien les choses, alors pourquoi les compliquer et les dramatiser ? Il y a encore peu de temps, il était donc rare qu'une femme de la campagne se rende en clinique pour mettre son bébé au monde, elle s'en serait sentie vexée.

Aujourd'hui, tout change et s'il n'est pas encore interdit aux femmes d'accoucher chez elles (mais au nom de la planification et vu le peu de respect que certains ont de l'individu, ça viendra vite) tout est mis en œuvre pour que cesse cette pratique. Déjà, dans certaines régions, les médecins de campagne disparaissent, attirés eux aussi par la ville et ses gains, les sages-femmes indépendantes sont de moins en moins nombreuses, étouffées par la machine médico-administrative qui déteste ces bébés francs-tireurs qu'elles font naître dans le lit conjugal et qui échappent ainsi à tous les tests imbéciles qu'on peut faire subir aux enfants mis au monde à la chaîne – et comme dans toute chaîne, il y a un pourcentage légal de pertes – numérotés et parqués dans des nurseries, tripotés comme des objets, alimentés au lait industriel, et, au besoin, drogués pour la nuit.

Les agricultrices pouvaient jusqu'ici – et beaucoup le peuvent encore, heureusement pour elles – se tenir à l'écart de cette triste évolution qui, derrière de prétendus progrès en matière de santé publique est, bien souvent et avant tout, une opération lucrative. Et ne me démentiront pas les médecins de famille qui savent le coût très modeste d'un accouchement à la maison et les tarifs prohibitifs réclamés dans un établissement quelconque.

Présentes aux naissances – il est de tradition d'aller aider la voisine parturiente, puis la jeune mère – les agricultrices le sont aussi à la mort. Si s'instaurent de plus en plus en ville d'abominables « mouroirs » où s'éteignent ceux pour qui l'heure du départ est imminente – et il faut bien reconnaître qu'il n'est pas facile d'héberger un agonisant dans un F 4 – il est encore de tradition à la campagne de mourir sur sa terre et de quitter l'existence accompagné par la vie de la ferme, le meuglement des vaches, le bruit du tracteur, les cris de la basse-cour et le chant des oiseaux.

Et comme elles président aux naissances, les femmes président à la mort. Elles le font tout naturellement car, bien souvent, ce sont elles qui, parfois pendant des années, ont soigné à la maison celui ou celle qui s'éteint.

Toujours actives, veillant avec vigilance à tout ce qui constitue leur royaume, les agricultrices sont vraiment les ordonnatrices et les gardiennes de la profession. Elles lui sont indispensables pour vivre et se perpétuer. Elles apportent enfin cette part de calme et de douceur qui rend plus doux et chaleureux ce métier souvent rude.

LA QUALITÉ DE QUELLE SURVIE?

La qualité de la vie est devenue le leitmotiv d'une société qui ne sait plus ce que signifie le mot qualité et qui tend de plus en plus à étouffer la vie individuelle au bénéfice de la vie collective.

Tout le monde parle de la qualité de la vie, tout le monde la revendique et même l'État s'en mêle en créant, sans rire ni peur du ridicule, un ministère tout spécialement destiné à son instauration.

Malheureusement, dans le même temps et depuis des années, les robots bipèdes qui organisent et gèrent – comme si on leur en demandait tant! – la vie courante de chaque individu s'ingénient par tous les moyens à détruire tout ce qui est de qualité et à transformer la vie en survie. Ce n'est pas leur faute, ils ont fait des études dans ce but; ils se contentent de mettre en pratique ce qu'on leur a inculqué dans quelques grandes fabriques de cerveaux dans lesquelles on remplace le bon sens et la chaleur humaine par des circuits imprimés.

Ainsi, peu à peu, mais implacablement, ont-ils transformé la douceur et la joie de vivre en frénésie et tristesse dépressive. Comme, en finalité, cela crée des citoyens moroses, donc des électeurs infidèles, on s'est piqué depuis quelque temps de remettre au goût du jour cette fameuse qualité de la vie. Mais comme on doute des possibilités d'initiative des administrés, comme on ne peut pas non plus admettre qu'ils soient aptes à découvrir tout seuls ce qui leur convient, comme, de plus, il n'était pas prévu dans les plans qu'ils pussent un jour s'ennuyer et regretter le bon vieux temps, on leur ressasse à longueur d'antenne et de discours qu'ils ont le droit, et le devoir, de bénéficier du bonheur en ce monde.

On en fait et on en dit tellement à ce sujet qu'on oublie l'essentiel, à savoir que la qualité de la vie est avant tout une notion individuelle qui ne peut se percevoir que dans une totale liberté d'esprit et de choix. La transformer uniquement en équation économique, par la publicité; politique, pour les voix qu'elle apporte; naturaliste et écologique, pour les disciples de Virgile, est une sinistre plaisanterie; car s'il est possible qu'elle dépende parfois de tout cela, elle trouve d'abord son épanouissement dans des domaines beaucoup plus modestes et surtout personnels.

EN TOUTE LIBERTÉ

Totale liberté d'esprit et de choix, et recherche individuelle, oui. Il fut un temps où, par exemple, la qualité de la vie passait, pour certains, dans le plaisir de se retrouver, entre amis, autour d'une table bien garnie et de vider en chœur quelques verres de bon vin. C'est toujours possible, mais à condition d'être sourd à toute intoxication extérieure. Ce n'est pas facile à une époque où les spécialistes semblent s'être donné le mot pour vous empêcher de digérer en paix!

Il ne se passe pas de jour sans que des revues, des émissions diverses ou de brèves séquences télévisées vous mettent en garde contre les dangers redoutables de la table, du vin et de l'alcool : Attention cholestérol! La cellulite vous guette! Danger, infarctus, cirrhose du foie, hypertension! « Moi, assure un brave homme en enfilant sa chemise, moi je fais surveiller ma tension! » On s'en fout, mon vieux, que tu fasses surveiller ta tension! Fais-le si ça t'amuse et oublie-nous un peu!

Il fut un temps aussi où, pour certains, la qualité de la vie passait par la cigarette savourée après le repas. C'est toujours possible bien sûr, mais des gens qui vous veulent du bien s'arrangent pour lui donner un sale goût à cette cigarette quand un monsieur, très distingué, vient, à tout instant, vous susurrer tous les risques que vous encourez et faites courir à votre entourage.

Il fut un temps aussi où la qualité de la vie passait, pour beaucoup, par une soirée intime écoulée en compagnie de l'âme sœur. C'est toujours possible, heureusement, mais il faut encore une fois rester sourd aux conseils prodigués eux aussi à foison par les spécialistes de la chose. Ils finiraient par vous faire croire, ces sinistres docteurs ès sexe, que rien de bon en la matière ne se pratiquait avant eux mais que, grâce à leur science et à leur technique, ça va devenir fabuleux!

Si encore toutes ces mises en garde intolérables œuvraient pour le bien-être de chacun, on pourrait, à l'extrême rigueur et par politesse, leur prêter une oreille distraite. Mais ce n'est hélas pas le cas, et si toutes se dissimulent derrière la plus angélique des philanthropies, toutes ou presque poursuivent le même but, soit faire des économies, soit gagner de l'argent.

Économies, puisqu'on vise d'une part la diminution des malades – un cancer du poumon coûte tant à la société, une cirrhose et un infarctus tant, nous dit-on sans cesse. Gains, puisqu'on espère d'autre part la vente des ouvrages traitant de la sexualité, mais surtout de la pornographie, et le succès des films abordant les mêmes sujets.

Je clabaude? Allons donc! Ce n'est pas moi qui ai calculé et proclamé à la radio ce qu'un mort dans un accident de la route coûtait à la société, c'est le ministre de l'Intérieur! Moralité : enroulez-vous tant que vous voudrez autour d'un platane, mais arrangez-vous pour que ce soit gratuit...

Et qu'on se rassure, je ne prône ni l'alcoolisme, ni le tabagisme, ni les excès de vitesse, ni la débauche. Je demande simplement qu'on perde cette malsaine et impudique habitude de vouloir absolument me border dans mon lit après avoir pris ma température, ma tension, mon taux d'alcool, mon groupe sanguin et jeter un coup d'œil soupçonneux sur les éventuelles tares héréditaires de mes antécédents!

Qu'est-ce que c'est que cette société qui fait de la qualité de la vie une vraie tarte à la crème tout en s'ingéniant, par tous les moyens, à vous empêcher d'accéder sans remords et en toute liberté à la plus modeste part de cette qualité! De quoi se mêlent tous ces tartufes qui non seulement empiètent, mais s'installent dans la vie privée de chaque individu! Que diable, au lieu d'apprendre aux lycéens les pensées de Mao, la recette des cocktails Molotov ou le Kāma-Sūtra, qu'on leur enseigne une fois pour toutes que l'alcool, la vitesse et le tabac peuvent tuer, qu'il faut être deux et y mettre certaines formes pour créer un couple, que les bébés ne naissent pas dans les choux, et qu'on n'en parle plus!

On croirait vraiment que, sur 51 millions de Français, seuls quelques fumeux penseurs, hauts techniciens, grands professeurs, mandarins ou politiciens sont adultes et que tout le reste n'est qu'un vaste regroupement d'enfants attardés à qui il faut donner la main, et tout apprendre, y compris à se distraire!

NOS BONHEURS

Peut-être pensera-t-on que je suis loin de mon sujet initial et que les agriculteurs n'ont rien à voir avec tout ça. C'est bien vrai, et tant mieux si on en arrive à cette conclusion, c'est celle que je souhaitais.

Oui, une fois de plus les agriculteurs sont en dehors de la société mais, cette fois, c'est à leur avantage. Tous ne s'en rendent peut-être pas compte, mais tous pourtant bénéficient d'une certaine qualité de la vie qui est un bien propre à la profession et à son lieu d'exercice. Ceux qui l'ont compris et mesuré savent ce qu'elle est, et ce qu'elle représente, et nul n'a besoin de leur en enseigner les secrets. Ils peuvent être goguenards lorsqu'ils en entendent parler par de graves spécialistes qui suent sang et eau pour égrener les fruits de leur thèse laborieuse.

La qualité de la vie ne se définit pas en bloc, ne se planifie pas, chacun cherche la sienne et la cisèle à sa guise; et il n'est pas d'endroit ni de profession privilégiée qui permettent de la trouver à coup sûr. C'était un grand thème de Giono – que par ailleurs j'apprécie beaucoup – qui plaçait son épanouissement à la campagne et dans les métiers de la terre. Pourquoi pas, mais il ne faudrait pas oublier de dire que cela implique l'amour de la campagne et des professions qui s'y exercent. Tout le monde n'aime pas la campagne et les travaux qui s'y déroulent, certains même les détestent; cela les empêche-t-il de savoir ce qu'est la qualité de la vie? Pas du tout, ils la trouvent autre part. D'autres adorent Paris, malgré ses embouteillages, sa pollution, son bruit, sa folie, ils ne voudraient pour un empire vivre ailleurs, c'est donc bien qu'ils y trouvent leur bonheur.

En ce qui concerne les agriculteurs, comment, après ce que je viens de dire, oserai-je brosser ce charmant tableau qui dévoilerait tous les secrets et qu'on attend peut-être? Pas question que je m'y hasarde en dehors de ma seule expérience. Il m'est impossible, dans ce cas précis, de parler au nom des autres. Peut-être ma notion sera-t-elle celle de nombreux agriculteurs, peut-être s'y retrouveront-ils, c'est possible; comme il est possible qu'elle leur paraisse bizarre. Aucune importance. Le principal est qu'ils continuent, à leur façon et en toute liberté, à bénéficier de cette qualité de la vie, elle est souvent leur seule richesse et s'ils ne la possédaient pas, il y a longtemps que beaucoup auraient quitté la terre.

Pour moi, la qualité de la vie – je devrais dire de ma vie – passe par la nature, l'indépendance et la liberté; l'ensemble étant animé par un sentiment qui dépasse de très loin la simple attirance ou la banale affinité et qui s'appelle l'amour.

L'amour, on l'a tellement déprécié et galvaudé qu'on ose à peine le prononcer par crainte de proférer soit une niaiserie, soit une gauloiserie. Pourtant, ceux qui ne l'ont pas gaspillé savent qu'il existe toujours.

Amour de mon métier et de la terre et joie profonde de le savoir partagé par celle qui, au fil des ans, fut et reste toujours présente et solide à son poste d'épouse et de mère de famille; joie aussi de voir vivre, s'épanouir et rire les enfants, dans un cadre qu'ils aiment, qui est pour eux un havre, qu'ils explorent sans cesse et découvrent et dont ils apprécient la sécurité et la solidité.

J'aime mon métier de terrien et les bonheurs qu'il m'apporte. Le bonheur c'est indéfinissable et nul ne le reçoit d'une façon identique. Je me procure le mien à travers les travaux, la beauté de toutes les saisons, la vue d'un lever de soleil, l'observation d'un oiseau, la croissance d'une prairie au printemps, la perception de l'incommensurable éternité qui émane d'un ciel d'hiver tout palpitant d'étoiles, la marche paisible dans la campagne avec, au creux de la main, la menotte d'un bambin qui pépie et trébuche pour imiter vos pas.

Bonheur que je glane à longueur de journée, certain que je suis de n'avoir point besoin de le chercher pour le trouver. Pourquoi courir après puisqu'il vient tout seul;

puisqu'il me suffit, pour le ressentir, d'ouvrir les yeux et les oreilles, de partir au jardin sarcler les plates-bandes, de m'atteler à la fauche d'une prairie ou au labour d'un champ, de guider vers sa mère le veau nouveau-né, ou de m'installer, stylo en main, devant une rame de papier vierge.

Et c'est tout cela qui contrebalance les soucis du métier, la crainte de l'avenir, les ennuis de tous ordres qui s'accumulent sur la profession. Beaucoup de mes confrères doivent, à leur façon, ressentir eux aussi dans la terre et leur métier cette qualité de la vie qui les accroche à leur sol.

Amour aussi de l'indépendance et de la liberté, car malgré les contraintes et les servitudes – j'ai, moi aussi, l'heure de la traite à respecter chaque jour – je me sais profondément indépendant et libre, pour autant qu'on peut l'être, de mes actes, de mes mouvements, de mes décisions.

Les travaux, nul ne me les ordonne si ce n'est moi, le repos, nul ne me l'accorde si je ne le prends, les distractions, personne ne me les impose si je n'en ai pas envie, et lorsque viendra l'heure de rendre les comptes, j'en prendrai encore l'entière responsabilité. Voilà ma conception de la qualité de la vie; on comprendra que je n'ai pas besoin d'un ministère, ni de conseil d'aucune sorte pour la trouver et la vivre. On comprendra aussi pourquoi je m'insurge contre tout ce qui tend, par la publicité abusive et les matraquages de toute espèce, à entraver d'abord, à influencer et finalement à détruire toutes initiatives et décisions individuelles qui sont pourtant les fondements de la liberté.

L'AMOUR DU MÉTIER

On s'étonnera peut-être, à une époque où beaucoup exercent une profession qu'ils subissent plus qu'ils ne la vivent, que j'aie parlé de l'amour du métier comme d'une approche possible, et bien souvent certaine, de la qualité de la vie. Mais beaucoup d'agriculteurs ont ce point commun d'aimer leur métier. Ils s'en plaignent parfois, je sais et nous en avons déjà parlé, ils en énoncent tous les inconvénients, et ils n'ont pas toujours tort; il n'empêche qu'ils l'aiment profondément puisqu'ils lui pardonnent toujours et continuent à le servir.

Mais avant de parler d'eux, et comme je n'aime pas la complaisance, je me dois de dire qu'il existe une catégorie d'exploitants qui n'ont pas de l'amour de la terre la même conception que leurs confrères. Leur amour est vénal; pour eux, la terre n'est pas un être vivant qui se travaille, se respecte, se soigne avec bonté, c'est une surface donnée qui permet d'investir des capitaux avec profit.

On voit tout de suite que je ne fais ici allusion qu'à une minorité d'individus qui feraient argent de tout, même de leur mère. Ils sévissent dans tous les milieux sociaux, il est donc logique qu'on en trouve aussi dans l'agriculture. Ces arrivistes, pour qui l'avidité est la seule ligne de conduite, donnent, je le sais, une piètre idée de la profession. D'abord parce que ce sont eux qu'on a le moins envie de plaindre, pour la bonne raison qu'ils ne font pas pitié, loin de là; ensuite parce que ce sont souvent les plus braillards, donc ceux qu'on entend le plus.

Comme par hasard, ils donneront toujours de la voix pour réclamer des subventions et des prêts exceptionnels lors des années calamiteuses, non qu'ils aient besoin des uns et des autres mais parce que, dépourvus de toute pudeur, ils grappillent avec rapacité à tous les gâteaux. Ils sont de ceux qui épuisent toutes leurs possibilités d'emprunts auprès du Crédit agricole, ramassent les sommes prêtées à taux minimes et courent chez leur notaire les replacer à taux usuraires.

On trouve ce genre de parasites dans toutes les régions et toutes les productions où, moyennant de gros capitaux, il est encore possible de gagner de l'argent. Mais oui, il est encore possible de gagner de l'argent dans l'agriculture! Voici la recette, je la livre sans aucune crainte et sans courir le risque de la voir faire école, seuls les escrocs peuvent l'appliquer et ils la connaissent déjà.

Prenez une somme d'argent bien rondelette, disons 300 millions d'anciens francs, achetez une bonne propriété et au lieu de respecter la terre et de lui rendre une partie de ce qu'elle vous offre, épuisez-la. Faites-lui cracher tout ce qu'elle peut donner, pressurez-la jusqu'à la dernière goutte et empochez les bénéfices. Puis, les jours où les rendements diminuent, trouvez un pigeon bien dodu – c'est facile – et revendez-lui l'exploitation. La terre étant une valeur sûre –, elle a augmenté de 130 % en dix ans et de 13,4 % pour la seule année 1975 –, vous ferez encore de substantiels bénéfices que vous irez réinvestir ailleurs en appliquant les mêmes principes...

Ces requins, les vrais agriculteurs les connaissent et si je les dénonce, c'est pour qu'on ne les assimile pas à l'ensemble de la profession et qu'on cesse de la juger à travers eux. Fallait-il, sous prétexte qu'ils se disent agriculteurs, que je passe pudiquement sous silence leur puante cupidité? Sûrement pas. Toutes les professions abritent des forbans, le seul moyen de les rendre moins nocifs, ce n'est pas de les cacher sous le manteau de Noé, mais de les exposer au pilori.

UNE SOURCE DE JOIE

Mais revenons à des hommes plus dignes d'intérêt, ceux pour qui le métier n'est pas uniquement source de profit, mais aussi source de joie et d'épanouissement. Ils sont des centaines de mille répartis dans tous les coins de France et si leur situation varie dans de très grandes porportions, ils ont tous à cœur de participer à la mise en valeur de la terre.

De tous les métiers pratiqués de par le monde, l'agriculture figure parmi les rares qui ne peuvent être servis que de bon gré, avec goût et amour.

Un artiste, qu'il soit peintre ou sculpteur, ne fera rien de fameux s'il n'est passionnément envahi et guidé par son art, un écrivain sera un pâle plumitif s'il ne ressent le besoin viscéral de transmettre tout ce qui bouillonne en lui. Ni les uns ni les autres ne peuvent peindre, sculpter ou écrire contre leur gré. Et si parfois un régime s'oppose à leur notion de la créativité et de l'art, il ne leur reste plus qu'à mettre les mains dans leurs poches ou à collaborer; dans ce dernier cas, ils produisent alors des œuvres d'un académisme désolant et d'une froideur polaire. Les artistes de l'époque nazie en savent quelque chose et ceux de la Russie soviétique n'ont pas intérêt à l'oublier.

L'agriculture est régie par la même loi, on ne la pratique bien que de bon cœur et librement. Il suffit de jeter un regard sur les lamentables résultats de l'agriculture en U.R.S.S. pour s'en persuader; et je prends les paris que l'agriculture française soumise au même régime serait déficitaire en moins de cinq ans. On ne travaille pas efficacement la terre avec un esprit de fonctionnaire qui embauche et débauche à heures fixes, et effectue un travail donné, dans un service bien précis. L'administration qui emploie un salarié ne lui demande pas de prendre des initiatives, mais de remplir la tâche prévue. Vouloir transposer ce système dans l'agriculture relève du crétinisme congénital.

D'abord parce que l'agriculture réclame de la part de ceux qui la pratiquent davantage que de la technique et du labeur, elle veut aussi de l'instinct. Ce flair indéfinissable plus ou moins aiguisé selon les hommes et qui fait les bons agriculteurs et les autres. Cet instinct qui, tout au long de l'année, permettra de déceler ce qui manque, ou va manquer, à telle culture, ce qui ne va pas chez telle bête. Cela, aucun règlement ne peut le prévoir.

Ensuite, parce que l'agriculture exige une complète disponibilité. L'agriculteur ne travaille pas en fonction d'un horaire précis, mais en fonction du temps et des travaux à effectuer. Il doit, si besoin est, accepter de travailler de nuit comme de jour, dimanches et fêtes compris si la récolte est à faire et que le temps menace. Ces deux impératifs, et il en est bien d'autres, qui ne peuvent être acceptés – et même perçus – que dans la mesure où l'agriculteur n'est guidé que par sa conscience professionnelle et son attachement à la terre, expliquent pourquoi il est impossible de parvenir à de bons résultats avec des ouvriers agricoles soviétisés.

Il est deux moyens pour obtenir qu'un travailleur de la terre se dévoue à elle et lui fasse rendre son maximum. Soit le système féodal qui, par la contrainte des impôts divers, mettait le manant dans l'obligation de ne compter ni son temps ni sa peine, d'une part pour payer ce qu'on lui réclamait, d'autre part pour assurer la subsistance de sa famille; soit le système libéral qui laisse complète liberté à l'agriculteur pour gérer, travailler et mettre en valeur la terre dont il est propriétaire ou fermier.

Dans ce dernier cas, encore faut-il que le locataire puisse substituer à son légitime instinct de propriétaire l'assurance d'un bail de longue durée. Une terre louée pour dix-huit ans sera soignée et respectée comme sa propre terre; la même prise en charge pour deux ans ne bénéficiera ni des mêmes attentions ni des mêmes investissements. Et les chiffres suivants prouvent, entre autres, à quel point compte la façon dont est conçu et accepté le service de la terre.

L'U.R.S.S. cultive 200 millions d'hectares et emploie

36 millions d'ouvriers agricoles. Les États-Unis exploitent 120 millions d'hectares grâce à 4,5 millions d'agriculteurs. Quant à la France, environ 1,8 million d'hommes mettent en valeur 30 millions d'hectares.

Mais peut-être me citera-t-on l'exemple chinois et la réussite apparente du système agraire maoïste. Mais l'astuce de Mao Tsé-toung ne fut-elle pas justement de donner à tous ses paysans un instinct de propriétaire qui dépasse de très loin le cadre du lopin et englobe toute la patrie? Le paysan chinois se sent investi de sa responsabilité de nourricier du peuple, il sait que sur lui et son travail repose la vie d'un régime qui, par bien des côtés, est plus proche de la religion et du fanatisme que de la froide doctrine politique. Animé par ce sentiment quasi mystique le paysan chinois n'a plus besoin de son instinct de petit propriétaire pour se dévouer corps et âme à sa tâche, sa propriété, c'est la Chine.

Il est d'autres exemples de cet asservissement moral et physique accepté et sublimé par le culte de la patrie, de l'État ou d'un individu. Les Incas, déjà, appliquaient un principe agraire fondé sur une notion de la communauté qui primait tout, mais elle n'était perceptible et concevable que pour eux, et qu'est devenu le peuple inca?

Aussi, ce qui est praticable dans un pays donné et en fonction d'une mentalité dont nous avons beaucoup de difficultés à percevoir la complexité et les motivations a toutes ses chances de devenir un fiasco une fois transposé dans un autre pays et subi par des individus que leur psychologie, leur formation, leur hérédité et même leur religion font instinctivement pencher vers le système libéral.

D'une façon ou d'une autre, par la propriété ou la location, l'agriculteur occidental a besoin de se sentir chez lui, d'être son propre maître, d'aimer son métier comme il lui plaît de l'aimer. Cet amour de la terre et du métier, profondément enraciné chez les agriculteurs, fait d'eux non seulement les nourrisseurs du monde, mais ses jardiniers et ses protecteurs.

LES « NOURRISSEURS » DE L'HUMANITÉ

« Nourrisseurs », je me sens presque confus de le rappeler, mais le fait est que la civilisation matérialiste dans laquelle nous vivons a de plus en plus tendance à l'oublier complètement. Forte de sa science, de ses technologies, de sa technique et toute centrée qu'elle est sur la contemplation de son nombril et l'accélération effrénée de sa consommation, elle a atteint ce point de pédantisme qui la rend sourde et aveugle à quelques vérités fondamentales.

Ainsi, et comme si elle était vexée d'avoir à en passer par là, feint-elle d'ignorer qu'elle n'existe que grâce au travail et à la présence de ceux qui l'alimentent. Mais qu'il prenne un jour envie aux agriculteurs de ne plus produire assez pour la nourrir et nous verrons alors ce qu'il adviendra de cette société gaspilleuse et profondément égoïste qui n'a même pas la reconnaissance du ventre.

Pourtant, rien de ce qui se fait de par le monde ne peut se faire sans nous et les beaux esprits qui nous snobent en s'empiffrant allégrement de toutes les denrées que nous leur fournissons devraient être un peu plus modestes; ce n'est pas le haut niveau de technicité ni le confort dans lesquels ils se prélassent qui leur donnent cette assurance et cette morgue, c'est d'être repus comme des bœufs à l'engrais et pas plus soucieux qu'eux quant aux repas du lendemain.

Avoir l'estomac plein ne rend pas toujours intelligent, il suffit de regarder le monde qui nous entoure pour en être convaincu. En revanche, faire preuve d'intelligence peut permettre de se nourrir, soit en retroussant ses manches et en s'attelant à la tâche – ce que tout le monde n'est pas capable de faire – soit en donnant à ceux qui vous nourrissent la place qui leur est due.

Malheureusement, plus l'homme s'empiffre, plus il a tendance à critiquer ses fournisseurs. Arrive même le jour où, pris d'ébriété, il inverse les rôles, ce n'est plus lui qui a un besoin vital de s'alimenter, mais ceux qui l'approvisionnent qui ont besoin de son phénoménal appétit pour écouler leurs productions; il leur fait donc une grande faveur en s'acheminant douillettement vers l'obésité! Bâfrant de plus en plus, il marche ensuite vers le dernier stade et l'atteint lorsque la graisse a définitivement pris possession de la totalité de sa boîte crânienne. Dès cet instant, le sort d'une partie des agriculteurs est réglé.

D'abord on leur reproche de trop produire, ensuite de produire trop cher, et puis d'être trop nombreux et embarrassants, enfin d'être inutiles, donc parasites. Comme on ne peut quand même pas tous les fusiller, et comme on sait avoir malgré tout besoin de quelques-uns, on décide, à la fin d'un banquet, que le plus sûr moyen d'en venir à bout est de laisser la majorité d'entre eux se débrouiller avec leurs problèmes, leurs prix de revient et leurs prix de vente, leur pouvoir d'achat, leurs villages qui disparaissent et leurs régions qui meurent.

Pour se donner bonne conscience, et bonne digestion, on leur lancera parfois quelques miettes du haut de la table, tout en proclamant bien fort à l'entour que ces sacrifices sont ruineux pour la communauté entière et que si celle-ci n'est pas satisfaite, elle n'a qu'à se retourner vers les bénéficiaires. On fait ainsi d'une pierre deux coups, en divisant pour régner, et en canalisant la grogne générale vers une classe de la société que l'on sait timide et peu exigeante. Le tour est joué, les nourrisseurs sont devenus des affameurs.

L'ÉGOÏSME DES REPUS

On pourrait rire de tout cela, dire que la ficelle est trop grosse et que, de toute façon, seule une minorité d'ahuris, complètement imbibés par le bourrage de crâne que distillent les mass media, peuvent croire à de telles balivernes et se désintéresser du sort de ceux qui les nourrissent.

Je ne suis pas sûr qu'on puisse en rire, car je me demande si le citoyen moyen de tout pays dit évolué n'a pas complètement oublié – si tant est qu'il l'ait jamais su – que l'alimentation est actuellement un luxe réservé à une minorité dont il a la chance de faire partie. Il est devenu tellement naturel de manger plus qu'à sa faim, de nourrir son chien beaucoup mieux que ne l'est un travailleur au Pakistan et de jeter tous les jours à la poubelle des centaines de milliers de tonnes de denrées diverses – sous le prétexte qu'on n'en manque pas et que, une fois réchauffées, elles sont parfois indigestes – que, pour beaucoup, l'alimentation est un dû.

Elle le serait sans doute si deux hommes sur trois ne mouraient de faim dans le monde. Elle le sera peut-être lorsque plus un seul bébé au monde ne succombera de sous-alimentation ou de malnutrition. Comme nous sommes très loin du compte, je crois qu'il serait moins provocant de considérer l'alimentation non comme un dû, mais comme un privilège, et reconnaître par la même occasion la place primordiale que tiennent et doivent continuer à tenir tous ceux qui ont la charge de nourrir l'humanité.

Et aux beaux esprits qui nous noient de leurs sarcasmes, et aux nigauds qui font chorus, qu'on me laisse personnellement dire : « Crache dedans, si ça t'amuse, mais mange ta soupe et tais-toi. »

LES JARDINIERS DE L'ESPACE VERT

Parmi tous ceux qui contestent notre utilité du point de vue alimentaire, un grand nombre nous trouvent néanmoins quelques valeurs lorsque nous nous présentons comme jardiniers de l'espace, encore une chance! Il est vrai que dans le cadre de la qualité de la vie l'écologie fait florès.

Tous les programmes électoraux se doivent d'y faire référence, un publicitaire qui se veut à la hauteur veillera toujours à replacer le produit à écouler dans un contexte écologique, des publications souvent farfelues ou complètement débiles en vivent, les herbes du grand oncle rebouteux sont beaucoup plus prisées que la pénicilline – et pour certaines beaucoup plus nocives, mais il ne faut pas le dire –, on se veut les grands défenseurs de la campagne et de l'environnement.

Au train où vont les choses, et puisqu'il apparaît que plus rien ne peut se faire sans excès, je pense que le temps n'est pas loin où le malheureux bûcheron surpris en flagrant délit d'abattage sera pendu haut et court aux branches de sa victime, sauvée de justesse par une brigade d'écologistes vigilants. Le temps viendra aussi où les agriculteurs eux-mêmes seront suspectés de crime lèse-écologie et poursuivis comme assassins; déjà, quelques doux dingues nous accusent des pires forfaits lorsque nous avons l'outrecuidance de détruire dans nos champs l'ivraie vivace ou l'agrostis traçante! Tout cela n'est pas grave et mis à part les outrances de quelques excités partisans du retour à la vie dans les cavernes, l'ensemble de l'opinion s'accorde encore à nous trouver la qualité de jardiniers.

C'est déjà ça! Mais heureusement que nous n'avons pas attendu les soubresauts d'une civilisation privée d'oxygène et d'espaces verts pour nous mettre au travail! Sans nous, et surtout sans les générations de paysans qui nous ont précédés, la France serait impénétrable, submergée par les ronces, les orties et les bois. Partout où ils ont pu, les agriculteurs ont, par leur travail et leurs cultures, mis un frein aux débordements d'une nature envahissante. Ce sont eux qui ont créé les campagnes que nous connaissons; ce sont eux qui continuent, lorsqu'ils le peuvent, à les entretenir au fil des saisons et des ans.

Et le problème est là : pour entretenir avec efficacité il est nécessaire de cultiver, mais encore faut-il que la culture subvienne à vos besoins. Si elle ne le peut, il ne reste plus qu'à partir. En fait, tout le monde, ou presque, voudrait bien que les agriculteurs restent en place pour entretenir gratuitement la nature et pour que vivent les villages et les bourgs, mais pas grand monde n'est prêt à les aider concrètement.

Aussi s'en vont-ils en masse tous les descendants de ceux qui, depuis des siècles, étaient la vie de la campagne, au sens large du terme. Bien sûr, ils sont surtout originaires des régions les plus défavorisées, les plus pauvres, mais aussi les plus belles. Bien sûr, il faut avoir l'honnêteté et le réalisme de dire que tous ne pouvaient, ou ne peuvent, tirer leur subsistance de propriétés trop petites, aux sols trop maigres. Mais pourquoi ne pas tout mettre en œuvre pour qu'il en reste au moins quelques-uns? Pourquoi refuse-t-on souvent d'aider ceux qui auraient encore une chance de tenir, et qui ne demanderaient pas mieux?

Mais non, le pli semble bien pris, et le mouvement irréversible, car l'exode est contagieux. Il s'installe comme une lèpre. Il est bien naturel qu'il soit contagieux, comment vivre seul perdu en montagne ou au fin fond d'un causse? Comment trouver un médecin, un prêtre, un épicier, une école dans des villages complètement désertés et livrés aux corneilles? Ceux qui partent ne partent pas seuls, bien souvent les voisins les imitent. Et le désert s'installe, faute de jardiniers, et c'est la grande pitié d'une campagne morte.

L'exode a battu les spécialistes sur leur propre terrain. Ils pensaient avoir tout compris, tout calculé, tout étudié. Ils avaient, avec l'impudence qui sied à leur fonction, fait des projets, arrêté des chiffres. Ainsi, en 1965, le Commissariat au Plan avait prévu que la population agricole représenterait 11 % de la population totale active en 1985. En cette fin de 1976, elle n'est déjà plus que de 9 %... Bravo, messieurs! Vous aviez songé à tout, sauf à la gangrène; vous vouliez couper la jambe au genou, et sans doute fallait-il en passer par là, mais faute de compétence et de soins, la hanche est déjà atteinte. Où faudra-t-il trancher demain?

L'AGONIE DE LA TERRE

Vu la façon dont est étudié le problème, il est à craindre que d'immenses étendues de France retombent sous peu en friche. Et rien ni personne n'y pourra rien changer tant qu'on n'aura pas compris que seuls les agriculteurs sont aptes et capables d'entretenir la campagne.

Aptes et capables car ils l'entretiennent par la force des choses, en la travaillant. La solution du reboisement, si elle reste valable dans bien des régions, peut, elle aussi, pousser à l'exode dès l'instant où les arbres chassent les troupeaux; où les propriétés désertées, au lieu de venir agrandir les fermes trop petites, sont livrées au reboisement; où les résineux – dont pour des raisons économiques on fait un large emploi – stérilisent la terre par leurs tapis d'aiguilles et leur ombre, et flambent parfois si vite.

Bien entendu, il faut reboiser, mais il faudrait le faire en dernier ressort, lorsqu'il n'y a plus d'autres solutions, et surtout pas n'importe où ni avec n'importe quoi. A vrai dire, le reboisement est souvent une façon de présenter, à son avantage, une solution de facilité, de se donner bonne conscience. On dit toujours : « Cette région est reboisée parce que les paysans sont partis! » Mais on n'avoue jamais : « Les derniers paysans sont partis quand on a reboisé. » Et que ceux qui en doutent aillent demander à quelques anciens agriculteurs du plateau de Millevaches qui, cernés par les épicéas, les douglas ou les mélèzes, se sont vus contraints d'émigrer; pour eux, ça sentait vraiment trop le sapin...

Il n'est pas que les régions très défavorisées qui pâtissent ou sont menacées du désert à plus ou moins brève échéance. Beaucoup, de valeur moyenne, se dépeuplent elles aussi, car aujourd'hui, en agriculture, une production moyenne ne donne pas un salaire moyen, elle concède un revenu de survie qui s'amenuise d'année en année.

Vidée de ses forces vives, la campagne se meurt et avec elle les bourgs et les villages. Même le tourisme est insuffisant pour stopper l'agonie. Insuffisant car l'aide économique qu'il apporte trois mois par an ne peut contrebalancer la misère des neuf mois restants. De plus, le touriste, et bien qu'il s'en défende, n'aime pas les hameaux fantômes, les chemins impraticables et les prairies envahies par les broussailles. Il veut sa piscine, ses commerçants bien approvisionnés, son bureau de poste, son marchand de journaux, son restaurant gastronomique. Il veut aussi, pour installer sa caravane ou planter sa tente, que les prairies soient fauchées, propres, entretenues avec, pour les desservir, des routes et non des pistes.

Aussi évite-t-il les régions trop perdues, aux fermes isolées; dans le fond, il a une peur panique du désert et de la solitude. Il lui faut son ambiance habituelle avec toute sa cohue. Ce n'est pas lui qui insuffle un peu d'oxygène dans les campagnes, parfois même il les achève par le mégot négligemment jeté dans les broussailles et qui enflamme toute la région.

Non, seuls les agriculteurs peuvent faire vivre les campagnes, les soigner comme elles le méritent, leur conserver cette physionomie vivante et coquette; eux seuls peuvent les travailler, animer l'économie locale et accueillir ainsi les touristes.

Tout cela on le sait, on le dit, on le répète, mais c'est à peu près tout ce que l'on fait. Aussi le temps n'est pas loin où se créera une quelconque école de « souteneurs » de la nature. On formera des fonctionnaires qui auront pour mission de labourer sans semer, de faucher sans récolter, de réouvrir des chemins inutiles, d'allumer le feu dans les maisons vides des villages abandonnés, de tailler artistiquement les ronces et de ramasser le bois mort.

Pour qu'ils soient tout à fait dans la note, on veillera à leur enseigner les patois locaux, les us et coutumes des régions à réanimer. Tous les ans, pendant la belle saison, ils mimeront avec application quelques grandes manifestations rurales, comme le battage ou les vendanges. Naturellement les gerbes qu'ils feindront d'égrener dans des batteuses en carton seront en plastique et le vin qui sortira de leurs faux pressoirs sera de l'eau colorée...

Mais grâce au Syndicat d'Initiative local, qui aura soin d'orchestrer tout ce folklore, les touristes seront contents. Tous ces faux paysans qui feront semblant de travailler coûteront très cher car ils ne produiront rien. Ils coûteront beaucoup plus cher que les agriculteurs à qui ils succéderont lorsque ceux-ci, las de travailler pour la gloire, seront eux aussi devenus fonctionnaires, dans une grande ville, de préférence..

LA MODE RÉTRO

Maigre comme un peigne, dont il ne semble pas faire un usage très fréquent, les cheveux sur les épaules, pas rasé depuis deux jours, vêtu d'une liquette douteuse et d'un blue-jean qui prend l'air aux genoux, chaussé de galoches en bois, il s'appuie négligemment sur ce qui doit être une fille. Mis à part les cheveux, qu'elle a ultra-courts, et la barbe, elle lui ressemble, en plus petit.

Vêtue comme lui d'un uniforme obligatoire pour tous les jeunes non conformistes, pacifistes et antimilitaristes – galoches en bois, jeans effrangés et liquette – elle a en sautoir, seul signe extérieur de coquetterie féminine, un pendentif en fer-blanc modelé en emblème antipollution atomique.

Il m'explique qu'il s'est perdu dans ces... foutus chemins, qu'il tourne autour de chez nous depuis deux heures, qu'il en a ras le bol et qu'il était temps qu'ils arrivent parce que leur « tire » a tendance à chauffer.

Ils l'ont laissée à l'entrée de la cour. C'est une vieille 2 CV complètement pourrie, bariolée de motifs psychédéliques, couverte de badges et d'injonctions diverses. Elle est pleine comme un œuf et le manche d'une guitare pointe par un trou de la capote. Elle fume, empeste l'huile bouillante et éructe encore.

Bon. C'est pas tout, ce sont eux qui m'ont écrit après avoir lu mon dernier bouquin, je me souviens? Mais oui, naturellement, une lettre bien rédigée en français correct, d'un graphisme agréable. Lui, il prépare sa licence de lettres et elle, étudie je ne sais quoi. Ils vivent à Paris, mais pas pour longtemps. Ils en ont plein les bottes de cette vie débile, pas question de se laisser récupérer par cette saloperie de société polluée; ils veulent s'installer à la campagne, ça, c'est génial! Alors comme ils ont bien aimé mon bouquin – si, si, c'est super! – et qu'ils descendent vers l'Ardèche – si la voiture crève pas avant, ils iront aussi au Larzac – ils profitent de leur passage dans le secteur pour venir voir de plus près comment on vit à la campagne, parce que la campagne, y'a que ça de vrai!

Eh bien, entrons dans la maison, il y fera plus frais que dehors et puis on pourra prendre un verre.

LES MIGRATEURS PERDUS

Ils parlent ensemble depuis une heure; ils s'animent, on se tutoie, la vie est belle!

Oui, ils ont vaguement entendu parler de Giono et de Bosco, mais tout ça c'est croulant et compagnie. Lanza del Vasto? Oui, terrible! Ça c'est un prophète et son truc du Larzac, paraît que ça marche au poil!

Pour eux, c'est décidé, ils larguent tout, Paris et les études. Ce qu'il leur faut maintenant, c'est une vieille ferme en ruine avec un bout de champ autour; c'est pour la chercher qu'ils descendent prospecter l'Ardèche. Si, si, des copains leur ont dit qu'on trouvait, facile, des fermes abandonnées. Et pour pas cher. Ils retaperont la baraque, feront la cuisine au feu de bois, s'habilleront avec la laine de leurs moutons, se nourriront du lait de leurs chèvres. Ils auront des ruches, des poules et des lapins. La vie simple et heureuse quoi! Plus de contraintes, plus de bruits, plus de métro, plus de CRS, le rêve!...

J'arrête là l'évocation d'une des visites que m'attira la parution de *J'ai choisi la terre*. Je n'ai forcé ni sur les personnages, ni sur leur utopie; pourquoi l'aurais-je fait? J'aime bien ces jeunes chiens fous, et c'est parce que je les aime bien que leur naïveté et leur fougue m'affolent un peu.

Je sais bien qu'il faut être fougueux et plein d'idéal à vingt ans, car faute de l'être à cet âge, on devient très vite un vieillard blasé. Je sais bien qu'il faut aimer l'aventure et je n'ai rien contre les retours aux sources. Mais je me méfie beaucoup des expéditions mal préparées – pour ne pas dire pas préparées. Je redoute pour tous ces jeunes qui veulent quitter un mode de vie qu'ils jugent, souvent avec raison, stupide et déprimant et qui rêvent de la vraie vie un réveil encore plus douloureux et pénible que l'existence qu'ils veulent fuir. Je crains pour eux la désillusion et la tristesse du retour vers un bercail détesté, l'amertume des expériences ratées.

Mais que dire pour les convaincre, non pas d'abandonner leur projet, mais au contraire de tout mettre en œuvre pour grouper le maximum d'atouts de leur côté? Ces atouts, ils n'en possèdent aucun, et sauf si l'on considère l'inconscience comme une vertu, ils n'ont rien qui leur permette de réussir leur reconversion. Alors, au risque de passer pour un vieux crabe et un rabat-joie, je crois qu'il est indispensable de bien remettre les choses à leur place.

LES FILS DE GIONO

Avant tout, et parce que je n'ignore pas qu'ils tirent quelque fierté de ce qu'ils pensent être la découverte du siècle, je dirai à ces jeunes nostalgiques d'une vie naturelle et simple que leur idée n'est pas du tout originale; et je n'ai pas besoin de remonter à la croisade des enfants qui, par bien des côtés, relevait des mêmes mobiles. Non, cette idée, d'autres l'ont caressée bien avant eux, dans les années 30, puis tout de suite après la guerre.

Ces « anciens » – à ce jour, grands-pères –, récitant par cœur de longs passages de *Regain* ou de *Que ma joie demeure*, portant Giono au fond du cœur et, eux aussi, des sabots remplis de paille et des pulls en laine écrue, partirent d'un pas léger à la reconquête des terres abandonnées de la Haute-Provence.

Ils ne manquaient ni de foi ni d'enthousiasme; ils aimaient l'aventure et la chaude fraternité des petits groupes. Certains, oui, déjà, étaient antimilitaristes, mais ils l'étaient avec sérieux, c'est-à-dire qu'ils renvoyaient leur livret militaire et s'exposaient ainsi aux poursuites. Eux aussi très sentimentaux, ils communièrent dans le même émerveillement les soirs d'hiver en contemplant l'ascension d'Orion – la fleur de carotte, comme la baptise Bobi dans *Que ma joie demeure*. Ils fuyaient une civilisation déconcertante et folle qui sentait la guerre, les conflits sociaux, qui puait déjà le matérialisme et creusait, elle aussi, des abîmes entre les générations.

Ils partaient s'abriter à l'ombre des oliviers; ils cherchaient dans les champs de cailloux la fraternité et l'absolu. Ils trouvèrent très facilement les cailloux, constatèrent qu'une communauté n'est pas toujours fraternelle et qu'il n'est pas utile de courir les garrigues pour découvrir un absolu que l'on porte en soi partout où l'on va. Ils découvrirent aussi qu'il y a un monde entre la rêverie champêtre et la réalité de tous les jours.

Ils s'entêtèrent pourtant, quelques mois, parfois même quelques années. Puis ils partirent, chassés par la faim, la misère et la solitude.

J'ai connu un de ces rescapés; il parlait toujours de son expérience, et c'en était indiscutablement une, mais il en parlait comme le ferait l'inventeur d'un quelconque explosif qui aurait laissé ses bras dans sa découverte...

Je sais que l'expérience des autres ne sert à rien, ce n'est d'ailleurs pas sa raison d'être; je sais aussi que les histoires d'anciens font rigoler les jeunes. Mais à tous ceux-là qui fuient leur temps, leur ville, leur génération, il est quand même honnête d'indiquer quelques-unes des embûches vers lesquelles ils courent. Ils feront ce qu'ils voudront des avertissements, du moins ne pourront-ils ensuite s'en prendre qu'à eux.

L'OUTRECUIDANCE DES NÉOPHYTES

Il est d'abord à noter qu'ils cherchent tous à s'installer dans les contrées les plus désolées, les plus misérables, les plus vides d'habitants. Cela part d'un bon sentiment et j'aimerais sincèrement qu'ils réussissent à faire revivre tous ces coins-là. Mais se sont-ils seulement demandé pourquoi ces pays étaient déserts?

Que s'imaginent-ils? Que les agriculteurs sont partis sans combattre, sans avoir tout essayé, tout tenté pour s'accrocher? Allons donc! Si les habitants de toutes ces régions ont dû un jour céder le terrain – et ils étaient autrement compétents, tenaces, endurcis, batailleurs et travailleurs que ceux qui prétendent leur succéder! – c'est parce qu'ils ne pouvaient vraiment plus faire autrement.

Ils ont fui parce qu'ils crevaient de faim et de détresse, et il n'est pas toujours honnête de présenter leur départ comme consécutif au prétendu mirage que la ville aurait exercé sur eux. Oui, certains s'y sont laissé prendre, mais la majorité n'est pas partie le cœur gai, ni sur un coup de tête, ni par appât d'un gain en usine, mais après des années et des années de lutte acharnée, après avoir tout tenté. N'est-il pas franchement prétentieux d'imaginer qu'il est possible de réussir là où ils ont échoué, et de réussir en ignorant tout du métier?

Car, autre phénomène qui laisse sans voix, tous ces jeunes amoureux de la terre sont, dans quatre-vingt-dix-neuf cas sur cent, d'un analphabétisme en matière agricole qui ferait rire aux larmes le plus ignare des paysans du monde! Ils veulent tous élever des moutons et des chèvres, mais ils ignorent superbement si le bouc va avec la brebis et le bélier avec la chèvre, ou vice versa – les susnommés se débrouilleront, d'accord, mais quand même! Ils veulent élever de la chèvre, soit, mais ils ignorent son temps de gestation, ses périodes de chaleurs et jusqu'à la façon de traire. Il ne leur vient pas non plus à l'idée que, bien souvent, les chèvres sont les grandes responsables de l'installation de ces déserts qu'ils veulent faire revivre; l'herbe a repoussé sur les pas d'Attila, mais ce sont les cailloux qui apparaissent derrière les chèvres.

Ils ignorent aussi que chèvres et moutons ne se nourrissent pas de l'air du temps, surtout en hiver, et que s'il est possible de faire des vers en s'accompagnant à la guitare tout en gardant les troupeaux en été, il faut aussi prévoir le fourrage pour la mauvaise saison. Ils veulent aussi avoir des ruches, mais beaucoup confondent les abeilles et les guêpes! Ils disent également mépriser l'argent, ils ont raison, il ne fait pas le bonheur, mais il est pratique pour faire les courses...

Qu'importe! Ils ne feront pas de courses, ils vivront en complète autarcie, vive l'amour et l'eau fraîche! Et les enfants qui risquent d'atterrir dans cet univers idyllique? Pas d'enfants! Ou alors ils se débrouilleront...

Très bien. Alors, je le dis tout net : il n'est plus possible de vivre en complète autarcie. Il faut gagner un mimimum d'argent; ne serait-ce que pour acheter les cordes de la guitare, l'essence de la 2 CV pourrie – bien pratique une voiture quand on est à 20 km de tout lieu habité! –, il en faut pour payer les cotisations et les assurances à la mutualité sociale agricole, la paire de bottes – car les sabots, c'est bon pour la ville –, les médicaments, les livres de classe des enfants, le ramassage scolaire et la cantine.

Restons-en là. Il serait plus rapide d'énumérer ce qu'il est possible de faire sans argent que d'énoncer tout ce qui en exige. C'est donc vraiment le comble de la naïveté que de penser pouvoir vivre sur une terre misérable, et cela sans aucune compétence professionnelle, sans la moindre notion d'agriculture, sans aucun entraînement.

Pourtant certains y parviennent. Oui, mais une infime minorité, et pour combien de temps? Et dans quel état se retrouve la majorité, c'est-à-dire ceux qui échouent?

En disant cela, je vais sans doute passer pour un empêcheur de jouir en paix et je suis même certain qu'on me citera des cas de réussites. Tant mieux, je souhaite que les réussites soient multiples et surtout durables; mais ces quelques cas isolés et exceptionnels ne doivent pas cacher la multitude des échecs.

On ne fait pas un retour à la terre sur un coup de tête, et s'il est possible de l'effectuer pour fuir la ville et par amour du métier et de la nature – et là je parle en connaissance de cause – du moins faut-il s'y préparer par des études adéquates et ne pas ensuite poser ses sabots n'importe où!

Et je vais même être un peu méchant. La ferme en ruine, le lopin de terre, les deux chèvres, les quatre moutons, la ruche et les cinq poules, c'est, dans la majorité des cas, soit une solution pour parasites qui se débrouilleront toujours pour « faire la manche » et vivre aux crochets des voisins, même s'il faut pour cela aller jusqu'au bourg le plus proche, soit un luxe de gosses de riches qui s'amusent à jouer les bergers en attendant les chèques de papa.

Et que ces jeunes citadins, en mal de chlorophylle, ne me disent pas non plus qu'ils travailleront leurs lopins en communauté, dans la joie, la bonne humeur, l'entrain et la fraternité qui s'épanouit dans un groupe de jeunes.

En agriculture, on connaît les vertus de la communauté et du travail en commun. Il existe même des Groupements Agricoles d'Exploitation en Commun (G.A.E.C.), mais qu'on veuille bien me croire si j'assure qu'il faut une immense et permanente bonne volonté de tous les membres pour qu'ils fonctionnent sans accroc, pour qu'au soir de durs labeurs, nul ne reproche à l'autre d'avoir tiré au flanc, pour que nul ne conteste lorsqu'on aborde la question de l'argent, pour que les femmes s'entendent entre elles; je le dis sans aucune misogynie, je retranscris simplement ce que m'ont dit plusieurs agriculteurs travaillant en G.A.E.C., ce qui n'est pas mon cas.

Et dans ces G.A.E.C. qui fonctionnent bien, qui peuvent être une solution d'avenir pour sauver des exploitations, les membres, je le signale à toutes fins utiles, ne mettent pas leur vie privée en commun.

Alors les gentilles communautés de jeunes, un jour elles vieillissent, si toutefois elles en ont le temps, et tournent à l'aigre. Ce qui était si « sympa » et si « super » devient d'abord « cloche » puis franchement « purge ». C'est logique. Il est bon et sain de rêver, il est même bon et sain de vouloir réaliser son rêve, mais pas en état de somnambulisme, pas les yeux fermés et les mains tendues, pas chez Alice au pays des merveilles. Mais en prenant soin de bien remonter son réveil et en sautant au bas du lit lorsqu'il sonne. C'est beaucoup moins poétique, mais plus efficace.

LE VRAI VISAGE DE LA TERRE

Cela dit, et parce que je l'ai vécu et réalisé, je comprends très bien ce désir d'un retour à la terre; mais je doute que tous ces jeunes sachent très bien ce qu'est la terre.

La terre, c'est d'abord le travail et la sueur, les labeurs chaque jour recommencés et toujours à refaire. C'est l'interminable pluie de l'hiver, le vent glacial. C'est aussi la solitude, le grand silence, et rares sont ceux qui les apprécient sans s'y être longuement initiés. C'est aussi la joie, pas une joie gratuite et instantanée, mais une joie qui se conquiert, qui se gagne, se forge avec patience et que tout le monde ne trouve pas car elle passe souvent par l'accablement et le désespoir. La terre enfin, c'est la farouche ennemie du dilettantisme.

Alors, à tous ces jeunes qui rêvent de l'épouser, puis-je recommander une période de fiançailles? Une étape pendant laquelle ils découvriront très vite si la future épouse est aussi belle, généreuse et amoureuse qu'elle leur apparaît ou si, derrière ses charmes et ses formes superbes, elle ne cache pas sournoisement son caractère entier, sa jalousie et ses griffes?

Avant de partir vers un coin de la Lozère, de l'Ardèche ou de l'Aveyron, avant de couper les ponts et de fuir, qu'ils aillent donc travailler huit heures par jour et une année complète comme ouvriers agricoles dans une grande exploitation. Là, ils affronteront la boue et la poussière, le froid et la canicule, les ampoules aux mains et les reins brisés; mais c'est le bon moyen pour apprécier vraiment la beauté d'un champ qui verdit, l'esthétique d'une prairie prête à la fauche, la douceur de l'ombre en été, la vie d'un feu de bois, le plaisir du repos mérité. Là, ils découvriront, et très vite, s'ils aiment vraiment la terre, s'ils sont faits pour s'entendre avec elle, s'il est possible de célébrer les noces.

Mais les fiançailles ne sont plus guère à la mode, on préfère s'accoupler tout de suite, quitte à se séparer aussi rapidement. Chacun ses goûts, mais il ne faut pas ensuite se plaindre s'ils conduisent au divorce.

LE PRIX DE LA TERRE

Est-ce à dire que je refuse d'emblée toute velléité de retour à la terre? Pas du tout. Il existe des jeunes citadins qui ont une authentique vocation d'agriculteur. J'en connais beaucoup. Mais ce qui les différencie des autres, c'est qu'ils préparent leur retour. Ils apprennent leur métier d'agriculteur, comme d'autres l'électronique ou les sciences politiques; et c'est après plusieurs années d'études, dont certains aspects leur semblent souvent sans aucun rapport avec la terre, qu'ils se lancent dans la vie professionnelle.

Dans ce cas, encore, il peut y avoir bien des déceptions. Car, de nos jours, il ne suffit pas de connaître les bases du métier pour pouvoir l'exercer à coup sûr; encore faut-il avoir de la terre! Et pas n'importe laquelle justement, pas ces lopins abandonnés qui attirent certains jeunes citadins écervelés comme une lanterne les éphémères; pas une terre ni une surface que, professionnellement, ils savent ingrate et insuffisante, mais une vraie terre.

Or, celle-ci est chère, elle ne s'acquiert pas avec quelques piécettes que l'on sort d'une chaussette, mais avec des sommes d'argent qui font frémir et reculer les jeunes agriculteurs. Ceux-là, qui n'exerceront jamais le métier de leur choix, porteront souvent toute leur vie, au fond du cœur, la nostalgie de la terre; ils n'ont rien de commun avec ceux qui sont seulement nostalgiques de la nature. Ils n'ont pas cédé à une mode, à un passage romantique, mais à un appel. Ce sont ceux-là qu'il faudrait aider à s'installer en leur permettant d'accéder à la terre.

Ce n'est pas le cas, loin de là et quoi qu'on en dise. Et si l'agriculture meurt dans bien des régions, c'est justement parce que tous ces jeunes qui forment la relève ne peuvent économiquement la prendre. Ils n'ont pas les moyens d'acheter, non une grange en ruine et son enclos pour nourrir cinq moutons, mais cinquante enclos qui, une fois réunis et mis en valeur, permettraient de nourrir quatre cents moutons; c'est volontairement que ma progression n'est pas dans la logique mathématique, car si sur une surface donnée un amateur élève cinq bêtes, un professionnel en élèvera huit!

Mais ces cinquante lopins représentent au total un prix inabordable; de plus, il est bien rare qu'il soit possible de les réunir. Quant à prendre une exploitation en fermage, ce n'est pas à la portée de la première bourse venue! Là, il faut payer la reprise, cash. Ce sont alors des dizaines de millions d'anciens francs qu'il est obligatoire de poser sur la table (et plus souvent sous que sur...). Rares sont les jeunes qui parviennent à réunir ces sommes. Aussi, bien peu nombreux sont ceux qui peuvent s'installer, soit à leur compte, soit en fermage, leur nombre n'atteint pas 8 000 par an...

Au train où vont les choses, et si rien ne change, on trouvera bientôt dans les campagnes beaucoup plus de jeunes citadins en rupture de ville que de jeunes agriculteurs. Le problème des excédents sera alors définitivement résolu et celui de l'alimentation commencera à se poser...

UNE RETRAITE STRATÉGIQUE

Cela dit, et pour qu'on ne m'accuse pas d'ostracisme, je suis, en dépit de ce qu'on pourrait croire, tout à fait d'accord pour que les jeunes citadins s'installent dans les campagnes perdues, pour qu'ils y habitent et que, grâce à eux, les villages revivent et les régions renaissent. Ils peuvent le faire sans pour autant jouer aux pionniers et aux bergers. Il faut simplement qu'ils soient assez courageux pour quitter chaque matin leur fermette restaurée et partir travailler à la ville la plus proche. Bien entendu, cela lève une foule de problèmes (emploi, transports, etc.). Bien entendu, c'est moins amusant et beaucoup plus contraignant que de promener deux chèvres et quatre moutons. Bien entendu, c'est accepter l'intégration dans un système et une société que l'on assure détester tout en bénéficiant sans vergogne de tous les avantages qu'elle peut donner.

Mais, une fois encore, il faut choisir entre la fuite pure et simple et la retraite stratégique. Cette dernière n'est pas une solution de facilité; mais elle peut permettre de se retrouver chaque soir en prise directe avec la nature, d'élever ses enfants dans un cadre paisible et une atmosphère non polluée, de cultiver enfin son jardin, au sens agronomique et voltairien du terme...

Je n'ai sans doute pas convaincu mes deux visiteurs, mais j'ai dû couper court à leur sympathique bavardage pour aller m'occuper de mes vaches; pour elles, l'heure c'est l'heure.

Ils se sont installés dans leur voiture en ruine qui, après plusieurs sollicitations, a bien voulu se souvenir qu'elle avait un moteur. Ils sont partis, plein Sud, dans un nuage de fumée.

Plein Sud, comme en automne les oiseaux migrateurs, mais à cette différence près que les oiseaux, eux, savent où ils vont.

L'AGRICULTURE BIOLOGIQUE

Nul doute que certains me reprocheront d'aborder dans le même chapitre la mode du retour à la terre et celle de l'agriculture biologique. Les deux sont, à première vue, sans rapport apparent; elles ont pourtant bien des points communs si l'on soulève quelques voiles.

D'abord un refus de vivre avec son temps. Pour les jeunes, refus d'une société et d'une civilisation et repli vers un mode de vie que l'on veut simple et naturel, mais qui est surtout rétrograde et désuet. Pour les tenants de l'agriculture biologique, refus d'une agronomie de production, refus des engrais et traitements chimiques et fuite vers des méthodes de culture et de fertilisation complètement périmées.

Dans un cas comme dans l'autre, et sous prétexte de changer le monde, on s'en retranche, on s'en désintéresse. Attitude d'un égocentrisme phénoménal qui ne changera rien et ne transformera pas d'un iota une situation qu'il faut pourtant bien faire évoluer. Car je comprends très bien que certains jeunes n'aient plus aucune attirance pour une société essentiellement matérialiste et déshumanisée, mais ce n'est pas en s'esquivant lâchement qu'ils l'aideront dans son évolution. Je comprends aussi très bien les griefs des agriculteurs biologiques envers une certaine agriculture de production à outrance; il est vrai que quelques agriculteurs de pointe usent et abusent des produits chimiques, mais ancrer dans l'opinion publique l'idée que tous les agriculteurs qui emploient des engrais et des traitements sont des empoisonneurs est une malhonnêteté.

En fait, dans les deux cas, nous sommes en présence de nostalgiques qui érigent leur mélancolie en philosophie, leur peur du lendemain en sublimation du passé. Puisque c'est vieux, c'est automatiquement bon. Et cela donne ceci suivant les cas : on portait jadis des sabots, donc c'est ce qu'on peut faire de mieux; on s'éclairait à la bougie, à bas l'électricité; on tissait ses vêtements or donc, mort au nylon, et puisque les arrière-grands-pères portaient des chemises sans col, exhumons-les, ce sont les meilleures! Ou encore : les ancêtres n'employaient ni engrais ni traitements chimiques, alors bannissons-les à jamais. Ils ne faisaient pas non plus vacciner leurs troupeaux, alors pas de vaccins! Oyez, oyez, braves gens, les aïeux avaient toutes les sagesses et toutes les vertus, ils vivaient mieux que nous, imitons-les!

Mais surtout, tirons un voile pudique sur les épidémies et les épizooties qui décimaient les hommes et les troupeaux. Passons surtout sous silence la misère et la moyenne d'âge de ces bienheureux et glissons sur les famines...

Je dirai tout de suite que je me moque éperdument de la tenue vestimentaire de certains jeunes; ils se plient, avec une touchante obéissance, à une mode qui ne ridiculise qu'eux. En revanche, je trouve tout à fait lamentable que des adultes qui ont la charge de nourrir l'humanité succombent à cette forme d'infantilisme qui consiste à rejeter, par principe, la progression logique de l'agronomie. Il est vrai que derrière tout cela, et très au-delà d'une pseudo-philosophie, transparaissent les vraies motivations : elles sont beaucoup plus financières qu'humanitaires!

De même que les jeunes qui se déguisent en épouvantails appartiennent, en majeure partie, à la classe aisée, de même les agriculteurs biologiques n'ont la possibilité de survivre que grâce à une clientèle qui ne s'inquiète jamais de savoir si elle mangera demain, mais ce qu'elle mangera, et qui est prête à tous les sacrifices non pour se nourrir, mais pour déguster. Car, bien entendu, l'absence d'engrais et de traitements chimiques se paie; la production ainsi obtenue est donc réservée à tous ceux qui peuvent acheter leur alimentation 25 % plus cher que celle destinée à la plèbe. Le fait que ces denrées soient seulement accessibles à une minorité ne me dérange pas, après tout, tant pis si elle est assez bête pour tomber dans le panneau, et tant mieux pour les agriculteurs qui en bénéficient, l'élevage des pigeons et la culture des poires ne sont pas interdits. Mais vouloir, par tous les moyens, intensifier et généraliser ce mode de culture me semble scandaleux car tout le monde n'a pas la possibilité d'augmenter son budget alimentaire de 25 %.

Certains trouveront peut-être illogique de faire payer beaucoup plus cher une alimentation qui, normalement, et puisqu'elle s'obtient sans engrais ni traitements chimiques, devrait être d'un coût de production inférieur. En théorie, oui, en pratique c'est impossible. D'abord parce qu'il faut malgré tout fertiliser le sol : si on refuse les engrais chimiques, il faut se rabattre sur les engrais dits naturels et ceux-là non plus ne sont pas gratuits, loin de là. Ensuite parce que les rendements ainsi obtenus sont très inférieurs aux autres; il faut donc compenser la quantité par le prix de vente. Et c'est bien ce déficit en production qui condamne le système.

Je l'ai dit, qu'importe que se fassent plumer les pigeons et croquer les poires qui le veulent bien. Mais accepter et favoriser une sous-production et vouloir la généraliser dans un monde où deux personnes sur trois meurent de faim sont vraiment le summum de l'égoïsme.

Il est vrai que l'argument de la sous-production n'est pas admis par les défenseurs de l'agrobiologie. Ils citent même tout un tas d'exemples tendant à démontrer que leurs rendements sont identiques à ceux obtenus normalement (alors pourquoi vendent-ils si cher?). Ce qu'ils ne disent pas, c'est combien de temps les terres résistent à leur sous-fertilisation. Ce dont ils ne soufflent mot, c'est du système qu'emploient certains qui consiste à faire de l'agrobiologie en rotation... C'est-à-dire tant d'années avec cultures et fertilisations normales (engrais chimiques + traitements), puis tant d'années en agriculture biologique; on ne met plus d'engrais chimiques, on use simplement de ceux épandus les années précédentes. On obtient de bons résultats avec cet « assolement » et le client est ravi, on peut même lui faire visiter des fermes; comme de toute façon il n'y connaît rien, il n'y verra que du bleu.

Ce qui est étonnant, c'est qu'il existe des chiffres dont on ne parle jamais; ils prouvent pourtant, s'il en était besoin, que l'on n'obtient rien avec rien et que la terre se contente de rendre ce qu'on lui donne. Ainsi, pendant la dernière guerre mondiale et à la suite des pénuries en engrais chimiques, principalement les engrais phosphatés, le poids moyen des bestiaux chuta dans d'énormes proportions. Il passa de 20 à 14 kilos en viande nette et par tête pour les ovins et de 280 à 210 kilos pour les bovins [1]. Enfin, je rappellerai pour mémoire que le rendement moyen du blé était en France de 9 quintaux à l'hectare au XVIIIe siècle, 16 quintaux à l'hectare en 1938, 18 en 1950 et qu'il est aujourd'hui de 44 quintaux à l'hectare! Cette progression n'est pas le fruit du hasard, elle est consécutive à la création de nouvelles espèces de blé, aux façons culturales, aux traitements et engrais chimiques.

Je dirai aussi, sans vouloir effrayer personne, que, en calculant au plus juste, c'est-à-dire au taux de la plus basse natalité, il y aura quand même six milliards d'hommes à nourrir en 2025... Certains gentils organisateurs d'un monde déshumanisé espèrent bien qu'on en assassinera une bonne partie bien avant qu'elle soit affamée, donc dangereuse. Mais les hommes normaux, et il en existe

1. Marcel FAURE, *Les paysans dans la société française*, Éd. Armand-Colin.

encore, pensent, eux, qu'il faut prévoir leur nourriture et non leur meurtre. Si l'on partage ce point de vue, il ne s'agit donc pas de s'amuser, ni de bricoler, ni de se complaire dans des modes de culture rétrogrades. Il faut, bien au contraire, préparer l'alimentation de cette masse d'hommes.

Alors, au lieu de piailler contre les techniques modernes d'agriculture, de se voiler la face devant un sac d'engrais chimiques, mieux vaut chercher à améliorer toujours davantage nos modes de culture. Cela ne veut pas dire qu'il faille pour autant nous empoisonner en appliquant, sans discernement, toutes les découvertes et améliorations agronomiques, et cela ne veut pas dire non plus qu'il faille user de la chimie sans aucune modération!

Mais il y a une belle nuance entre se servir de son intelligence pour maîtriser les techniques et s'en servir pour tenter de les démolir. Il y a encore beaucoup à apprendre en la matière, beaucoup à découvrir. Mais apprendre, découvrir et mettre en application, c'est ce qui fait toute la différence entre ceux qui préparent l'an 2000 et ceux qui pleurent la Belle Époque, entre ceux qui marchent et façonnent leur civilisation et ceux qui reculent et la rejettent.

Je maintiens, quant à moi, et beaucoup d'agriculteurs pensent de même, qu'il faut d'ores et déjà penser à l'alimentation des générations futures. Elles sont toutes proches. 2025 c'est demain. Si je sème un gland aujourd'hui, le chêne qui en naîtra sera à peine adulte à cette date...

CONTREVÉRITÉ
ET PORTRAITS-ROBOTS

C'est après avoir découvert les secrets des hiéroglyphes que Champollion fit faire un bond prodigieux dans la connaissance de la civilisation égyptienne antique. Grâce à lui, il fut possible de déchiffrer l'écriture des scribes et de se faire une idée sur la vie des contemporains de Thoutmès Ier ou de Ramsès II.

Si, dans deux mille ans, un archéologue exhume quelques journaux et quelques romans de notre époque, et s'il parvient aussi à visionner quelques films, il se fera une idée sur la vie du citoyen français à l'aube du XXIe siècle. Il tracera le portrait de ces électeurs moyens que sont M. et Mme Martin et de leurs deux enfants, avec leur téléviseur, leur voiture, leur tiercé, leurs congés payés, leur Sécurité sociale et leurs querelles politiques. Mais il aura beaucoup de mal à se faire une idée exacte des agriculteurs, et s'il s'en forge une, elle sera sans doute fausse.

Le fait est que, par l'intermédiaire de ceux qui ont la charge d'informer, le destin semble prendre un malin plaisir à déformer l'image réelle des agriculteurs d'aujourd'hui, de leur vie, de leur métier. Bien rares en effet sont les journalistes qui, avant de parler ou d'écrire, prennent soin de vérifier leurs informations. Je ne parle pas, bien entendu, des quelques rares journalistes spécialisés dans l'agriculture, ni de ceux qui écrivent dans la presse agricole, ceux-là connaissent leur métier, mais qui informent-ils à part les agriculteurs? Je parle des autres, de ceux qui sont, espérons-le, compétents dans d'autres branches, mais parfaitement ignares dès qu'ils abordent l'agriculture. Comme ce sont eux qu'on entend le plus puisqu'ils ont à charge de « faire l'actualité », ils portent une lourde responsabilité dans le climat de méfiance et d'incompréhension qui règne entre les citadins et les ruraux.

Je ne vais pas me faire des amis en écrivant cela, tant pis, il faut quand même l'écrire. Je n'aurai pas la cruauté de présenter ici un bêtisier ou un recueil de perles; le ridicule ne tue pas, mais sait-on jamais, et je ne me pardonnerais pas d'avoir sur la conscience la mort de quelques « informateurs ». Il faudrait malgré tout savoir pourquoi on s'entête à déformer la vérité. Est-ce sciemment ou par simple ignorance? Ne serait-ce pas plutôt par démagogie envers une majorité de citadins qui est, d'instinct, un brin tendancieuse à notre égard, qui a sa petite idée sur nous et qui y tient? Les faits sont là et puisqu'il faut toujours étayer ses dires par une démonstration, la voici.

UNE SÉCHERESSE « RÉELLE » OU « PRÉTENDUE »?

Je prendrai le cas d'un chroniqueur qui, au demeurant, est certainement un très bon professionnel lorsqu'il parle de ce qu'il connaît, mais il ne connaît pas tout. Dans le courant du mois de juin 1976, et récitant son laïus avec le ton du monsieur qui maîtrise parfaitement son sujet, il parla sans frémir de « la sécheresse réelle ou prétendue »... Bonté divine! S'il avait seulement eu l'idée d'aller voir sur le terrain, il aurait vu si elle était prétendue, la sécheresse en question! Mais non, à quoi bon, il est bien connu que les agriculteurs se plaignent sans arrêt et qu'ils ont la sale habitude de toujours crier au loup.

Présentée ainsi avec des réserves qui ne s'imposaient pas du tout, la sécheresse resta, si j'ose dire, dans l'ombre, et les agriculteurs, une fois de plus, passèrent pour de satanés râleurs. Ce n'est pas une mauvaise querelle que je cherche, loin de là; mais toujours au sujet de cette sécheresse – et l'attitude sceptique de ce journaliste était identique à celle de ses confrères – il est indiscutable qu'à la suite d'un refus d'information on commença vraiment à s'en inquiéter avec deux mois de retard.

En effet, tous les agriculteurs des régions sinistrées savaient, dès la fin avril, que nous allions à la catastrophe. Ils le dirent, mais nul ne les écouta. Il fallut attendre le mois de juillet pour qu'on commence, en hauts lieux, à envisager les éventuelles répercussions que pouvait entraîner une sécheresse anormale. Pourtant, je le redis, dès la fin avril il était déjà urgent de prévoir les retombées d'un hiver particulièrement sec. Il est un dicton, vieux comme le monde qui dit : avril n'a que trente jours, mais s'il pleuvait pendant trente et un jours il n'aurait pas encore assez plu...

Ceux qui sont sur le terrain, c'est-à-dire les ruraux, étaient donc bien placés pour mesurer la pénurie d'eau, car avril fut effroyablement sec. Tous ceux qui vivent de la terre savent aussi qu'il est des époques de l'année où l'eau a une vertu particulière et que si elle fait défaut à cette période, celle qui viendra, peut-être, par la suite, ne la remplacera pas, quoi qu'on en dise. C'est peut-être illogique et non reconnu par les scientifiques, mais c'est comme ça. On refusa bien entendu d'écouter les avertissements qui venaient des campagnes, et si on en rendit parfois compte, ce fut pour en douter.

Passe encore qu'on ne nous trouve pas suffisamment

évolués pour avoir un jugement sur le temps, mais lorsque c'est la CIA qui le porte? En effet, n'oublions pas que la très sérieuse Central Intelligence Agency, qui n'a pas pour habitude de raconter des gaudrioles, avait, elle aussi, déjà tiré la sonnette d'alarme. Ce qui permit à notre ministre de l'Agriculture de déclarer au Congrès national de la Mutualité de la Coopération du Crédit agricole, le 6 mai 1976, que le rapport de la CIA sur la sécheresse « a donné à ce phénomène une ampleur excessive »... A cause de cette suspicion et du silence, l'opinion publique ne mesura pas la situation et se prépara joyeusement aux vacances, il faisait si beau.

Ce mutisme trompa tout le monde, y compris les princes qui nous gouvernent, il est vrai qu'ils furent pris de court, cette calamité n'était pas inscrite dans leur planning. Les premiers à s'en soucier et à sauter sur l'occasion furent les élus communistes, à la fin juin. Les derniers, au début août, furent les centristes; avant de parler ils voulaient sans doute être certains que toute l'Europe était logée à la même enseigne! Quant au Premier ministre, il déclara, le 3 juillet, qu'il n'y aurait pas de pénurie de fourrage. Fait curieux, le *Bulletin d'information du ministère de l'Agriculture* paru la même semaine consacra plusieurs pages à l'analyse et à la valeur alimentaire de quelques « fourrages » assez particuliers : la paille, certes, mais aussi les feuilles d'arbres... Cela part de l'acacia et ça finit à la vigne, en passant par le marronnier d'Inde, les peupliers, les aiguilles de pin...

Mais si tous ces braves gens, au lieu d'écouter la radio, de regarder la télévision et de lire la presse s'étaient renseignés auprès des intéressés, sans doute auraient-ils pu, beaucoup plus tôt, prendre non seulement les mesures qui s'imposaient mais aussi éviter de proférer quelques insanités qui firent voir rouge à bien des éleveurs.

En effet, lorsque la presse trouva enfin dans la sécheresse un bon sujet à sensation, il fut tacitement décidé qu'il ne fallait quand même pas affoler les citoyens en annonçant les choses comme elles étaient réellement. Du suspense, soit, mais surtout pas de panique. Il apparut tellement évident aux gens du métier que l'on fardait l'information que, à la mi-juillet, les syndicats C.G.T. et C.F.D.T. de l'Institut National de la Recherche Agronomique dénoncèrent « le blocage de l'information sur les conséquences de la sécheresse et sur les mesures qui permettraient d'en limiter les dégâts, ce qui donne libre cours à toutes sortes de spéculations »... Je n'ai aucun penchant pour ces syndicats, mais pour une fois, ils disaient vrai.

Mais il avait plu sur Paris pour le 14 juillet! Ainsi, dès le 23 juillet, notre ministre de l'Agriculture de passage à Vannes parla « du retour de la pluie et de la fin de la canicule qui permet le redressement de la situation »... Partant de là furent donc présentés comme des hommes « cédant à l'affolement » tous les éleveurs qui durent, en catastrophe, se séparer d'un certain nombre de têtes de bétail.

Il est facile, bien au frais dans un bureau, avec une canette de bière à portée de la main, de parler d'affolement. Mais ce n'est pas de l'affolement que de regarder la réalité en face, c'est-à-dire des prairies complètement brûlées, des points d'eau absolument secs, des bêtes qui titubent de chaleur, de soif et de faim. Et les vendre, même à perte, ce n'est pas agir sous l'effet de la panique, mais du bon sens. Oui, le bon sens indiquait qu'il était préférable de vendre le bétail plutôt que d'acheter une alimentation dont les prix atteignaient des sommes astronomiques, faute de décisions prises à temps. Bien entendu les éleveurs vendirent à perte puisque les acheteurs, profitant toujours de l'absence de plans cohérents, cassèrent les cours. Il était bien trop tard lorsqu'on s'avisa d'appliquer les remèdes nécessaires, trop tard de deux mois.

Il est simple, vu de très loin, d'analyser, d'autant plus sommairement qu'on n'y connaît rien, une situation qui vous est, somme toute, étrangère; il est moins facile de la résoudre lorsqu'elle vous concerne directement. Dans ce cas-là, elle n'était pas simplement préoccupante, comme l'annonça alors la presse, elle était catastrophique. Bien entendu, lorsque tout fut carbonisé et qu'il apparut vraiment obligatoire de prendre des mesures, chacun donna libre cours à son lyrisme. Nous étions alors à la fin du mois d'août.

Il y eut même une émission de « Dossiers de l'écran » consacrée à la sécheresse. Les deux agriculteurs présents furent assez laconiques, persuadés sans doute d'être, de toute façon, mal compris par le public. Public sympathique au demeurant, et qui compatissait. Quelques braves gens donnèrent même des idées, par exemple – et puisque trois gouttes d'eau étaient tombées – cultiver des betteraves! Suggestion qui partait d'un bon sentiment, mais dont la touchante naïveté ne dérida pas les agriculteurs car, pour eux, l'affaire était réglée. Je signale, à toutes fins utiles, que les betteraves ne se sèment pas à la fin août, mais au mois d'avril... Merci quand même à tous ceux qui, ce soir-là, s'intéressèrent à notre situation.

DE LA SOLIDARITÉ LIBREMENT CONSENTIE A « L'IMPÔT SÉCHERESSE »

Hélas, cela ne dura pas. La gentillesse alla decrescendo et s'évapora sous le matraquage répété des diverses presses annonçant l'instauration de l'impôt sécheresse. Il ne fut plus alors question de s'apitoyer sur le sort des agriculteurs, et d'autant moins qu'il s'était enfin mis à pleuvoir!

Que l'instauration de cet impôt ait été une stupidité est

un fait notoire, qu'il se soit trouvé des hommes pour prendre cette décision qui, psychologiquement, fut une lamentable erreur donne une bonne idée de ce qu'il advient lorsqu'on laisse carte blanche à des individus qui, de par leur formation, méprisent superbement le facteur humain. Il n'en reste pas moins vrai que la façon dont fut présentée cette aberration retourna tout le public contre les agriculteurs.

Ainsi ne fut-il pas question d'un impôt de solidarité, mais de l'impôt sécheresse et c'est sous ce vocable qu'il entrera dans l'histoire. Par sa faute, les agriculteurs qui ont, eux, une haute idée de la dignité et qui ne s'abaissent pas à mendier, quoi qu'on en dise, se voient relégués au banc des indigents, quand ce n'est pas à celui des parasites. L'impôt en soi était une bêtise, la façon dont il fut annoncé et commenté la transforma en faute impardonnable.

Ou alors, et ce n'est pas impossible, tout cela fut voulu et orchestré avec un froid cynisme. Profitant d'une situation donnée, il n'est pas interdit de penser que certains en profitèrent pour en tirer quelques avantages. D'une part, et nous en avons parlé plus haut, mettre en application le vieil adage : diviser pour régner, d'autre part, placer certains partis de gauche en face de leurs contradictions.

En effet, si quelqu'un était susceptible de réclamer et d'applaudir un impôt sur les hauts salaires, c'était bien le parti communiste, car si c'est lui qui se met à défendre les « capitalistes », où allons-nous, je vous le demande? Vue sous cet angle, l'affaire fut un franc succès. La presse se fit l'instrument aveugle de l'opération et la gauche sauta à pieds joints dans le panneau; elle y pataugea lamentablement. Je garantis que les petits marioles qui l'ont sadiquement poussée dans ce marigot sauront lui rappeler, en temps voulu, qu'elle refusa de cautionner l'impôt de solidarité! Elle eut raison, puisque le principe était mauvais, mais elle eut tort d'avoir raison car elle était de très loin la plus mal placée pour le condamner.

De toute façon, calculée ou pas, politique ou non, la manœuvre aboutit à la division. C'est grave. Machiavel lui-même, dans le chapitre 20 du *Prince,* en dénonce les dangers : « ... *Je n'estime pas que les divisions puissent jamais porter profit; au contraire, quand l'ennemi approche d'une ville mêlée de troubles, elle est aussitôt perdue; parce que ceux qui seront les plus faibles dans la ville se joindront volontiers avec les ennemis assaillants, et l'autre parti ne pourra la défendre seul...* »

INFORMATIONS TENDANCIEUSES OU IGNORANCE?

Si la sécheresse permit de mesurer l'orientation – volontaire ou non – d'une partie de l'information, il serait faux de croire que seul cet événement eut le privilège d'une présentation erronée. Ce serait trop beau, les calamités de cet ordre, on en compte deux par siècle et si la presse ne sévissait qu'en ces occasions nous nous en tirerions à bon compte. Tel n'est pas le cas.

Nous avons vu, dans les chapitres précédents, ce qu'il convenait de penser de ceux qui annoncent à grands cris – et au nom de l'Économie – des énormités qui feraient rire si elles n'étaient pour nous lourdes de conséquences. Pour tout dire, il semblerait que, dans tous les domaines nous concernant, les journalistes se croiraient déshonorés s'ils donnaient une image exacte de la situation. Ils s'ingénient donc, par le ton ou la forme, à dénaturer notre situation.

Ainsi tel ténor qui, pour mieux faire comprendre à l'opinion publique que, tout compte fait, notre position n'était pas aussi inconfortable qu'on le laissait entendre, étaya ses dires par une démonstration de ce style : « Il y a en France 1 300 000 exploitants et 1 300 000 tracteurs, soit un tracteur par ferme, tout ne va donc pas aussi mal qu'on le dit. » Il est bien évident que, dans ce cas précis, le tracteur n'est pas considéré comme un outil indispensable, mais comme une marque extérieure de richesse. De plus, c'est le genre d'affirmation qui apparaît d'une parfaite logique pour les non-initiés – donc pour la majorité – mais qui est pourtant une sottise.

Ce n'est pas parce qu'il y a autant de tracteurs que d'exploitants que tous ces derniers en possèdent un. La totalité des grandes exploitations – soit les 137 000 qui regroupent plus de 50 hectares de S.A.U. – possèdent, bien entendu, plusieurs tracteurs, certaines en ont plus de dix! De toute façon, il aurait été objectif d'expliquer combien de ces engins avaient été payés rubis sur l'ongle et combien l'étaient par l'endettement! C'est dire si l'argumentation précédemment citée repose sur des bases sérieuses.

De même est-il tendancieux de philosopher sur les quelques destructions de denrées diverses – destructions honteuses au demeurant – sans en indiquer les causes réelles, en insistant sur le tonnage sacrifié et en éludant le tonnage total de la production; la comparaison de deux chiffres remettrait pourtant les choses à leur juste place.

Enfin, il est bien évident que c'est la presse qui a propagé dans tous les esprits l'idée qui veut que les agriculteurs ne paient pas d'impôts. Je tenterai, au cours du chapitre suivant, de démystifier un peu cette légende. En attendant, je dirai qu'il y a des omissions coupables; dire : « les agriculteurs ne paient pas d'impôts », en est une. L'objectivité serait de dire : « Tous les agriculteurs paient des impôts fonciers, mais tous ne paient pas d'impôts sur le revenu, car tous n'ont pas de revenus imposables. »

Mais restons-en là en ce qui concerne la presse, les journalistes finiraient par penser que je leur en veux personnellement, ce qui n'est pas le cas. Simplement, et vu la place énorme que tient l'information à notre époque, il serait souhaitable pour tout le monde qu'elle n'entache pas sa réputation en énonçant plus d'erreurs que de vérités dès l'instant où elle traite des problèmes de l'agriculture.

Tout le monde peut se tromper, moi le premier, et je ne doute pas qu'on m'en fera grief le cas échéant. Mais si je dévide des balivernes, elles auront une portée relativement restreinte. En effet, je n'ai pas des centaines de milliers de lecteurs, ni des millions d'auditeurs ou encore vingt millions d'observateurs assis devant leur télévision et qui enregistrent, au fil des jours, tout ce qu'on leur inculque à travers l'écran. Alors, pourquoi ne pas leur dire exactement ce que sont les agriculteurs?

LES PAYSANS DANS LA LITTÉRATURE

C'est sans doute au nom d'un certain traditionalisme qu'on persiste à voir toujours les agriculteurs tels que les peignirent en leur temps George Sand et Michelet, Balzac et Zola. Ces auteurs s'appliquèrent, avec plus ou moins de bonheur suivant les cas, à tracer le portrait du paysan type. Il résulte des analyses de ces quatre auteurs un personnage assez bizarre, une sorte de bicéphale qui est plein de vertus, de poésie et de grandeur, soit dégoulinant de vices, d'âpreté et de méchanceté.

Michelet voyait dans les paysans l'armature de la France, Sand y trouvait une sagesse séculaire un peu mièvre, Balzac y décelait un danger et redoutait que la masse paysanne finisse par ronger tout le pays; quant à Zola, il était myope et fit dans *La Terre* un des plus vilains portraits qui soient des agriculteurs.

Fait curieux, les auteurs qui vinrent par la suite continuèrent dans les mêmes voies, soit celle de la droiture, du devoir et du noble travail, le tout nimbé d'une poésie rustique ou régionaliste, soit celle de l'avarice, du sordide, de la bestialité, l'ensemble grouillant dans un naturalisme violent. Je ne suis pas du tout certain que les agriculteurs qui apparaissent dans cette littérature aient été aussi avides, âpres au gain et barbares, ni aussi poètes, bucoliques et philosophes.

Peu importe, ils existent tels qu'ils furent dépeints et leurs portraits demeurent, et ce portrait les veut tout à la fois rustres mais cœur tendre, roublards mais naïfs, dissimulateurs mais chaleureux, hommes à l'écorce rude mais à la main douce. Ainsi sont les paysans d'Eugène Le Roy, Pergaud, Ramuz, Pourrat, Giono et, plus récemment, Chabrol. Il est bien possible, au demeurant, qu'ils aient effectivement eu, mais sans doute à un degré moindre, ces différents traits et que ce soit par nécessité d'écriture que les auteurs aient un brin forcé la dose. Je ne leur en veux pas, mais je me demande pendant combien de temps encore les écrivains contemporains s'inspireront de ce modèle, ou, plus exactement, s'entêteront à le plagier. Non qu'il soit toujours désagréable, loin de là, mais peut-être serait-il temps de présenter aux lecteurs et aux spectateurs des histoires un peu plus récentes et un peu plus crédibles.

On me dira que le public se passionne pour ces œuvres, c'est certain. Il se passionne tellement qu'il en oublie à quelle époque se déroule l'intrigue et qu'il a toujours tendance à la transposer dans l'actualité. Il persiste donc à voir les agriculteurs actuels à travers les traits et la vie des ancêtres. Comme il y a aussi peu de rapport entre eux et les paysans de 1860 qu'entre l'ouvrier d'aujourd'hui et celui du début de l'ère industrielle, il en résulte une très mauvaise perception des réalités.

LES « BONS SAUVAGES » À L'ÉCRAN

Tout le monde se souvient de *Jacquou le Croquant* redécouvert soixante-dix ans après sa naissance par la télévision. Ce fut une belle et intéressante réalisation. Mais *Jacquou le Croquant,* ce n'est absolument pas le portrait d'un jeune agriculteur d'aujourd'hui! Pourtant, certains le crurent et, se sentant soutenus par l'opinion publique, il se trouva même des confrères qui défilèrent en proclamant : Jacquou le Croquant, c'est nous! Eh non, messieurs! Vous vous trompez de siècle, comme se trompent tous ceux qui, de bonne foi, en sont restés à cette image d'Épinal d'une paysannerie disparue.

Après *Jacquou le Croquant,* nous eûmes *Le Pain Noir*; excellente série d'émissions au demeurant mais, elle aussi, historique et non contemporaine. Entre les deux, la littérature avait fait des siennes en accordant le Goncourt à un livre « paysan » retraçant en trois cent soixante-cinq pages l'épopée d'une sombre brute intégralement psychopathe. Pour ne pas faillir à la tradition, l'ensemble du roman dégouline d'un naturalisme sordide et crasseux que l'on pardonne à Zola parce qu'il avait du style mais qui, dans ce cas précis, reste répugnant et faux. Le roman se vendit comme des petits pains, mais quelle sinistre et bestiale idée des agriculteurs et de la terre durent se faire les lecteurs, si toutefois ils furent assez courageux pour ingurgiter l'ensemble du livre!

Puis, toujours à la télévision, vint encore un feuilleton, *Ces grappes de ma vigne,* qui nous transporta à la triste époque du phylloxéra et de ses conséquences. Mis à part quelques erreurs perceptibles des seuls professionnels de la terre (on y voyait par exemple un brave homme arrachant un pied de vigne avec autant d'aisance et de rapidité que s'il s'était agi d'un poireau; ceux qui ont déjà arraché un cep de vigne, même crevé, en sont restés béats d'admiration !), c'était un bon tableau d'une époque, mais d'une époque révolue.

Comme sont révolues, caricaturales ou franchement grotesques la majorité des séquences publicitaires faisant appel à la terre. Là encore, on nous présente soit des ancêtres, soit des contemporains, mais ils sont alors toujours folkloriques et empestent par trop le terroir. Seul un spot a dû faire rire aux larmes tous les agriculteurs, c'est celui qui, vantant je ne sais quel lait, fromage, beurre ou yaourt, appuyait sa démonstration en nous montrant un beau troupeau de vaches « laitières », en l'occurrence de superbes charolaises, qui, je me dois de le dire, ont beaucoup de qualités, mais pas celle de laitière pour la simple raison qu'elles appartiennent à une race à viande ! Et, toutes réflexions faites, je me demande même si ces « figurantes » n'étaient pas des bœufs ! Rien de tout cela n'est méchant, mais il est indiscutable que cela fait partie du mythe paysan.

Côté cinéma, on parle toujours de *Farrebique* avec des sanglots dans la voix, mais *Farrebique* a trente ans d'âge et ses personnages étaient déjà bien vieux lorsqu'ils virent le jour. Bien rares sont les films qui abordent l'agriculture et les agriculteurs tels qu'ils sont aujourd'hui. Il semblerait que tout le monde se complaise dans la « belle époque » des moissons à la faucille, des labours lentement déroulés au pas d'un cheval ou d'une paire de bœufs, de l'eau qu'on tire au seau, dans ces trop fameux clichés de la vie rude, mais simple et épanouissante, de la nature sévère mais généreuse, dans une mélancolie sirupeuse ou une nostalgie larmoyante. Bref, on soupire sur un monde qu'on a détruit, le monde rural.

On a tout fait, et on fait encore tout pour l'amoindrir et, dans le même temps, on le glorifie, on l'idéalise, on le recherche, on en redemande. On accepte tout pourvu que le paysan présenté ne soit pas celui qu'on côtoie parfois en vacances, mais une sorte de spectre dans lequel on croit retrouver un contemporain de l'arrière-grand-père.

Ainsi s'explique le succès des romans, des films ou des émissions qui sacrifient à cette mode à la fois sentimentale et vieillotte, naturaliste et même régionaliste. Ainsi s'explique aussi l'absence d'œuvres qui, plus tard, permettront de mieux connaître l'évolution du monde agricole au XXe siècle. Il y a un trou énorme entre la faux et la moissonneuse-batteuse, entre le Panturle de Giono ou le Gaspard de Pourrat et Monsieur X, agriculteur, exploitant quarante hectares de SAU quelque part en France en 1976. Panturle était un quasi-illettré qui ne sortait pas de son aire naturelle; Monsieur X a fait des études agricoles, il lit et se renseigne, il a une voiture et la télévision, il aime sa femme, ses enfants et sa vie familiale, il a aussi ses problèmes et ses soucis, mais je ne vois pas beaucoup de romans qui aient jeté un solide pont entre lui et ses aïeux.

Il est vrai que, chez nous, le roman dit de mœurs n'a de chances de succès que s'il est ouvrier, fonctionnaire ou bourgeois, en fait, s'il évite la classe paysanne actuelle. Ainsi se passionnera-t-on pour savoir comment évoluera un Jeune Couple, une Grande Famille ou un Sagouin; quels sont les états d'âme d'un Centurion, des Hommes en blanc, des Nouveaux Prêtres ou d'un Curé de campagne; on aura même beaucoup de sympathie pour l'Espagnol parce qu'on sent que derrière l'ouvrier agricole se cache le prolo et on adorera les aventures d'un bagnard en cavale. On veut que tous ces gens-là sentent l'actualité et soient confrontés à des difficultés que tout le monde connaît.

Seuls les agriculteurs n'ont pas voix au chapitre, on ne les veut pas chaussés de bottes mais de sabots, ils n'ont pas le droit de traire à la machine mais à la main et si d'aventure ils parlent, c'est en mauvais français ou en patois.

Les critiques littéraires eux-mêmes entretiennent cette ségrégation et classent à part les romans dits paysans. Phénomène étonnant, alors que personne n'a jamais eu l'idée saugrenue de mettre Giono parmi les écrivains paysans, toutes les œuvres s'approchant de la terre sont jugées – consciemment ou non – avec une vision « gionesque » des choses. Mais Giono avait du génie et il n'est jamais avantageux de lui être comparé. Malheureusement les auteurs sont généralement très flattés de ce rapprochement, aussi persistent-ils dans le même style et dans les mêmes sentiers qui firent le succès de l'homme de Manosque.

Ils oublient simplement que Giono était sans doute le seul à pouvoir les emprunter sans tomber dans la banalité ou la platitude, et qu'il ne suffit pas de ressasser les péripéties d'un métier si on ne lui adapte pas une âme. Or, il est impossible d'opérer ce miracle dès l'instant où l'on s'entête à faire évoluer dans la vie courante et moderne que nous connaissons des personnages qui n'existent plus, ils marcheront toujours à côté de leurs sabots, ou, ce qui est plus grave, à côté de leur tracteur. Actuellement, le roman paysan contemporain, enfermé dans une gangue à la fois trop professionnaliste et trop fossilisée, n'est lu que par une minorité de fidèles. Et le succès du Goncourt précédemment cité est vraiment l'exception qui confirme la règle; de plus, il y a beau temps que le Goncourt n'est plus synonyme de chef-d'œuvre.

LES VRAIS ROMANS DE LA TERRE ET DES HOMMES

Ce qui nous manque, pour parler de l'agriculture et des agriculteurs tels qu'ils sont, c'est un Steinbeck. Il sut, lui, découvrir et peindre la vie et la détresse de ces fermiers américains victimes de la grande crise des années 30. Il aurait pu, lui aussi, sombrer dans le traditionalisme et plaquer sur ses paysans le caractère pionnier de leurs ancêtres. Il n'en fit rien. Ses personnages parlent, pensent et agissent exactement selon leur situation, leur profession et leur époque. Ils sont vivants car il ne les a pas sclérosés dans des attitudes et une psychologie dépassées mais parce que, sans oublier leur hérédité d'aventuriers, il n'a pas oublié non plus leur évolution naturelle.

De même Caldwell – et ses « petits blancs » ivrognes et paillards – donne une idée de la vie de certains terriens américains; et si ses héros nous clignent un peu de l'œil pour nous faire comprendre qu'ils sont des exceptions et qu'il ne faut pas trop les prendre au sérieux, on devine qu'ils ont vraiment existé et qu'ils furent, eux aussi, le reflet d'une époque. Et Faulkner également apporte son témoignage dans la grande fresque des agriculteurs américains confrontés à une crise de croissance et de civilisation.

Nous n'avons, en France, rien de comparable et notre vision des crises et des évolutions qui bouleversent – et continuent de secouer – le monde rural reste figée sur des événements lointains et déjà historiques; elle dédaigne ou ignore les aventures présentes qui, pourtant, elles aussi font l'Histoire.

Il y a entre l'agriculture et la littérature au moins soixante ans de retard et rien n'annonce qu'ils seront, ou sont, en passe d'être comblés. L'agriculteur a suivi et connaît l'évolution du monde citadin à travers les romans, la presse, les films et la télévision. Mais à travers tout cela, le citadin n'a suivi, lui, que le fantôme des agriculteurs, et lorsqu'il en rencontre de bien vivants il s'étonne de ne point les reconnaître et leur pardonne difficilement de n'être point conformes à l'image qu'il caressait. Cela ne peut simplifier la compréhension et le dialogue.

LA PAROLE EST À LA DÉFENSE

Il en est des préjugés comme des secrets de famille, on se les transmet de bouche à oreille de génération en génération. Ainsi se perpétue par exemple le souvenir du marché noir auquel se livrèrent honteusement tous les agriculteurs! C'est du moins ce qui se dit et ce qui s'entend, et beaucoup ne nous pardonnent pas d'avoir ainsi abusé des circonstances pour remplir de napoléons un nombre astronomique de lessiveuses...

C'est volontairement que je dis nous. Je n'appartiens plus, depuis longtemps, à la tranche des jeunes agriculteurs puisque j'avais sept ans à la fin de la guerre. C'est dire si, à cette époque, tous les confrères de mon âge, et même ceux plus vieux de quinze ans, se sont garni les poches! Ne parlons pas de ceux nés après 1945, les absents ont toujours tort!

Certes, il y eut du marché noir et nous allons y venir. Certes, le prophète Ezéchiel nous a prévenus que « *lorsque les pères ont mangé des raisins verts, les dents des enfants en sont agacées* »... D'accord, mais ça va un temps. Essayons donc de voir si cette tenace accusation a toujours sa raison d'être ou si elle doit s'éteindre, faute de combattants.

RÉALITÉS DU MARCHÉ NOIR

Sautons dans les années 40. En ces temps-là, et par la survie d'un paternalisme tenace, il était exceptionnel qu'un agriculteur soit vraiment le maître chez lui avant vingt-cinq ans, et je suis très généreux car beaucoup n'avaient pas voix au chapitre avant plus de trente ans. La majorité des exploitations étaient donc gérées par des hommes qui avaient au minimum cet âge. Vingt-cinq ans en 1940, ça fait plus de soixante ans aujourd'hui.

Les chiffres nous démontrent que s'il y a près de la moitié des agriculteurs qui ont plus de cinquante-cinq ans – mais une partie de ceux-là étaient alors trop jeunes – il en reste environ 400 000 qui ont plus de soixante ans, âge minimum pour être sérieusement suspecté d'avoir trafiqué pendant l'occupation. Mais il serait encore simpliste de les asseoir tous au banc des accusés; d'abord parce que tous ne furent pas malhonnêtes, ensuite parce qu'il y eut un million d'agriculteurs – dans les tranches d'âge de vingt à trente-cinq ans – qui passèrent cinq ans dans quelques fermes ou usines d'Allemagne. Cela réduit donc considérablement le nombre d'exploitants encore vivants à qui on peut, à juste titre, reprocher de s'être grassement enrichis par le marché noir.

Je n'ai aucune envie de défendre ces opportunistes, je tente simplement de remettre les choses à leur juste place en démontrant à quel point il est stupide de continuer à charger toute une profession des fautes de certains de ses aînés. De plus, et si l'on veut être objectif, il est quelques chiffres qu'il faut donner; ils démontrent une fois de plus que l'agriculteur, même trafiquant au marché noir, continue à se faire rouler comme au coin d'un bois par les intermédiaires!

J'emprunte ces chiffres à Marcel Faure [1]. Nous sommes en 1943. L'éleveur cède le kilo de beurre entre 120 et 200 francs (c'est-à-dire deux à trois fois le prix normal), mais ce beurre, dont on lui reproche avec raison la vente, s'écoule entre 700 et 1 000 francs à Paris, il montera même jusqu'à 1 200 francs en juin 1944! Quant aux œufs, le prix légal était, fin 1943, de 28 francs la douzaine, notre paysan les fournit à 70 francs sans savoir qu'ils vaudront 144 francs en arrivant dans la capitale!

Cela ne justifie pas son attitude et ne l'excuse pas pour autant. Il vendait trop cher et profitait sans pudeur de la situation, soit, mais les revendeurs surent exploiter bien mieux que lui cette triste période. Il n'est qu'à lire *Au Bon Beurre*, de Jean Dutourd, pour s'en persuader.

De plus, et cela n'a alors rien à voir avec le marché noir, on oublie que pendant la guerre, et même dans les années suivantes, tout ce qui était alimentaire était monnayable. On pouvait alors faire fortune, et sans voler personne, en cultivant un champ de topinambours, de raves ou de rutabagas; il n'était pas alors question d'excédents, de marchés sursaturés, de montagnes de beurre et de stock de lait en poudre. Il suffisait de retrousser ses manches et de produire. Oui, en ces temps, les agriculteurs gagnèrent bien leur vie.

Mais il ne faudrait pas non plus oublier que si certains s'enrichirent honteusement grâce au marché noir, beaucoup virent débarquer à la ferme le petit cousin ou le neveu citadin perdu de vue depuis quinze ans et qui venait par hasard, avec son cabas et un fort appétit, dire bonjour au tonton ou faire la bise à la vieille cousine... Tout cela était de bonne guerre, si j'ose dire, et si tous les citadins ne furent pas toujours bien reçus, j'en connais qui ont ainsi bénéficié des largesses de leurs parents ou amis agriculteurs et leur en gardent une reconnaissance éternelle.

1. *Les paysans dans la société française*, Éd. du Seuil.

Alors, pour ce qui concerne le marché noir, et sans qu'il soit question de l'absoudre ou de le nier, je pense que c'est un grief qui, de jour en jour, devrait tomber en désuétude. Mais ce préjugé a la vie dure, tellement dure qu'il est probable que mes enfants s'entendront dire un jour : « Ah oui ! Mais pendant la guerre vous avez fait du marché noir ! »

LES AGRICULTEURS SONT AUSSI DES CONTRIBUABLES

Et maintenant, venons-en aux impôts et essayons de savoir s'il est honnête et objectif d'assurer que les agriculteurs n'en paient pas. Je rappelle tout de suite que tous les agriculteurs paient des impôts locaux et assurent ainsi aux communes rurales – et beaucoup sont des dortoirs pour citadins – la majorité de leurs ressources. Ces impôts sont calculés en fonction de la superficie de l'exploitation et du revenu cadastral établi par la commission départementale des impôts ; ils peuvent atteindre suivant les cas, le type de ferme et les régions, plusieurs milliers de francs par an.

En ce qui concerne les impôts sur le revenu, il n'est pas possible de démêler le vrai du faux sans rappeler quelques chiffres. Ils sont indispensables pour établir les catégories d'agriculteurs susceptibles d'être légalement imposés sur le revenu :

Sur 1 300 000 exploitations, 798 000 ont entre 1 et 20 hectares, 365 000 entre 20 et 50 hectares et 137 000 seulement ont plus de 50 hectares. Lorsque, partant du revenu brut annuel[1] de toutes ces exploitations, on cal-

1. Le revenu brut est la somme dont dispose un agriculteur pour rembourser le capital des emprunts contractés, réinvestir et faire vivre sa famille. Seul est imposable le revenu net, c'est-à-dire le revenu brut

cule le revenu brut moyen de chacune d'elles, il atteint, pour 1975, la somme de 54 454 francs. Partant de ce chiffre, une analyse superficielle – celle qu'affectionnent nos procureurs – autorise à dire que beaucoup d'agriculteurs ne paient pas d'impôts sur le revenu puisque l'on sait que 380 000 seulement sont imposés au forfait et 20 000 au bénéfice réel (nous verrons plus loin comment fonctionne ce système).

« Vous vous rendez compte! beuglent les vertueux économistes, 54 454 francs par an pour tous les agriculteurs et seuls 400 000 sont imposés! Honte, scandale, ignominie, favoritisme! » Mais il nous faut oublier ces braillards, entrer dans les détails et comparer soigneusement les chiffres.

Il ne s'agit pas de foncer sur ces 54 454 francs comme une vachette landaise sur un chiffon rouge, encore faut-il les ventiler de façon à savoir quels sont les agriculteurs dont les revenus atteignent cette somme.

Il se trouve, et cela est calculé par des personnes beaucoup plus compétentes que moi en la matière, que la moitié, oui 50 %, du revenu total agricole annuel est obtenue et touchée par seulement 15 % de l'ensemble des agriculteurs... Les autres se partagent ce qui reste; est-il besoin de préciser que cela fait beaucoup de monde pour un bien modeste gâteau et que parler, à ceux qui s'y alimentent, de revenus imposables est une très mauvaise plaisanterie!

C'est aux cahiers de statistiques agricoles du ministère de l'Agriculture que je renvoie les acerbes analystes. Et puisqu'ils citent des chiffres, qu'ils annoncent également ceux qui suivent. Ils démontrent, par exemple, que si le revenu brut d'exploitation par actif familial s'élève en

---

moins les amortissements du matériel et des installations. La nuance est très importante, car sur une exploitation de 50 ha on peut très bien avoir en moyenne 18 000 à 20 000 francs d'amortissement.

moyenne à 101 600 francs dans le département de la Marne, à 97 300 francs dans l'Eure-et-Loir et à 94 700 dans la Seine-et-Marne, il est de 11 100 francs dans les Landes, 13 500 francs dans le Lot et 15 100 francs en Corrèze...

Est-ce aux agriculteurs habitant dans ces trois derniers départements et à tous ceux qui vivent dans les 52 départements où le revenu annuel n'atteint pas 30 000 francs qu'il faut reprocher un manque de civisme? Est-ce encore aux exploitants qui vivent dans les 36 départements où le revenu brut d'exploitation par actif familial est inférieur de 10 % au salaire de référence qu'il faut faire un procès? Soyons sérieux! On ne demande pas aux « Smicards » de payer des impôts sur le revenu, des centaines de milliers d'agriculteurs n'ont même pas le SMIC! Et non content d'être incapable de leur accorder un revenu décent, on voudrait, par-dessus le marché, qu'ils paient des impôts sur le revenu?

En bonne logique, et n'en déplaise à certains, le nombre de ceux qui en paient est élevé. Les chiffres prouvent que si 15 % des exploitants s'attribuent la moitié du revenu total, près de 30 % font un chèque au percepteur! Un coup d'œil sur la surface des exploitations permet de dire qu'une grande partie de ces 30 % recouvre, en gros, les possesseurs de plus de 20 hectares. Et si je dis, en gros, ce n'est pas pour noyer le poisson et faire oublier les manquants, mais parce que, d'une part, les élevages industriels et certaines cultures spécialisées sont imposés par des forfaits particuliers, et ce, quelle que soit la surface de l'exploitation et, d'autre part, parce que beaucoup de fermes de 20 hectares ou plus ont un revenu cadastral trop bas pour justifier une imposition forfaitaire sur le revenu.

Cette imposition est calculée tous les ans par une commission départementale des impôts directs après accord avec les représentants des Chambres d'agriculture. Elle est établie en multipliant le nombre d'hectares de l'exploitation par le revenu à l'hectare précédemment déterminé par la commission.

Cela dit, si certains jugent que l'imposition forfaitaire est mauvaise (elle ne touche pas que nous mais beaucoup d'autres contribuables), qu'ils changent la loi. En attendant, tout ce qu'on leur demande c'est de chercher d'autres têtes de Turc que les agriculteurs, il n'en manque pas, et des meilleures!

Quant aux 20 000 exploitants imposés aux bénéfices réels, ce sont ceux dont le chiffre d'affaires dépasse 500 000 francs T.T.C. deux années consécutives. Je ne m'étendrai pas sur leur cas, ils sont assez grands pour se défendre tout seuls, ils ont des experts comptables.

Cela étant, les agriculteurs ne seraient pas vraiment français s'il ne se trouvait parmi eux quelques-uns de ces resquilleurs qui se font un devoir de frauder le fisc. On voit tout de suite quelle est la catégorie qui a la possibilité de ruser. Disons donc qu'il s'agira pour certains soit de ne pas atteindre 500 000 francs de chiffre d'affaires annuel, soit de faire en sorte de ne pas récidiver deux fois de suite; ils resteront ainsi sous le régime forfaitaire général qui, lorsqu'on frise ces sommes, peut être parfois plus avantageux que l'imposition aux bénéfices réels. Mais le pourcentage de ces « jongleurs » ne doit pas être supérieur à la moyenne nationale des spécialistes en la matière; il est donc grotesque, une fois encore, de juger toute la profession à travers eux.

Pour clore cet exposé sur les impôts, je n'aurai garde d'oublier de rappeler que tous les agriculteurs sont lourdement grevés par les impôts indirects. Ils les retrouvent dans tout ce qui leur est indispensable pour exploiter leur ferme, que ce soit dans le matériel, les engrais, l'alimentation du bétail, etc. Et le système de la T.V.A. est tellement mal adapté au régime particulier de la profession que seuls 250 000 agriculteurs ont opté pour celui-ci.

J'en ai fini avec les impôts. Je n'aurai peut-être pas convaincu grand nombre car je sais que les préjugés sont tenaces, mais je ne désespère pas; le chiendent aussi est tenace et on finit toujours par en venir à bout.

DES CHARGES INSUPPORTABLES

Une autre attaque de nos adversaires consiste à proclamer que nous sommes incapables d'entretenir nos caisses d'assurance maladie, vieillesse et prestations familiales. C'est vrai. Il faut avoir la franchise de dire que nous ne pouvons cotiser que de 20 % dans le budget de prestations sociales agricoles et que nous ne pouvons assurer que 6 % de l'assurance vieillesse des agriculteurs.

Au risque de choquer, j'estime que c'est déjà beaucoup. J'estime même que le contribuable qui fait la rallonge s'en tire à très bon compte pour le moment. Et tant qu'à faire de le scandaliser, je lui annonce que cela ne va sans doute pas durer, et que s'il n'est pas d'accord il n'a qu'à s'adresser à tous ceux qui favorisent et entretiennent l'exode rural!

Il est un fait tout simple. Lorsque le nombre de personnes âgées et à la retraite augmente tous les ans et que, parallèlement, le nombre des actifs ne cesse de diminuer, il est mathématiquement impossible à ces derniers d'entretenir la population non active. De plus, je le rappelle, et c'est un des titres de noblesse des agriculteurs, c'est chez eux que le nombre des enfants est le plus élevé, il est donc naturel qu'ils bénéficient des allocations familiales, même si cela déplaît à quelques aigris. Mais, à ce sujet, je rappelle aussi que les agricultrices n'ont droit, elles, à aucun congé maternité.

Enfin, ce n'est pas chez les agriculteurs qu'on use et abuse des fameux congés maladie. Un agriculteur ne court pas chez son médecin pour obtenir quinze jours d'indisponibilité de travail sous prétexte qu'il a une oreille qui siffle, un cor au pied ou qu'il s'est retourné un ongle en attelant sa charrue; il n'a pas le temps d'être malade et si par malheur ça lui arrive, il ne devra compter sur aucune indemnité journalière.

Mais c'est à Pierre Le Roy, maître de conférence à l'Institut d'Études politiques de Paris, que je laisse le soin de répondre à ceux qui s'offusquent; on découvrira dans les lignes qui suivent qu'en dépit des apparences, c'est encore nous qui, proportionnellement, payons le plus! :
« ... *Le rapport entre les personnes actives qui cotisent au régime et les personnes retraitées fait apparaître qu'il existe une charge deux fois plus élevée à cet égard en agriculture que dans l'industrie et le commerce* [1]... »

Donc, si l'on veut absolument que l'on prenne en charge tous les inactifs de la profession, ce n'est certainement pas en nous dénigrant sans cesse et en nous expédiant travailler hors de la terre qu'on changera quelque chose, bien au contraire. Il y a en ce moment dans le monde agricole 1,2 actif pour 1 retraité contre 4 actifs pour 1 retraité dans le reste du pays. Ces chiffres, je pense, se passent de tout commentaire.

LES SUBVENTIONS SCLÉROSANTES

Un autre reproche formulé à notre égard est de ne pas nous contenter du budget annuellement alloué à l'agriculture (40 milliards 365 millions pour 1977 dont près de la moitié est justement attribuée au budget annexe des prestations sociales agricoles) et d'avoir pris l'habitude de quémander des subventions supplémentaires.

Eh bien! d'accord, pour une fois les détracteurs ont raison, il n'est pas normal qu'une classe professionnelle comme la nôtre en soit réduite à faire appel aux subven-

1. *L'avenir de l'agriculture française*, P.U.F.

tions et à la charité publique; nous devrions laisser cette pratique douteuse à la S.N.C.F., à la R.A.T.P., à Air France ou à la Sécurité sociale! Mais il faut quand même se demander qui a placé notre profession dans cette situation. Qui a été incapable de lui assurer un revenu annuel décent? Qui a cassé le marché de la viande en ne s'opposant pas, en 1973, à l'importation de près d'un million de tonnes de viande à l'intérieur du Marché commun alors que nos prairies étaient remplies d'un excellent et abondant bétail? Qui, pour 1976, nous avait imprudemment promis un revenu au moins égal à celui de 1975 – lequel était déjà très en dessous de la moyenne nationale et en régression par rapport à celui de 1974! – mais fut obligé, pour ne pas trop se dédire, non pas de revaloriser nos prix à la production, mais d'instaurer un scandaleux impôt sécheresse qui ne compensa même pas nos pertes? Qui tolère une croissante augmentation de nos coûts à la production et une stagnation de nos prix de vente? Bref, qui nous pousse à tendre la main?

Mais tout cela ne nous excuse pas d'être tombés dans le traquenard. Au lieu de défendre sérieusement notre travail et nos prix, au lieu de tenir fermement la position que nous donne la masse de nos productions et d'en exiger la reconnaissance, nous avons commis l'erreur de nous laisser acheter.

Je ne dirai pas grand-chose des responsables syndicaux qui ont foncé tête baissée dans ce piège grossier; ils ont perdu tout crédit lorsqu'ils ont vendu notre indépendance. Il ne sert à rien de jouer les matamores et de prétendre tenir la dragée haute dès l'instant où, ayant, au nom de tous, accepté une enveloppe de l'interlocuteur, on lui donne toute liberté d'action et de pression. Jadis, Clemenceau désamorça pour un temps la crise viticole du Midi en achetant le billet de retour de Marcellin Albert venu à Paris pour défendre les intérêts des viticulteurs. Le naïf Albert accepta le cadeau et se ridiculisa.

Je n'insulterai pas la mémoire de Clemenceau en le comparant aux politiciens qui nous gouvernent, le Tigre ne ferait qu'une bouchée de ces souriceaux. Lui, il donna cent francs de sa poche et gagna la partie, et il n'est pas du tout certain qu'il ait prémédité son geste! Eux, pour gagner, ils sont obligés de donner des milliards, c'est plus cher, mais le résultat est le même. Non seulement ils nous placent en état d'infériorité, mais en plus ils soulèvent l'opinion publique contre nous. Je ne suis pas près d'oublier que nos syndicalistes, de concessions en renoncements, et de renoncements en abdications ont réussi ce tour pendable de transformer notre profession en corporation de mendiants! Et je ne suis pas le seul à penser ainsi, j'ai derrière moi tous les agriculteurs qui ne demandent pas l'aumône, mais un juste salaire, qui ont encore une certaine idée de l'honneur.

Il ne nous console pas du tout de savoir que d'autres catégories sociales n'ont, elles, aucune honte à s'abreuver à la même fontaine, la pudeur est une vertu que tout le monde ne possède pas. Que nous importent les 11 milliards 368 millions de subventions accordées à la SNCF et à la RATP pour 1977, soit, de l'aveu même du ministre de l'Équipement, une contribution de l'État de 42 000 francs pour chaque agent de ces entreprises. Que nous importe, encore, le trou de 17 milliards de la Sécurité sociale! Nous savons très bien, de toute façon, que les contribuables absolvent tous les déficits pourvu qu'ils soient revendiqués par l'administration; ils les absolvent parce qu'ils ont compris qu'il ne sert à rien de protester contre l'administration, celle-ci s'abrite derrière son irresponsabilité collective, il est inutile de taper dans un édredon et tout aussi inutile de chercher des coupables, ils s'appelleront toujours « c'Estlézautres... ».

En revanche, si on nomme les bénéficiaires, si on les désigne, s'ils ont un visage, ces mêmes contribuables s'insurgeront. Mieux, ils se défouleront, trop ravis d'avoir enfin quelque chose de consistant sur lequel passer leur rage.

Mais nous sommes las de servir de catalyseur à la rancœur d'une société qui, de tous temps, a eu besoin de fautifs. Il y eut jadis les templiers, les huguenots, les juifs, les francs-maçons, que sais-je encore! Aujourd'hui il y a les agriculteurs. Et ils n'ont que faire des excuses oiseuses que se trouvent ceux qui les ont mis dans cette position, ni des paroles réconfortantes de ceux qui les ont achetés. On n'a pas à s'excuser de travailler pour nourrir l'humanité et, de toute façon, nous n'étions pas à vendre.

Malheureusement, on nous a quand même vendus. Et ces subventions, comme s'il ne suffisait pas qu'elles nous nuisent moralement, ne servent à rien et nous maintiennent dans la stagnation. Elles ne servent à rien car ce n'est pas avec 200 francs par tête de bétail qu'on sauve un troupeau! Il faut par bête un minimum de 2,5 tonnes de fourrage en période hivernale et lorsque ce fourrage atteint 1 000 francs la tonne, comme ce fut le cas en 1976, au lieu de donner 200 francs par bête, sans doute aurait-il mieux valu prendre à temps les mesures qui auraient évité la spéculation; interdire aussi la hausse scandaleuse des aliments concentrés, empêcher au bon moment la dégringolade des prix de vente du bétail et assurer gratuitement le transport du fourrage; cela aurait été beaucoup plus économique pour tout le monde!

Nous en a-t-on fait voir de ces braves militaires coltinant de la paille! Je dois ici leur rendre hommage, et je le peux car j'ai dû, moi aussi, faire appel à eux. Ils furent efficaces, dévoués et consciencieux, et ils ne peuvent en rien être tenus pour responsables des aberrations administratives. Parlons-en des économies, et surtout des économies de carburant!

On sait que les propriétaires faisant appel à la troupe

devaient payer l'essence nécessaire au transport, c'est logique. Ce qu'on ne sait pas, ce qui ne s'est pas dit, tellement c'est bête sans doute, c'est que pour véhicules les militaires avaient généralement à leur disposition des camions contenant au maximum 1 150 kilos de fourrage, ce qui ne les empêchait pas d'avaler joyeusement leurs 30 ou 40 litres d'essence aux cent kilomètres. Ainsi, pour transporter les 30 tonnes de paille dont j'avais besoin, sur un parcours qui, aller-retour, couvrait 14 kilomètres et qui aurait très bien pu être effectué en 5 voyages d'un camion de 6 tonnes (soit 70 km au total), fallut-il en faire 26 (soit 364 km!).

J'espère, mais je suis très optimiste, que tous les camions militaires n'étaient pas d'une capacité aussi restreinte, car si l'on songe que, dans toute la France, près d'un million de tonnes de paille furent remuées par le contingent, et souvent sur des parcours beaucoup plus longs, ou on éclate de rire, ou on crie au fou; parce que si c'est ça les notions d'économie de nos financiers et s'il faut absolument employer ces messieurs, mieux vaudrait leur donner un boulier pour faire joujou dans un coin plutôt que les clés de la rue de Rivoli ou de n'importe quel ministère! Mais ne remuons pas le fer dans la plaie et disons que tout cela était judicieusement calculé dans le sens de l'austérité...

Ces subventions ne servent donc à rien puisque, avant même d'être distribuées, elles arrivent dans la poche du donateur; soit par le prix du transport (la paille, qui dans l'été 76 coûtait 14 centimes le kilo au départ, valait le double à l'arrivée, et pourtant la SNCF pratiquait le demi-tarif!) soit par l'augmentation générale de tout ce qui nous est indispensable, soit par la chute des prix de vente à la production qui n'est jamais répercutée sur la vente aux consommateurs.

Enfin, ces subventions sont nocives, car elles nous cantonnent dans l'immobilisme. « Pourquoi voulez-vous régler ce problème qui vous permettrait de mieux vous défendre (mais qui nous dépasse...), attendez donc des subventions, c'est tellement plus simple! »

Bien entendu que c'est plus simple, il est tellement plus simple d'endormir un interlocuteur gênant!

LA GRANDE HONTE DES EXCÉDENTS

Puisque nous en sommes aux reproches dont nous sommes abreuvés, continuons par celui des excédents. C'est, de toutes les querelles qu'on nous cherche, certainement la plus sotte. Dans le monde actuel, le mot excédent ne devrait pas exister, en lui-même il est indigne et démontre que les gouvernements – le nôtre n'est pas seul en cause, loin de là – sont incapables de résoudre un problème qui ne devrait même pas se poser. Et pourtant il se pose.

Lorsque l'on parle d'excédents on pense tout de suite au lait et il se trouve aussitôt quelques râleurs pour assurer que nous en produisons trop. Certains se sont même réjouis de la sécheresse de 1976 qui allait tarir un peu le flot blanc. D'abord, en agriculture, on écoule peut-être mal, mais on ne produit jamais trop, il ne faut pas confondre l'agriculture et l'industrie. Nous sommes des producteurs et non des prospecteurs de marchés internationaux, il existe des gens, paraît-il compétents, dont c'est le métier, alors qu'ils le fassent et qu'ils trouvent des clients, nous nous chargerons de les approvisionner.

Ensuite si nous fournissons trop de lait c'est parce que pour beaucoup d'agriculteurs c'est la seule orientation susceptible de leur apporter un semblant de salaire mensuel, une somme régulière d'argent frais. S'ils pouvaient faire autre chose, ils le feraient et vite, il est prouvé que de toutes les spécialisations bovines celle du lait est la moins rentable. En effet, il est de tradition de payer le litre de lait au prix le plus bas, de façon à ne pas encourager les agriculteurs à choisir cette voie. Malgré cela il y en a quand même trop.

Alors on l'écrème et on fabrique du beurre, et ça fait une montagne, comme c'est insuffisant on en transforme aussi en poudre qui, à son tour, fait une autre montagne. Alors on dénature cette poudre et on l'incorpore à l'alimentation du bétail après avoir accordé des primes et des subventions aux industriels qui acceptent ce principe, et pourquoi s'y refuseraient-ils puisqu'on les paie, puisque, une fois encore, les spécialistes imposent leur notion un peu spéciale de rentabilité?... C'est le serpent qui se mange la queue! Mais pendant ce temps-là des millions d'enfants meurent de sous-alimentation...

Ainsi, fin 1974, y avait-il en stock 61 215 tonnes de beurre, 223 422 tonnes de lait en poudre et 388 656 tonnes de poudre dénaturée [1]. Faute d'être capable de trouver des marchés extérieurs, on pourrait au moins tenter d'accroître notre consommation intérieure qui est très faible. En effet, le Français est le plus petit buveur de lait de toute la communauté européenne. Avec 70,4 kilos par tête d'habitant et par an, il est très loin des 212 kilos qu'avale un Irlandais ou des 139,6 kilos qu'ingurgite un citoyen du Royaume-Uni (contrairement à ce qu'on peut penser, le lait se mesure en kilo et non en litre car, suivant sa teneur en matière grasse, un litre de lait pèse entre 1 010 et 1 030 grammes). Il est vrai que le Français se rattrape sur le fromage puisqu'il en consomme 14,4 kilos contre 2,5 kilos pour un Irlandais. Mais 70,4 kilos de lait, c'est vraiment peu; on ne peut pourtant pas dire qu'il soit cher puisqu'il est meilleur marché qu'un litre d'eau minérale!

1. Production totale 1973 (en milliers de tonnes): lait, 29 291; beurre 550; fromage, 885.

Mais autant on nous vante les vertus de cette dernière, autant on nous laisse sous-entendre que le lait est indigeste, lourd, menaçant pour la ligne de madame ou le cholestérol de monsieur. On veut bien nous en faire boire, mais à condition qu'il soit écrémé au maximum, le fin du fin étant zéro pour cent de matières grasses, mais celui-là étant le moins nourrissant est, bien entendu, parmi les plus chers!

A l'heure où j'écris, des bruits circulent que des distributions seront prochainement faites dans les écoles. Tant mieux si cela se concrétise et devient une habitude. Cela se pratiqua, jadis, mais pas longtemps; il faut croire que quelqu'un ne trouva pas l'opération rentable.

*LA « BIBINE »
DE M. LE MINISTRE DE L'AGRICULTURE*

Au sujet des excédents, on nous reproche aussi le vin, baptisé bibine par notre ministre, mais pour beaucoup de viticulteurs c'est souvent la seule production que leurs terres supportent. Certains tentent de reconvertir leurs vignobles en oliveraies, mais c'est un travail de longue haleine et qui ne peut se faire que progressivement; il faut pouvoir vivre entre le moment où l'on arrache sa vigne et la première récolte d'olives. Aussi beaucoup doivent-ils continuer à alimenter les excédents de vin.

D'où leur colère lorsque, pour tout arranger, on laisse les frontières ouvertes à un pays qui n'est pas régi par les mêmes législations et qui baptise souvent vin ce que chez nous on appelle piquette! Mais, à ce sujet, et depuis le temps qu'on en parle, personne ne s'est avisé d'offrir enfin aux consommateurs un jus de raisins à un prix abordable pour tout le monde, ceux qui existent sont plus chers que le vin courant!

Et cette constatation vaut aussi pour les jus de pommes;

il y a souvent des excédents de pommes, mais il ne faut pas croire pour autant qu'on les transforme en jus; au prix où ils le vendent, les fabricants ne pourraient pas l'écouler! Il est donc plus « économique » pour les producteurs de jeter les pommes à la décharge publique, comme il est plus « économique » de distiller le vin!

Quoi qu'on en dise, le fait de manquer de pétrole ne donne pas pour autant des idées, nos excédents en sont la preuve. Nous traînons d'année en année ces boulets derrière nous et nous avons ainsi pris l'habitude de détruire au lieu de vendre car dénaturer de la poudre de lait, c'est de la destruction.

Il y a pourtant, du côté du Moyen-Orient, une brochette d'émirs, de présidents, de chahs ou de rois qui nous font chanter avec leur pétrole. Ils ne boivent théoriquement pas de vin, mais leurs enfants gagneraient sûrement à boire du lait, de plus, jeunes comme vieux apprécient les jus de fruits. Et il fait chaud là-bas et on en consomme beaucoup. Alors, si nous faisions l'échange? Mais ne rêvons pas, là encore nous sommes en retard, il y a longtemps que les États-Unis ont inondé le marché, ne serait-ce qu'avec le Coca-Cola!

Pourtant, qu'on le veuille ou non, il faudra bien un jour que nous trouvions de plus importants débouchés à toutes nos productions. Nous n'avons pas encore atteint le maximum de nos rendements, mais nous y tendons. Et puisque la population de la France s'étiole dans un bas palier démographique, puisque, déjà, nous produisons beaucoup plus que nous ne consommons, il est urgent de prendre conscience de la force que nous donnent nos productions agricoles car, on ne le dira jamais assez, le monde a faim.

Alors, peut-être n'osera-t-on plus parler d'une agriculture assistée et ruineuse pour le pays, mais bien au contraire d'une agriculture indispensable à l'équilibre budgétaire de la nation. Elle l'est déjà, et depuis plusieurs années. Mais elle fut tellement dénigrée, critiquée et combattue, on a tellement assuré aux citoyens qu'elle était inutile et ruineuse, qu'on n'a même plus le courage aujourd'hui de reconnaître qu'on s'est trompé du tout au tout lorsqu'on la couvrait d'opprobre et qu'on recommandait sa mise en hibernation. Il est bien évident qu'il n'est pas facile de réparer les dégâts occasionnés par la calomnie et la bêtise.

DES OMBRES SUR LA COMMUNAUTÉ

Lorsqu'on s'est enfin décidé à en parler, on a tout dit sur la sécheresse. Enfin presque tout, et pour un public citadin avide de sensations immédiates, de flashes fracassants, un public qui palpite et compatit devant un troupeau squelettique, mais oublie très vite de prendre des nouvelles dudit troupeau.

Il en est exactement de même pour les incendies de forêt qui, avec 120 000 hectares détruits en 1976, battirent tous les records. On s'attriste devant une forêt qui flambe, puis on oublie et on ne se demande même pas combien d'années seront nécessaires à sa renaissance.

LES CONSÉQUENCES DE LA SÉCHERESSE

Aujourd'hui, si on se souvient encore de la sécheresse du siècle, c'est néanmoins pour beaucoup un événement classé. Certes, tout le monde est d'accord pour dire qu'elle fit d'énormes dégâts, mais rares sont ceux qui pensent aux répercussions. Elles s'étaleront pourtant pendant des années. Il serait donc préférable que le consommateur sache, et se fasse déjà à l'idée qu'il en supportera les conséquences pendant longtemps encore.

S'il est prévenu, cela lui évitera sans doute de se scandaliser si, dans trois ans par exemple, il subit une pénurie de viande ou si, beaucoup plus tôt, cette même viande atteint des prix exorbitants. Le conseil de l'office de la viande prévoit lui, pour les deux ans à venir, une régression de la production de 15 à 20 %.

Plus on s'éloigne de la nature, plus on oublie son rythme, ses réactions et ses exigences. Pourtant, dans un siècle encore, les bûcherons verront, dans la coupe d'un chêne abattu, l'arrêt de croissance occasionné par la canicule de 1976. Et même en 2176, s'il reste encore des arbres, s'inscrira toujours l'indélébile marque. Les hommes oublient très vite, mais la nature enregistre tout. Aussi la sécheresse n'a-t-elle pas fini d'influer sur le cours des choses.

On semble ignorer qu'il s'écoule presque quatre ans entre la naissance d'une génisse et sa première mise bas, quatre ans pendant lesquels elle est improductive. On comprend donc tout de suite que ce n'est pas du jour au lendemain qu'un agriculteur parvient à constituer un cheptel valable. Or, en cet été 76, beaucoup durent sacrifier à perte un nombre important de têtes de bétail, et si cette opération n'a rien changé dans l'immédiat au niveau du consommateur, ce dernier mesurera dans deux ou trois ans à quel point manqueront les bêtes abattues. Mais les conséquences ne se limiteront pas à cette seule pénurie, ce serait trop simple. Pour beaucoup d'agriculteurs les réactions en chaîne se dérouleront – et se déroulent déjà – de la façon suivante :

Dans un premier temps, ils ont amputé leur troupeau d'un certain nombre de têtes (il fut abattu, au cours du premier semestre 1976, 500 000 bêtes de plus qu'en année normale); les éleveurs ont non seulement perdu à la vente mais, par surcroît, ils se sont privés du futur rapport de ces bêtes. Leur perte est donc double. Dans un deuxième temps, et pour les animaux qu'ils ont pu conserver, ils ont dû, faute de fourrage, faire appel à une coûteuse alimentation extérieure, ce qui n'a pas empêché les bêtes affaiblies de produire beaucoup moins qu'en année normale, autre double perte. Enfin, tous les éleveurs savent que les bêtes qui souffrent ralentissent ou arrêtent temporairement leur rythme de fécondation. Ainsi des vaches qui, en année classique, auraient par exemple mis bas au mois de mars ne le feront qu'en juillet à la suite d'un arrêt ou d'un mauvais fonctionnement de leur fécondité. Pour les éleveurs, c'est quatre mois de perdus et c'est aussi dramatique pour eux que pour un salarié qui serait pendant quatre mois au chômage sans indemnités.

On mesure donc à quel point la situation de beaucoup d'agriculteurs est devenue encore plus précaire. Tous, ou presque, ont des dettes. Certes, ils peuvent contracter d'autres emprunts, mais l'addition des emprunts c'est aussi celle de remboursements, c'est le cycle infernal. D'ailleurs, avec quoi rembourser les futures annuités? Le troupeau diminué n'y suffira pas!

Dans tout cela, on oublie aussi complètement les pertes à l'échelon des cultures. Pourtant, la mise en place d'un hectare de betteraves coûte environ 3 000 francs... 3 000 francs que la sécheresse épongea, et avant de récolter 50 quintaux de blé à l'hectare il faut en investir au moins 35! On oublie aussi les prairies carbonisées qu'il va falloir réensemencer et pour lesquelles il est indispensable d'investir plusieurs milliers de francs. Bref, quatre mois de sécheresse vont implacablement acculer beaucoup d'agriculteurs à la faillite.

Aussi je redoute que cette calamité n'accroisse encore l'exode rural dans les années qui viennent. Mais il y a déjà plus d'un million de chômeurs en France, alors que deviendront ces agriculteurs? Et quel va être l'ensemble de la production agricole? Déjà notre balance commerciale a chuté à cause de la diminution de nos exportations agricoles. Ce n'est qu'un début. Je ne le dis pas par pessimisme, mais parce que le bon sens démontre que des agriculteurs sursaturés de dettes et temporairement privés de revenus ne peuvent convenablement investir, leur production sera donc ralentie. Que cela plaise ou non, toute la population en pâtira. Il est bien regrettable qu'il faille ce genre d'événement pour rappeler que nous sommes tous solidaires.

LA NAISSANCE DIFFICILE

Dans la nuit du 30 juin 1965, et à la demande du général de Gaulle, M. Couve de Murville fit savoir au Conseil des ministres de la future Europe verte que la France refusait de poursuivre les discussions tendant à mettre en place le Marché Commun agricole. Cet impératif coup d'arrêt eut le don d'exaspérer jusqu'à l'hystérie tous ceux qui, faisant table rase de vingt siècles d'histoire, étaient tout bonnement prêts à faire de la France une banale province de l'Europe et à inscrire cette dernière comme le 51e État d'une nation qui tire sa force des cinquante précédents.

Le scandale fut bruyant, on accusa le président de la République de chauvinisme, d'irresponsabilité, de pouvoir personnel et de xénophobie. Tous les grands Européens de l'époque entrèrent dans la farandole et démontrèrent ainsi qu'ils n'étaient jamais les derniers à se ridiculiser. En fait, le général de Gaulle estimait avec raison que l'Europe ne serait pas viable tant qu'elle serait sous la coupe économique des États-Unis et de leurs dollars. On constate aujourd'hui avec amertume combien il avait vu juste et combien il convenait d'être circonspect. Louer l'Europe est une chose, l'établir en est une autre, sauf naturellement si on se propose de la bâtir au détriment de la souveraineté nationale ce qui est alors à la portée du premier benêt venu.

A l'époque, et tout en restant sur ses gardes, le général de Gaulle accepta la reprise des négociations; elles aboutirent finalement à un accord qui fut signé le 11 mai 1966. L'Europe verte voyait enfin le jour, elle fit ses premiers pas le 1er juillet 1968. Le rêve devenait réalité, on sabla le champagne. La France devait théoriquement être gagnante dans l'opération puisqu'elle était déjà la plus importante productrice. On ne pouvait donc que se réjouir de l'élargissement de ses débouchés.

Certes, cela ne plaisait pas à tout le monde, et surtout pas aux États-Unis qui voyaient temporairement s'envoler leurs espoirs d'inonder de leurs excédents le marché européen. Temporairement car, bien entendu, ils conservaient l'arme absolue, c'est-à-dire le poids du dollar. On s'aperçut très vite de sa force! L'Europe verte était faite pour un ensemble de pays à monnaies nationales solides. Grâce à elles il était possible de fixer une unité de compte commune aux six (et plus tard aux neuf) qui permettait de maintenir une stabilité des prix agricoles tant à la production qu'à la consommation et tendait à ce que tous les agriculteurs européens parviennent à un niveau moyen de revenus.

Mais il fallut déchanter. La France ne résista ni aux assauts d'un mois de Mai 68 économiquement ruineux, ni au départ du général de Gaulle en avril 1969. Le franc fut dévalué au mois d'août de la même année. Alors, pour maintenir l'équilibre entre tous les pays de la Communauté et pour atténuer les effets d'une dévaluation – ou d'un flottement – qui, on le pressentait, ne serait ni la dernière ni réservée à la France; pour éviter également que les pays dévaluant limitent leurs importations – donc lèsent les pays exportateurs communs – instaura-t-on dans le cadre du Fonds Européen d'Orientation et de Garanties Agricoles (FEOGA) un système de montants compensatoires qui permettaient de contrebalancer les fluctuations des différentes monnaies; on créa donc une

« monnaie verte » qui n'est pas soumise à la dévaluation et a pour but de convertir en monnaie nationale les prix européens fixés, comme nous l'avons vu, sur l'unité de compte.

Ainsi, par exemple, pour soutenir un pays dont la monnaie dévalue et pour lui permettre néanmoins de poursuivre sans dommage ses approvisionnements extérieurs, lui verse-t-on des montants compensatoires qui annihilent, sur le point précis de ses importations, les effets de sa dévaluation. Si, par hasard, c'est un pays qui réévalue et accroît donc ses possibilités d'importations, ce qui risque d'handicaper ses propres producteurs et aussi ses partenaires s'il achète à l'extérieur de la Communauté, c'est à lui de verser au fonds commun une taxe sur ses achats.

L'idée est bonne, à condition toutefois que les soubresauts desdites monnaies restent décents. Ce n'est pas le cas, loin de là. Et on assiste actuellement à une incroyable situation qui consiste à récompenser les pays qui dévaluent et importent beaucoup et à pénaliser ceux qui réévaluent. Disons, pour schématiser, qu'on donne aux dévaluateurs une partie de l'argent qui leur permet d'acheter nos denrées. Ainsi, consécutivement à la chute de la livre, l'Angleterre a-t-elle perçu en 1976 l'équivalent de 5,5 milliards de francs... C'est-à-dire qu'elle fut purement et simplement subventionnée par la Communauté européenne.

Je viens de brosser un très sommaire tableau de l'organisation intérieure du Marché commun. Tout est beaucoup plus complexe, pour ne pas dire incompréhensible pour le profane que je suis. J'aurais dû dire, par exemple, et expliquer qu'à l'époque où les cours mondiaux étaient inférieurs aux cours européens, il fallait subventionner les exportateurs européens de céréales pour leur permettre « d'éponger » la différence entre leur prix d'achat au cours intérieur et le prix de vente au cours mondial. J'aurais dû dire, aussi, que le marché de la viande ne fut jamais sérieusement organisé pour défendre les éleveurs. J'aurais pu dire, enfin, qu'au-delà du problème des prix, la Communauté aurait dû s'inquiéter de la mise en place de structures agricoles cohérentes.

Je n'ai que survolé tout cela et je ne doute pas que si quelques experts en la matière tombent sur l'explication du paragraphe précédent, ils ne me taxent vertement de simplification. Tant pis, le tout est de savoir qu'actuellement le Marché commun est en train de s'effondrer et qu'il est bien parti pour mourir ruiné. Par la faute de l'instabilité des monnaies et des dévaluations, nous sommes arrivés au paradoxe suivant : il y a aujourd'hui beaucoup plus de taxes et de subventions à l'importation et à l'exportation qu'avant la mise en place de l'Europe verte. Or, elle fut, entre autres, créée pour supprimer les taxes et les subventions...

DE LA COMMUNAUTÉ À LA COUR DES MIRACLES

A l'heure où j'écris, les Anglais, qui furent toujours les pires de nos partenaires (je rappelle que de Gaulle voulait une Angleterre nue, c'est-à-dire dégagée de toutes attaches commerciales particulières avec le Commonwealth), les Anglais donc, font la sourde oreille à toute proposition tendant à limiter les dégâts occasionnés par la dépréciation de la livre. De leur côté, les Italiens « jouent » aussi la carte des montants compensatoires et empochent ainsi d'importantes subventions.

Quant aux autres membres, ils sont de plus en plus contraints d'accepter les orientations proposées par l'Allemagne, laquelle, on le sait, possède l'atout majeur d'une monnaie forte. Il fait peu de doute que, derrière tout cela, l'omnipotent dollar tire les ficelles.

Créée initialement pour six membres – lesquels eurent

toujours d'énormes difficultés à s'entendre –, l'Europe verte compte aujourd'hui neuf partenaires, ce qui ne clarifie pas la situation, loin de là! Et déjà d'autres pays viennent flirter avec elle, entendons par là qu'en contradiction avec les règlements européens, ils nous inondent de leurs produits. Mais le flirt est à la mode, on parle donc d'accueillir tous les voisins en leur demandant comme seul gage de psalmodier en chœur l'Europe, l'Europe!

Pauvre Europe, que de stupidités se seront faites en ton nom! On voulait une Communauté, on aura bientôt une cour des miracles... Se lèvera alors un quelconque roi des gueux, borgne et manchot, élu au suffrage universel et qui s'imaginera être souverain parce qu'il régnera sur une association d'aveugles, de culs-de-jatte et de prostituées. Nous irons alors mendier aux quatre coins du monde en tendant une sébile frappée du drapeau européen...

Il faut pourtant défendre l'Europe verte car elle peut être, pour nous tous, une garantie et une sécurité pour l'avenir. Mais elle ne peut être défendue que si les pays qui la composent actuellement sont eux-mêmes solides et bons joueurs et si, au lieu de viser une organisation européenne de l'agriculture, ils commencent par organiser leur propre agriculture. Alors, sans doute, sera-t-il possible de créer un bloc bien structuré et résistant.

Mais pour le moment, on bâtit avec des parpaings fissurés qui s'émiettent de jour en jour. Il ne sert à rien de les crépir au revêtement européen et de dissimuler les failles et les lézardes sous une pellicule de ciment; ça coûte très cher, ça ne résout rien, c'est du temps perdu et seuls les sots se persuadent de la solidité de l'ensemble. Mais il s'écroulera au premier éternuement.

UNE PLANIFICATION SYSTÉMATIQUE

Ce qui est dramatique dans tout cela, c'est qu'on a perdu de vue le caractère propre à chacune des agricultures qui composent l'Europe verte. Ainsi, lorsqu'on propose des plans, sont-ils établis non en fonction de la spécificité de chaque pays, mais en fonction d'un ensemble qu'on feint de croire homogène. Mais quel rapport y a-t-il entre l'agriculture de la Calabre, celle pratiquée dans la Frise et celle de la Beauce?

Pourtant, on planifie. On veut récolter avant d'avoir mis la terre en valeur. Ou pire encore, on assure qu'il faut détruire pour mieux rebâtir! Et les plans se succèdent, et les projets se multiplient. Et les Mansholt et les Vedel, sous prétexte de surproduction, voulaient émasculer l'agriculture en restreignant les surfaces cultivées. Et ces deux compères proposaient doctement de stopper toute culture sur 11 millions d'hectares européens (dont, comme par hasard, 7 millions en France!), d'abattre 3 millions de vaches laitières, bref, de mettre en place une honteuse politique malthusienne sans précédent en Europe.

Bien sûr, et grâce à un éclair de lucidité, on refusa de suivre ce mortel chemin. Encore une chance! S'y serait-on engagé que nous serions aujourd'hui à deux doigts de la disette! Mais ce qui est inquiétant et doit accroître notre vigilance, c'est que d'autres « plans miracles et européens » peuvent toujours éclore et conduire l'agriculture à la catastrophe. Car il ne faut pas se faire d'illusions, MM. Mansholt et Vedel ne manquent ni de disciples ni de partisans, et s'il est impensable aujourd'hui d'appliquer leur sinistre solution, rien ne prouve qu'on n'obtiendra pas, par des voies différentes, les résultats qu'ils cherchaient.

Là où un gel systématique des terres a échoué, un exode rural massif et non canalisé peut conduire aux mêmes abîmes, et si pour restreindre les fleuves de lait on s'est refusé à abattre 3 millions de vaches laitières, on peut quand même tarir la source en mettant les producteurs de lait dans l'impossibilité économique de produire.

PLÉTHORE DE PLANS

En ce qui concerne la France, les plans se succèdent depuis quinze ans. Certains sont bons, d'autres incohérents, bien rares furent ceux qui résistèrent à l'épreuve du temps, beaucoup enfin s'édulcorèrent et se déprécièrent au contact des forces concrètes de la nature et de la terre.

Ainsi y eut-il le plan pour la relance de l'élevage, il tourna à la catastrophe pour beaucoup d'éleveurs. Il y eut aussi des plans pour organiser et contrôler le marché foncier, mais beaucoup de Sociétés d'aménagement foncier et d'établissement rural (S.A.F.E.R.) sont aujourd'hui à deux doigts de la faillite, d'autres enfin sont désormais considérées par les agriculteurs comme aussi novices que les agents d'affaires qu'elles sont censées remplacer... Il y eut aussi des plans pour l'aménagement de certaines régions et, dans bien des cas, on atteignit au sommet du délire, on dépensa des sommes fabuleuses pour obtenir, en fin de compte, le massacre du paysage, la stérilisation partielle des terres et des inondations. Il y eut encore des plans pour développer l'enseignement agricole, on s'y prit de telle façon qu'il y aura bientôt davantage de fonctionnaires agricoles répartis dans tous les organismes que d'agriculteurs à la terre!

Tout cela est très affligeant, mais non désespérant et puisque certains plans ne deviennent mauvais que parce qu'ils sont appliqués par des individus incompétents et parasites, il reste toujours comme solution aux agriculteurs de prendre eux-mêmes en charge leur réalisation. Cela n'est pas facile et sans doute faudra-t-il attendre la montée de jeunes classes d'agriculteurs – et non de fonctionnaires prétendument « techniciens » –, plus aptes, de par leur formation, à naviguer dans les domaines administratifs et techniques sans s'y noyer, ni s'y faire récupérer, pour voir enfin entre leurs mains des leviers que leurs aînés n'ont pu, ou su, prendre.

Alors beaucoup de plans oubliés, ou volontairement étouffés, pourront entrer en application et donner de solides structures à notre profession. Si, d'ici là, l'Europe verte n'est pas défunte et si tous les agriculteurs d'Europe sont capables de participer à la direction de l'agriculture moderne, la Communauté européenne existera alors vraiment.

Pour le moment, et bien que nous soyons déjà dans une agriculture moderne, techniquement parlant, nous sommes encore, moralement, dans une sorte de régime féodal. Les agriculteurs travaillent, récoltent et vendent, mais d'autres les dirigent, les commandent et parfois les exploitent. Il ne s'agit pas de rêver à un corporatisme désuet et sectaire par définition, mais à une plus vaste participation à la gestion de la profession.

Si beaucoup d'agriculteurs ont tendance à bouder ou à se détourner de tout ce qui, administrativement, gère leur profession, c'est parce qu'ils sentent qu'on tient pour négligeable ce qu'ils pourraient avoir à dire. Ils défendent leur indépendance par la force de l'inertie. Seule une minorité tente d'intervenir activement, ce qui ne veut pas dire qu'elle soit toujours en accord avec les silencieux, ni que les résultats obtenus soient tous dignes d'éloges. En fait, et bien qu'elle s'en défende, elle se heurte, elle aussi, à une machine administrative, politique ou économique qui, en définitive, agit généralement comme bon lui semble. Les décisions une fois arrêtées par de mystérieux et anonymes ordonnateurs, il ne reste plus qu'à les faire entériner par la minorité, laquelle, bien souvent placée devant un fait accompli, donne, par son accord, l'apparence d'un processus régulier et parfaitement démocratique.

Il faudra bien que tout cela évolue, que tous les agriculteurs se dégagent d'une tutelle qui, sous la monarchie, était seigneuriale, qui devint économique et morale par le protectionnisme de la IIIe République et qui, de nos jours, est bureaucratique.

Et il n'est pas réconfortant de savoir que les autres professions sont soumises aux mêmes diktats. La nôtre, avec plusieurs millénaires d'existence et d'expérience, a, me semble-t-il, le droit d'atteindre enfin à sa majorité.

LA PETITE FLAMME ESPÉRANCE

Mais c'est d'espérer qui est difficile. Et le facile et la pente est de désespérer et c'est la grande tentation.

Charles PÉGUY.

Vouloir brosser l'avenir de l'agriculture est un jeu trop hasardeux pour que j'y participe. Je laisse volontiers aux futurologues, voire aux auteurs de science-fiction, la liberté de s'y livrer. Tout ce que je demande, c'est qu'on ne perde jamais de vue que leurs projections restent dans le domaine de l'amusement. Je rappelle que si l'on avait pris au sérieux les divagations de quelques prophètes, l'agriculture serait, à ce jour, agonisante.

Le passé m'a révélé la construction de l'avenir, assurait Teilhard de Chardin. Le passé de l'agriculture nous révèle lui que les imprévisibles farces de la nature démentent toujours les prévisions. A nous d'en tenir compte et de ne pas nous imaginer que notre scientisme béat et notre technologie avancée nous permettent d'extrapoler dans ce domaine, seule la modestie nous évitera, peut-être, de commettre d'irréparables erreurs.

Bien malin, donc, qui peut dire ce que sera exactement

l'agriculture dans vingt-cinq ans. Seul est-il permis, à l'extrême rigueur, de dire ce qu'elle ne sera sans doute plus et, partant de là, d'esquisser une prudente approche.

UNE VISION D'APOCALYPSE

Ainsi, par exemple, et si l'exode rural continue au rythme actuel, est-il possible d'assurer, sans grand risque d'être démenti, que la majorité des fermes aura disparu, qu'une grande partie de la campagne française sera déserte et que beaucoup de régions végéteront sans espoir de renaissance. Ce n'est pas gai, et ce n'est même plus du domaine des prévisions mais déjà, hélas, des constatations.

Dans le même temps se développera dans quelques départements très favorisés une agriculture de type industriel qui, presque fatalement, sera entre les mains de groupes ou de trusts financiers seuls capables, économiquement parlant, de gérer ces entreprises. Il n'est même pas certain que les agriculteurs en seront les salariés car rien ne prouve qu'ils pourront s'adapter à ces sortes d' « usines de la terre ». Bien rares alors seront les exploitations familiales, garantes pourtant d'un certain mode de vie et d'un humanisme modérateur.

Pour éviter que cette vision d'apocalypse ne se concrétise, il est donc urgent d'intervenir dans les plus brefs délais. Bien sûr, c'est plus facile à dire qu'à faire, il n'est pas simple de remonter une pente lorsqu'on est en train de la descendre à une vitesse croissante. Cette accélération dans la chute est le fruit de plusieurs handicaps qui rendent vaine, pour l'instant, toute tentative de freinage. On crut, en un temps, que l'exode rural et la libération des terres qui en découle permettraient de modeler une nouvelle agriculture; en bref, que la mort de trois ou quatre petites fermes donnerait naissance à une seule unité d'exploitation rendue viable par l'accroissement de sa surface. On conservait de cette façon une agriculture familiale dans toutes les régions.

On oublia, malheureusement, de résoudre deux problèmes majeurs, le foncier et l'économique. Et si on opte aujourd'hui encore pour l'exploitation familiale, on n'a toujours rien fait pour qu'elle survive. Il ne suffit pourtant pas de la déclarer indispensable, encore faudrait-il lui permettre de le rester!

En effet, la libération des terres ne sert rigoureusement à rien si ceux qui devraient théoriquement en bénéficier sont dans l'incapacité de les acquérir. La plus mauvaise terre atteint désormais de tels prix (plus de 10 000 francs l'hectare pour une surface qui ne rapporte pas toujours 100 francs par an!) que beaucoup d'agriculteurs ne peuvent rentablement accéder à sa propriété; elle leur échappe donc au bénéfice de gens qui n'ont rien à voir avec l'agriculture et qui placent leurs capitaux dans la terre comme d'autres les placent dans les tableaux de maîtres ou les meubles anciens, ils savent qu'ils doubleront leur mise en quelques années. Une chance encore lorsque ces acquéreurs daignent affermer leurs champs, ils n'ignorent pas qu'une location peut être une entrave à la vente. Aussi lorsqu'ils s'y prêtent le font-ils à la « petite semaine » et en dehors des baux classiques de fermages et de métayages; le locataire hésitera donc à investir valablement puisque rien ne lui garantira une jouissance durable des surfaces exploitées.

Une telle situation ne peut pas durer, mais on a tellement attendu pour la résoudre, on tergiverse tellement quant aux moyens à employer, que tout laisse prévoir un proche éclatement. Il pourra revêtir plusieurs formes, mais toutes, je le crains, seront violentes et arbitraires; elles mettront en question, par la force des choses, l'actuelle notion de propriété.

Soit il sera interdit de vendre les terres agricoles à

quiconque ne les exploitera pas directement; solution extrême qui fera chuter les cours et lésera tous les propriétaires, y compris les agriculteurs, lesquels sont parfois contraints de vendre et sont alors bien heureux de tirer un bon profit de leurs terres. Soit il sera fait obligation sinon de les cultiver, du moins de les remettre aussitôt en location selon un bail durable; solution bâtarde et tout aussi préjudiciable aux propriétaires que la précédente puisqu'elle dégoûtera bien des acquéreurs, conscients de ne jamais pouvoir rentabiliser l'achat de la terre par le prix de la location. Soit encore l'État devra purement et simplement acquérir toutes les terres disponibles et les relouer aussitôt; système douteux, et même dangereux, puisqu'il conduira presque fatalement à l'instauration de kolkhozes. De plus, il sanctionnera lui aussi les propriétaires – lorsque l'État achète, il n'est jamais généreux – et aussi les agriculteurs car il y aura discrimination quant au choix des locataires. L'État voudra toujours des garanties qui seront établies selon sa couleur. S'il est socialiste, il faudra présenter une carte du parti, s'il est fasciste une quelconque croix gammée, et s'il est libéral ou le système sombrera dans la pagaille, ou il s'enlisera dans le fonctionnarisme, la paperasserie et le déficit.

Voici donc ce qui nous attend à plus ou moins brève échéance si l'on continue à discuter sans agir, à promettre sans tenir tout en espérant, *in petto*, que la situation se décantera d'elle-même. En fait de décantation elle va tout droit à l'explosion...

LES SOLUTIONS EXISTENT

Pourtant quelques essais de Groupements Fonciers Agricoles (G.F.A.) font leurs premiers pas. Sans doute sont-ils l'ébauche d'une solution. Dans les G.F.A. les acquéreurs de la terre se répartissent des actions et le locataire – qui peut être lui-même actionnaire – leur verse le prix de la location. En cas de vente de tout ou partie des actions, il peut exercer son droit de préemption et accéder ainsi à la propriété de la terre. Mais encore faut-il qu'il puisse réunir à ce moment-là l'argent nécessaire!

Actuellement, un des problèmes insolubles de l'agriculture est qu'il faille toujours investir des sommes considérables dans une entreprise qui verse les taux d'intérêt les plus bas qui soient. La solution finale ne pourra venir que de l'État. Ou il laisse le problème foncier en suspens, et condamne ainsi définitivement une large tranche d'agriculteurs, ou il permet à ceux qui le désirent, et qui en sont professionnellement capables, de poursuivre, ou de se lancer dans le métier.

Ainsi devra-t-il accroître la formation des jeunes et aider effectivement ceux-ci à s'installer; il existe déjà des primes d'installation et des prêts spéciaux pour les jeunes, mais les uns et les autres doivent être considérablement amplifiés. Quant aux agriculteurs déjà en place, il faut non seulement les aider à s'agrandir s'ils en ont besoin, en limitant au maximum la spéculation foncière, mais encore veiller à ce que la course ne soit pas faussée au départ.

Car, outre le problème foncier, on a omis, au sujet des conséquences théoriquement positives de l'exode rural, le problème économique. Pour beaucoup d'agriculteurs, disons pour tous ceux qui exploitent une ferme de moyenne importance, il ne sert rigoureusement à rien de s'agrandir, donc d'investir, dès l'instant où, par la faute de la dégradation des revenus, d'une inflation annuelle désormais classique et d'une augmentation des coûts de production, ils sont impérativement obligés de produire toujours davantage pour obtenir un gain qui s'amenuise d'année en année.

Nous en sommes à un point où, comparativement, beaucoup de ceux qui ont pu s'agrandir depuis quinze ans ont un pouvoir d'achat inférieur à celui qui était le leur avant leur agrandissement. S'ils veulent le retrouver, ils doivent encore s'agrandir, investir et produire davantage. Exemple banal de celui qui vivait jadis avec l'élevage de 10 000 poules, il lui en faut aujourd'hui 30 000, et s'il veut être encore là demain, il doit tendre à un élevage de 60 000 ! Et il est possible de transposer cela dans toutes les productions qui font vivre la majeure partie des exploitations.

QUI POURSUIVRA LA TÂCHE ?

Mais on ne peut indéfiniment acheter des terres, créer de nouveaux bâtiments, acquérir un matériel de plus en plus puissant, donc très coûteux, et produire toujours plus. C'est absolument impossible. C'est une course insensée en bien des points comparable aux « amusements » idiots d'une certaine jeunesse incarnée il y a vingt-cinq ans par James Dean : deux voitures roulent à toute allure vers un précipice, le dernier conducteur qui sautera de sa voiture en marche aura gagné... Mais il saute ! Autrement il se tue...

Aussi beaucoup d'agriculteurs sautent-ils, à leur tour, d'un véhicule pris de folie, qui roule de plus en plus vite, exige de plus en plus de carburant et se précipite inéluctablement vers le gouffre. Aussi, lorsqu'on parle de l'avenir, ont-ils quelques bonnes raisons de ne pas le trouver follement excitant. On leur avait dit, l'exode rural vous sauvera, on ne leur avait pas expliqué qu'il les sauverait en les perdant.

On comprend aussi, oh combien ! pourquoi ils hésitent à orienter leurs enfants vers les métiers de la terre. C'est pourtant la logique des choses et la loi naturelle qu'un fils remplace son père et poursuive après lui le labeur héréditaire qui a créé le paysan. Mais un labeur sur quelle terre? Avec quels moyens et surtout dans quelles conditions? Ce n'est pas toujours un bon service à rendre que de léguer une situation condamnée et un héritage hypothéqué...

POUR UNE AGRICULTURE RÉGÉNÉRÉE

Mais je m'en voudrais d'achever cet ouvrage sur une note aussi pessimiste, même si le réalisme m'y incline, tant pis pour le réalisme. L'agriculture peut et doit vivre. Nous avons vu toute la richesse morale dont elle est la dépositaire et la gardienne; nous avons vu aussi toutes les valeurs économiques qu'elle représente et qu'elle représentera de plus en plus dans une population mondiale toujours plus nombreuse et toujours plus affamée. Le tout est de savoir comment elle pourra vivre. Alors faisons preuve d'espérance; il nous en faut, ainsi que du courage.

Espérons donc que le jour est proche où la masse citadine, ayant réalisé que notre agonie annonce sa mort et qu'elle ne pourra jamais vivre sans nous, prendra enfin conscience de l'indiscutable obligation de nous venir en aide. Et ce ne sont pas des subventions que je réclame, mais de la compréhension. Car si on comprend nos problèmes et la précarité de notre situation; si, dans le même temps, on mesure à quel point nous sommes essentiels à la vie de toute la communauté, les questions économiques se résoudront d'elles-mêmes. Mais comme il faut s'aider avant que le ciel nous aide, c'est bien sûr à nous d'élaborer un avenir vivant.

Il est bien évident que nous nous orientons actuellement vers un nouveau type d'agriculture. Plus nous allons, et plus il devient certain que les agriculteurs de demain devront tous être des techniciens de la terre [1], des gestionnaires, des hommes ouverts au monde et capables de prendre en main l'organisation de leur profession. Ce sera pour eux le seul moyen de maîtriser les techniques, d'en être les maîtres et non les aveugles serviteurs. Ce sera aussi pour eux le seul moyen de superviser les circuits commerciaux qui leur échappent actuellement et qui installent entre eux et les consommateurs, et au détriment de tous, la cohorte des intermédiaires.

Mais il y a beaucoup à faire pour réparer les erreurs commises dans bien des secteurs. Ainsi, par exemple, avons-nous trop longtemps négligé un domaine pourtant très important de notre production, celui de la transformation. Habitués à fournir des denrées à l'état brut nous avons par trop oublié que les consommateurs réclamaient de plus en plus de produits finis, bien conditionnés, voire cuisinés. Nous n'avons pas assez développé notre propre industrie agro-alimentaire et nous avons trop souvent laissé à d'autres la possibilité de mettre la main sur un marché qui, logiquement, aurait dû rester le nôtre.

L'industrie agro-alimentaire fait pourtant un chiffre d'affaires très important dont une partie, hélas, nous échappe. Mais ce que nous avons dédaigné, ou peut-être oublié, n'est pas perdu pour tout le monde, loin de là. Certains ont très bien et très vite compris tout le parti qu'ils pouvaient tirer de cette industrie et ils possèdent aujourd'hui le quasi-monopole de plusieurs marchés.

Ainsi 90 % des bouillons et potages divers qu'on nous propose sont-ils fabriqués par des maisons étrangères, lesquelles détiennent aussi 75 % de l'industrie des pommes de terre déshydratées. Ainsi telle grande marque, elle

1. Pierre Le Roy estime que 80 % des agriculteurs ont pour seul niveau celui acquis sur les bancs de l'école communale. *L'avenir de l'agriculture française*, P.U.F.

aussi étrangère, a-t-elle racheté ou implanté chez nous une quarantaine d'usines qui fournissent tout aussi bien des yaourts que des concentrés de tomates. On sait également que des entreprises extérieures tiennent une large place dans la production de confitures et de bière.

Il ne s'agit certes pas de se lancer dans une « chasse aux sorcières » et d'en revenir à un protectionnisme figé. Simplement faut-il à notre tour nous imposer partout où cela est possible et dans tous les domaines où la production de base nous concerne.

LAISSEZ-NOUS QUELQUES ATOUTS

Autre point : à l'heure où plane la menace d'une pénurie d'énergie, où l'on parle d'économie, de hausse du pétrole et de centrales nucléaires, rien n'est fait par exemple pour donner aux fermes une source d'énergie autonome et non polluante. Pourtant, beaucoup d'exploitations et même d'agglomérations rurales pourraient, si on leur en donnait les moyens et l'autorisation, fabriquer leur propre énergie par la seule utilisation du vent. Mais les éoliennes sont vues d'un très mauvais œil par la toute-puissante E.D.F., par les non moins puissants trusts pétroliers, et enfin par l'État; tous les trois perdraient beaucoup trop d'argent si, par malheur pour eux, et par chance pour nous, ils ne possédaient plus le monopole du marché de l'énergie. Aussi les éoliennes sont-elles hors de prix et soumises à tout un tas de tracasseries dont l'administration a le secret. De plus, on se garde bien, sauf aux États-Unis, de chercher à les améliorer et à les vulgariser. Bref, on nous conjure de faire des économies tout en s'opposant à ce que l'on en fasse.

Il faudra pourtant, si l'on veut que vive l'agriculture familiale, lui donner tous les atouts qui lui permettront de se maintenir, et l'accession à l'autonomie d'énergie n'est qu'un exemple parmi tant d'autres. Cela n'empêchera certes pas que disparaissent encore bien des fermes, toutes celles qui sont incapables d'évoluer dans le bon sens du terme et qui se meurent dans un mode de vie et d'exploitation archaïque.

L'heure de l'empirisme est révolue. Il était à la rigueur concevable dans les petites fermes aux petites surfaces improductives, mais elles ne pourront tenir longtemps car elles ne peuvent déjà plus lutter dans un monde qui fait de la mécanisation, de la production et de la compétitivité un impératif vital; déjà elles disparaissent. C'était sans doute fatal. McCormick, en inventant la faucheuse, faucha aussi l'avenir des travailleurs à la faux, il eut pourtant raison de l'inventer. Il en est des trop petites fermes comme de tous les petits artisans que l'ère industrielle condamna à mort; on peut si l'on veut verser un pleur sur eux, ce n'est pas ce qui les ressuscitera. Leur place est prise.

DES EXPLOITATIONS POUR LA FAMILLE

A ces petites fermes, armature de la campagne française, il est donc urgent de substituer des exploitations viables – ce qui ne veut pas dire gigantesques ou industrielles –, des exploitations qui, si l'on veut qu'elles s'accrochent durablement, devront être le bien propre de la famille, son asile, son gagne-pain et son épanouissement.

Le remembrement devra donc lui aussi participer à l'instauration d'une agriculture régénérée. Mais il ne doit pas être systématique car, bien souvent, et par le jeu de l'exode rural, il s'opère naturellement (ou devrait s'opérer si la spéculation foncière n'existait pas) lorsqu'une ferme laissée vacante vient s'accoler à une exploitation viable. De plus, il est très coûteux et parfois même maladroit. Dans certains cas il heurte tout à la fois les hommes et la nature.

Il choque les hommes, lorsqu'il est conduit sous une optique exclusivement technique, au mépris des facteurs psychologiques les plus élémentaires; et si un certain nombre d'agriculteurs s'insurgent contre lui, c'est souvent parce qu'on a méprisé les attaches sentimentales qui retiennent un homme à sa terre. Certes, ces liens ne doivent pas, en finalité, prévaloir sur une réalisation d'intérêt collectif, mais ce n'est pas en les tranchant sans aucun ménagement qu'on simplifie les problèmes, bien au contraire.

Et il heurte aussi parfois la nature lorsqu'on tient pour négligeables les enseignements de deux mille ans d'agriculture. Contrairement à ce qu'on a cru un peu trop vite, les haies ou talus n'étaient pas tous embarrassants et superflus. Beaucoup même avaient une indiscutable utilité, on s'en rend compte lorsque, condamnés et rasés par les techniciens, s'installent derrière eux des microclimats imprévus et souvent désastreux. On ne s'en vante guère mais déjà, çà et là, on replante des haies... Il aurait été plus sage d'arracher les anciennes avec un peu plus de discernement.

Malgré ces bavures qui, une fois encore, sont le fait des réalisateurs et non du principe, il est évident que la vie de beaucoup d'exploitations passe par le remembrement. On peut hélas craindre qu'elles aient disparu avant d'être sauvées car, à la vitesse où est effectué le remembrement, il n'est pas du tout certain qu'il ait achevé son œuvre avant l'an 2000...

Il sera également indispensable d'assurer à ces fermes une vie sociale ouverte sur l'extérieur, d'où l'importance d'entretenir aussi la vie des bourgs et des villages. De développer aussi les gîtes ruraux et le camping à la ferme, où, pendant les vacances, les citadins découvriront, de visu, les aspects méconnus du travail de la terre tout en participant économiquement à son salaire.

Il est bien possible enfin que ces exploitations s'orientent de plus en plus vers le travail effectué en commun par le regroupement des unités « travailleurs » de plusieurs fermes. Ce n'est plus une innovation puisqu'il existe déjà en France près de 7 000 G.A.E.C. (Groupement Agricole d'Exploitation en Commun), ça deviendra peut-être une habitude. Et l'achat du matériel en commun se vulgarisera lui aussi. Mais tout cela ne peut se faire en un jour, et il faudra sans doute bien des années et une classe montante dynamique pour qu'émerge le visage rénové de l'agriculture.

UNE CERTAINE IDÉE DE L'HOMME

Bien entendu, pour que ces exploitations familiales vivent, il sera, et il est déjà, indispensable que prenne fin l'infernale course dont nous parlions plus haut. Car, si par malheur on continue d'année en année à élever le palier à atteindre, à hausser toujours la barre, rien de ce que je viens d'écrire ne sera réalisable. Et s'il est impossible de juguler l'inflation, le coût de la vie et des moyens de production, qu'on veuille au moins nous assurer un revenu en accord avec cette dépréciation monétaire.

Ou alors qu'on nous permette de retrouver une forme d'autarcie grâce à laquelle nous pourrons contrebalancer les méfaits d'une civilisation qui oblige à consommer sans pour autant en donner les moyens et pousse la folie jusqu'à faire de l'argent le but principal de la vie. Il ne s'agit pas, bien entendu, d'en revenir à l'éclairage à la bougie, au port des vêtements tissés à la maison et à la ferme fortifiée. Il faut simplement trouver le juste milieu, celui qui permet, tout en participant à l'évolution naturelle d'une société, de ne pas en être l'esclave mais l'artisan et, si besoin, le régulateur.

Une chose est de faire partie de cette société, une autre est de s'y perdre. L'agriculture ne pourra tenir sa place et remplir son rôle, qui n'est pas uniquement nourricier mais aussi moral et social, que si elle évite le piège de l'intégration aveugle dans un système qui, déjà, marche à sa perte. Elle est trop le fait de l'homme pour pouvoir résister dans une société qui tient pour négligeable le facteur humain. Elle ne se sauvera qu'en défendant sa notion de l'homme.

C'est pour cela que je crois peu à un avenir de l'agriculture sous forme d'immenses fermes industrialisées à outrance. Ces grands complexes agricoles auront la fragilité d'un colosse aux pieds d'argile. Toujours à la merci d'une grève de personnel, mal travaillés par des gens qui n'auront aucune raison d'aimer la terre, gérés par des ordinateurs, ils ne résisteront ni à la nature ni au temps.

En revanche, survivront les exploitations familiales animées par les hommes responsables de leurs terres, de leurs actes, de leur avenir et de leur famille. C'est vers ce type d'exploitation qu'il faut se diriger.

NOTRE AGONIE EST VOTRE MORT

C'est sans doute en complète contradiction avec les notions d'économie moderne qui ont déifié la sacro-sainte production-consommation, donc la course au profit dont on nous garantissait la perfection. Mais quelles sont ses « réussites »? Un exode rural accru, la mort de toute une tranche de l'agriculture mise en demeure de consommer alors qu'on la savait incapable de produire en proportion et, dans l'ensemble de la société, un dégoût de vivre de plus en plus marqué, car l'appât et la poursuite de l'argent ne sont pas des motivations suffisantes pour embellir l'existence. Il en résulte, et surtout dans le monde citadin qui est aux premières loges de cette sinistre mascarade, un abandon et une fuite de toutes les responsabilités, et une attirance morbide vers la déliquescence généralisée.

Retranché derrière l'inconsistant rempart de biens exclusivement matériels qu'il possède, ou qu'il s'efforce d'acquérir, le monde prétendument évolué et moderne s'autodétruit par démission. Il n'est pas certain, heureusement, qu'il ait le temps de poursuivre jusqu'à son terme fatal le processus gangreneux dans lequel il se complaît. Tout actuellement tend à prouver que l'avenir du principe production-consommation est derrière lui. Le gaspillage outrancier n'aura qu'un temps. Gaspillage des valeurs humaines, mais aussi des matières premières, de l'énergie, des denrées alimentaires, de la nature.

Nous sommes déjà engagés dans une guerre économique et morale dont l'issue fait peu de doute si nous ne réagissons pas. Il va donc falloir, au plus tôt, réviser complètement nos notions actuelles de « civilisation », faute de quoi tous ceux qui ont physiquement et moralement faim de par le monde viendront nous inculquer les leurs; il est peu probable qu'elles nous enchantent...

LA DEUXIÈME VERTU SE NOMME ESPOIR

L'agriculture a traversé tous les conflits car elle a toujours su, lorsqu'il le fallait, prendre de la hauteur par rapport au monde qui l'entourait. Elle préserva ainsi son sens moral et conserva une certaine indépendance économique. Et si les bouleversements ont toujours fini par l'atteindre, elle a généralement subi l'onde de choc lorsque celle-ci arrivait en bout de course, c'est-à-dire atténuée.

Nous sommes déjà en conflit et celui-ci nous ébranle sévèrement car on nous a contraints à entrer de plain-pied dans la lutte. Déjà nous sommes économiquement cernés, ce qui ne veut pas dire déjà vaincus. Et puisque la crise de civilisation est également d'ordre moral, nous pouvons et devons lutter sur ce plan-là. Il faut toujours choisir le champ de bataille qui convient le mieux aux armes que l'on possède.

C'est donc à nous d'imposer notre conception d'un monde moderne et humain dans lequel le matérialisme sera remis à une place qu'il n'aurait jamais dû quitter, une place de subalterne. L'homme alors retrouvera sa vraie dimension.

Voilà pourquoi l'agriculture n'est pas un métier en voie de disparition, mais un métier d'avenir car il est profondément humain. Certes, il doit franchir bien des étapes, il doit encore s'épurer et évoluer. Mais le temps n'est pas très loin, j'espère, où on le mettra au rang qui lui est dû. On reconnaîtra en lui l'ultime place forte où l'individu aura, en tant que tel, toute sa raison d'être.

Il n'est pas impossible alors que les hommes, traqués ailleurs, numérotés, tatoués, conditionnés, appâtés, engraissés et prêts à l'abattage, viennent sous peu demander au monde rural le secret qui donne sa saveur à la vie. Espérons qu'il survivra au moins un agriculteur pour leur répondre...

CETTE TERRE EST AUSSI LA VÔTRE

Notre promenade à travers la campagne touche à sa fin et j'ai conscience d'avoir ouvert un chemin sans grandes surprises, ni pittoresque. Parfois même fut-il chaotique car un peu trop technique pour quelques lecteurs mais, dans le même temps, il sera jugé trop puéril par les techniciens.

Mais tous les chemins de campagne ne sont pas goudronnés, ni balisés, ni d'un tracé rigoureux et logique; ils musardent çà et là, s'offrent des lacets apparemment inutiles, flânent à l'ombre des sous-bois et se chauffent à flanc de coteaux, ils font un peu ce qu'ils veulent. Il faut les prendre tels qu'ils sont. Et s'ils ne conviennent pas, il est toujours possible d'emprunter une autoroute à péage, là, on n'a pas de problème, mais pour ce qui est de regarder le paysage...

Partant de ce chemin, il reste bien des sentiers à découvrir pour ceux à qui ces pages donneront peut-être l'envie de mieux connaître, donc de mieux comprendre et aimer, l'agriculture et ses serviteurs.

Ces sentiers, vous devrez les parcourir en solitaire, sans ces partis pris ni ces préjugés dont j'ai essayé d'atténuer la rigueur. Et tant mieux si j'ai un peu attisé votre curiosité, vous n'aurez que plus de plaisir à l'assouvir au hasard de votre périple.

Bien entendu, et comme dans toutes expéditions dignes de ce nom, vous risquez de tomber parfois sur des cannibales, des coupeurs de têtes, des sauvages. On en trouve partout, dans tous les métiers et dans tous les milieux; l'important est de se rappeler que, s'ils font partie de la profession, ils n'en sont pas pour autant les seuls représentants.

A l'inverse, si vous faites connaissance avec des élites, sachez les apprécier sans toutefois reprocher à ceux qui n'en sont pas leur retard ou leur ignorance.

En fait, sans doute rencontrerez-vous tout simplement des hommes. C'est-à-dire des êtres qu'il faut découvrir et écouter, ils le méritent. Des hommes qui travaillent et vivent sur une terre qui est aussi la vôtre.

II

CHRONIQUES DE LA TERRE 1979-1992

FUITE EN AVANT

J'aurais aimé que cette première chronique soit, avant tout, porteuse de joie, de bonne humeur, d'optimisme. Une année meurt, l'autre voit le jour; l'ambiance des fêtes est encore là qui nous incite, à travers la gaieté et l'émerveillement des enfants, à voir la vie en rose et à croire, pour quelques heures, au père Noël!

Il faut donc reprendre le collier et aborder franchement cette année que d'aucuns disent capitale pour notre avenir. Elle le sera sûrement, mais peut-être pas dans le sens prôné par ceux qui, perdus tout là-haut dans la stratosphère du pouvoir et de la décision, nous assurent que seule l'Europe qu'ils veulent nous imposer sauvera l'agriculture.

Or, si tout le monde est à peu près d'accord sur la nécessité d'une Communauté européenne solide, l'unanimité est loin d'être faite sur la façon de bâtir! Il se trouve même quelques mauvais coucheurs – dont je suis – pour penser que cette année marquée par le sceau d'un Parlement européen dont on nous saoule n'aura de capitale que la peine du même nom...

Eh oui! il m'arrive comme tout un chacun, de regarder

s'ébattre – et parfois même se battre – les princes qui nous endorment. Force m'est alors de les renvoyer tous dos à dos car, hélas! qu'ils soient de droite ou de gauche, fidèles giscardiens, prétendument gaullistes ou disciples de Marx, tous ont ce point commun de vouloir à tout prix nous bercer d'illusions!

Il est quand même ahurissant de constater comment, depuis quelques années, on tente de nous faire croire que la fuite en avant est le plus sûr moyen de progresser. Voici, parmi tant d'autres, deux exemples de cette « stratégie du recul en avant ». L'Europe des Neuf, canard boiteux depuis sa création, claudique de plus en plus! Qu'à cela ne tienne, on va la faire à douze et ainsi, du moins, boitera-t-elle en cadence... Les gouvernements des Neuf passent leur temps à se chipoter, à se faire des crochepieds et autres coups de Jarnac! Qu'importe! On va élire un Parlement pour mieux arbitrer les pugilats et compter les coups...

Ainsi, de concessions en pirouettes, s'enfonce-t-on dans l'immobilisme et l'atonie; état qui, pour beaucoup d'agriculteurs, risque de déboucher sur le coma profond...

Pessimistes mes propos? Non, réalistes tout au plus Réalistes mais néanmoins confiants puisqu'il ne tient qu'à nous de réagir et d'agir tout au long de cette année... que je vous souhaite, à tous, la plus heureuse possible.

Janvier 1979

POUR LE PLAISIR

Depuis quelques jours, nous bénéficions, dans la région, d'un temps qui, déjà, sent le printemps. Certes, les températures nocturnes sont encore basses et le vent est frisquet, néanmoins, les après-midi sont presque chauds, suffisamment du moins pour inciter tout le monde à s'occuper des terrains potagers en sommeil depuis la fin de l'été. En effet, la sécheresse d'arrière-saison à laquelle l'hiver succéda sans transition ne nous a pas permis d'effectuer, en temps voulu, les travaux nécessaires; il est donc urgent de rattraper les mois perdus.

Un de mes voisins, à la retraite depuis quelques années, mais qui meuble ses loisirs en cultivant un lopin de légumes, fut parmi les premiers à labourer ses quelques plates-bandes et, en l'observant, il apparaissait nettement qu'il y prenait une joie extrême. Oui, autant le dire tout de suite, il est manifeste que cet homme trouve une véritable jouissance dans son travail. La preuve, je sais qu'il possède une de ces petites fraises à moteur qui vous ameublent un terrain en un rien de temps. Loin d'en faire usage, il a entrepris d'émietter tout son labour à la main. Armé d'un vieux croc à fumier, aux dents usées par quinze ans de service, il s'installe dans sa terre dès la pointe du jour et s'échine jusqu'au soir.

Nul doute que, si un distingué économiste, règle à calcul en poche, passait sur le chemin et observait ce vieil homme, il aurait tôt fait de lui démontrer, chiffres en main, que, vu le temps qui leur sera consacré, les légumes qui pousseront là atteindront un prix de revient exorbitant!

Et alors, quelle importance? Que vient faire l'argent dans cette histoire? Ce qui importe et qui est réconfortant à notre époque où seuls priment le matérialisme et le chiffre d'affaires, c'est qu'il existe encore des hommes qui aiment la terre au point de la travailler pour le plaisir.

Mars 1979

ENTRE DEUX ANDAINS

Si tout va bien, si le ciel reste clément et chaud, j'aurai peut-être fini mes foins lorsque paraîtront ces lignes. Pour l'instant, je l'avoue, les prairies qui réclament la barre de coupe me préoccupent davantage que la confection de ce billet.

Ah! Ces foins. On en rêve surtout lorsqu'ils sont finis, lorsque les bottes bien empilées dans le hangar donnent la rassurante certitude que les bêtes auront leur crèche pleine, quand l'hiver sera là. Alors, oui, quand tout est à l'abri, on souffle enfin, on reprend un rythme moins effréné et on s'aperçoit que depuis quinze jours ou trois semaines on a vécu à l'heure du soleil – la seule valable pour faire du bon travail – et non en fonction de cette stupide pendule officielle qui nous expédie dans les prés quand le soleil est au zénith, à ces heures bouillantes pendant lesquelles les gens sensés font la sieste, sauf naturellement s'ils ont du fourrage à rentrer ou des moissons à battre...

Période très fatigante donc. Pourtant, comme je le répète chaque année aux enfants – qui eux ont de tous temps connu le tracteur, le râteau-faneur et la presse –, la fenaison à laquelle ils participent n'a plus grand-chose de commun avec celle qui, voici encore vingt-cinq ans, était en vigueur dans la région. Je sais même qu'ils ont peine à croire que l'usage de la faux et du râteau en bois était alors aussi classique que l'est aujourd'hui la faucheuse portée.

On dira ce que l'on voudra, cette évolution est bien agréable, et tout ce qu'il faut souhaiter, c'est que la crise de l'énergie ne nous contraigne pas un jour à en revenir à ces archaïques techniques de travail dont seuls quelques nostalgiques rétrogrades déplorent la disparition.

Allons! dussent en pâtir quelque peu la longueur et la teneur de ce billet, les foins m'attendent et le temps presse. Bonne récolte à vous tous!

Juillet 1979

LA CULTURE DES CONTRADICTIONS

Méprisés ou négligés depuis des années, les jardins potagers redeviennent aujourd'hui très à la mode. Je ne parle pas de nos potagers, à nous, agriculteurs, qui jamais ne furent dédaignés, mais de ces lopins que beaucoup de citadins s'emploient aujourd'hui à reprendre en main ; le gazon et les plantes d'ornement cèdent la place aux carottes et aux poireaux, et les maraîchers néophytes sont désormais plus fiers de leurs pieds de laitue que de leurs hortensias.

Ces mini-retours à la terre me semblent intéressants. Ils prouvent que l'Homme a viscéralement besoin d'un contact concret avec la nature ; plût au ciel que tous ceux qui redécouvrent l'existence de la terre redécouvrent aussi la vie et le travail de ceux qui l'entretiennent, nous en l'occurrence.

Mais nous vivons vraiment dans une curieuse époque. En effet, alors que tout le monde se veut le défenseur et l'amoureux de la nature, alors qu'on organise à grand renfort de publicité des journées de l'arbre ou des journées du soleil, il ne se passe pas d'heure sans que cette nature qu'on prétend aimer soit violée, massacrée, bafouée. Dans le Midi, des milliers d'hectares de pinèdes brûlent et brûleront peut-être tout l'été à cause de l'imprudence de quelques sinistres imbéciles. Dans le même temps, et parce que trop de promeneurs se sont comportés comme des barbares, l'administration du parc naturel des Pyrénées se voit obligée, pour sauver le site, la faune et la flore, de mettre en vigueur un règlement impitoyable. Enfin, au bord de chaque route, s'accumulent les détritus dont se débarrassent sans aucune gêne nombre d'automobilistes.

Pauvre nature, pauvres forêts, pauvre terre, il y a encore beaucoup à faire pour vous défendre. Mais ne désespérons pas et souhaitons que l'engouement et les soins que beaucoup portent aujourd'hui à leurs lopins de légumes s'étendent à l'ensemble de la campagne. La France sera belle quand chacun aura compris qu'elle est le jardin de tous.

Juillet 1979

PLUS RIEN À PERDRE...

« Maintenant, on n'a plus rien à perdre, alors on ira jusqu'au bout... », me confiait récemment un éleveur de moutons. Il revenait de Limoges, et me brossa un tableau de la gigantesque manifestation qui, voici quinze jours, rassembla plus de 10 000 participants venus de trente départements, et qui tous luttent aujourd'hui pour leur survie. Et en effet, l'existence de ces éleveurs est suspendue à une seule décision qui, si elle est prise, se transformera aussitôt en un verdict sans appel qui condamnera à la disparition des milliers d'éleveurs ovins.

Pour eux, nul recours, nulle reconversion possible; il suffit pour s'en convaincre de traverser par exemple le Causse de Gramat et les « terres » qui s'étendent là. Seules les brebis sont capables de subsister dans ces caillasses. Alors, bien sûr, si le plan Gundelach [1] est adopté et si, en toute impunité et pour plaire à nos partenaires, les agneaux de Nouvelle-Zélande peuvent inonder le marché européen à des prix défiant toute concurrence, les moutonniers de nos pauvres régions françaises pourront mettre la clé sous la porte et aller grossir le chiffre déjà alarmant des chômeurs. Quant à leurs propriétés, elles retourneront aux ronces qui, déjà, les cernent de toutes parts...

Si j'avais un conseil à donner aux spécialistes européens, dont dépend désormais notre sort à tous, ce serait

1. Du nom du commissaire européen chargé des questions agricoles.

d'organiser entre eux un voyage d'exploration, de quitter les grands axes routiers et les contrées verdoyantes et riches, et de s'enfoncer dans ce qui est déjà le désert français. De s'aventurer dans ces espaces déjà vides d'habitants, ces villages abandonnés, ces friches qui, telle une lèpre, rongent déjà – et pour ne citer qu'eux – les départements du Lot, de la Lozère, de l'Ardèche.

Alors, et si toutefois ces messieurs qui font l'Europe sont capables de regarder autre chose que leur nombril, s'il leur reste encore une once de bon sens et d'humanité, peut-être s'y prendront-ils à deux fois avant de condamner d'un trait de plume négligent mon voisin éleveur de moutons, non loin de Figeac, dans le Lot, en France.

Août 1979

COMME AU COIN D'UN BOIS...

Jadis, certains coins de nos campagnes étaient bien connus pour être des lieux où il ne faisait pas bon s'aventurer seul, surtout après le coucher du soleil. Et malheur à l'imprudent qui empruntait tel chemin, se hasardait dans tel bois, les coupe-jarrets qui infestaient ces lieux avaient tôt fait de le délester de sa bourse après l'avoir roué de coups.

De nos jours, ce n'est plus tellement au fond des bois que l'on risque une mauvaise rencontre, mais plutôt en ville, dans quelques ruelles obscures, dans un couloir du métro ou dans un parking souterrain. Pourtant, il faut qu'on le sache, on vole toujours dans les campagnes, on vole impunément, mais sans violence et en toute quiétude car le fait est reconnu par tout le monde.

Ce sont du moins les réflexions qui me sont venues à l'esprit cette semaine lorsque j'ai embarqué un lot de broutards, des bêtes qui, sans être exceptionnelles, étaient quand même très correctes et qui feront, j'en suis certain, le bonheur des Italiens qui ont condescendu à m'en débarrasser! Car nous en sommes là, non contents de nous payer, je veux dire nous prendre, nos animaux au même prix qu'il y a quatre ans, les acheteurs nous assurent toujours que c'est vraiment pour nous faire plaisir, et par pure bonté d'âme qu'ils s'embarrassent de bestiaux qui, à les entendre, ne valent rien!

Le même prix qu'il y a quatre ans, ai-je dit, oui, et tout le monde le sait, comme tout le monde sait qu'il faut, au bas mot, compter sur une inflation annuelle de 12 % – sans parler des 30 % supplémentaires réclamés cette année pour les cotisations de la mutualité agricole – et sans parler, bien entendu, de l'augmentation permanente des aliments pour bétail. Alors, que cela plaise ou non à certains, force nous est bien de dire que les voleurs, comme jadis hantent toujours les campagnes. Comme jadis mais à un détail près, jadis, les voleurs pris étaient pendus; aujourd'hui, on se contente de nous dire, pour nous consoler: « Ne vous inquiétez pas, ça ira mieux l'année prochaine! » Oui, mais pour qui?

Novembre 1979

L'ARME VERTE

Un clou chasse l'autre, dit-on, bien qu'en l'occurrence les clous auxquels je pense soient plutôt des échardes – et de belle taille – le dicton reste vrai. Souvenez-vous : voici moins d'un mois, chaque journal, chaque information radio ou télé nous brossait le spectacle apocalyptique d'un Cambodge massacré, ruiné et d'un peuple qui mourait de faim. Puis, soudain, le Cambodge passa au second plan, on l'oublia presque car, ailleurs, un barbichu fanatique revint à la « une » de l'actualité en prenant comme otages les citoyens du peuple le plus nanti du monde. Depuis, on ne parle que de la folie de ce redoutable illuminé et du danger qu'il représente pour tous, mais on ne parle presque plus de Cambodge, cependant, on y meurt toujours de faim.

Et pourtant, ne serait-il pas urgent d'établir un parallèle entre ces deux événements ? Il faut se faire à l'idée, et une fois pour toutes, qu'au-delà de ces motivations primaires – qu'elles soient politiques ou religieuses – se révèle le vrai fond du problème, celui qui, de tous temps a fait toutes les guerres du monde et qui est avant tout un problème alimentaire.

Dans le cas du Cambodge, c'est net, cette défaillance économique se résume en trois mots : agriculture détruite = faim. Pour les pays producteurs de pétrole, c'est plus subtil : insuffisance agricole, donc chantage à l'énergie = alimentation...

Alors, dès l'instant où l'on sait, car tout le prouve, que l'arme la plus redoutable du monde s'appelle nourriture, on peut s'étonner qu'un pays comme la France en soit encore à se demander s'il est nécessaire de développer toute notre agriculture et dans tous les domaines. Pour l'instant, beaucoup se posent la question, ou proposent des orientations dangereusement sélectives. Plaise à Dieu que les centaines de millions d'hommes sous-alimentés qui végètent de par le monde ne décident soudain que nos tergiversations ont assez duré et qu'ils doivent prendre l'affaire en main.

On comprendra alors, mais il sera trop tard, que nous possédions avec l'agriculture la meilleure arme mais que nous n'avons pas su nous en servir pour maintenir la paix.

Décembre 1979

ADIEU, BAPTISTOU !..

Il n'était pas méchant, Baptistou, et ne faisait peur à personne. Tout le monde le connaissait, l'aimait bien et respectait même son permanent sourire angélique. Malgré ses cinquante ans, il était capable de jouer comme un gosse, pendant des heures, avec deux cailloux, un bout de bois et une fleur. Il jouait, mais savait néanmoins garder les vaches ; et les bêtes aussi le connaissaient et ne lui faisaient pas de misères. A l'époque – je vous parle d'un souvenir vieux de trente-cinq ans – on disait de Baptistou qu'il était simplet, et le mot n'était pas péjoratif.

Des simplets comme lui, il s'en trouvait dans beaucoup de villages et personne ne se plaignait de leur présence. En revanche, et parce que l'on savait que ces pauvres hères n'étaient pas tous aussi calmes et réjouis que Baptistou, c'était leur famille que l'on plaignait un peu. Mais on ne leur en voulait nullement de ne pas vouloir se séparer de ces grands enfants.

Aujourd'hui, il n'y a plus de simplets, mais des handicapés et plus personne n'en veut. On les enferme, on les parque et des pétitions circulent pour s'opposer à leur présence, et des maires leur interdisent leur commune lorsque, par hasard, une âme charitable veut créer pour eux une maison où ils pourront, sinon vivre comme tout le monde, du moins circuler et exister loin des regards haineux et des réflexions désobligeantes que leur lancent certains bien-portants.

Pauvre Baptistou, naguère on t'acceptait, aujourd'hui on t'enferme, on te cache ; il paraît que tu fais peur. Demain, sans doute, une loi meurtrière – une de plus – autorisera ta suppression. Elle sera votée après un sondage favorable recueilli auprès de « bons » citoyens. Ceux-là même qui, aujourd'hui, s'insurgent – avec raison d'ailleurs – devant le fanatisme d'un quelconque ayatollah.

Mais ignorent-ils, ces « bons » citoyens, que ce meutrier fanatique a tout simplement commencé par l'intolérance exercée contre tous ceux qui sortent de la normale, comme toi, pauvre Baptistou?...

Janvier 1980

OUI, MERCI CHAUFFEUR!

Il n'était pas censé connaître ma profession, ce chauffeur de taxi parisien qui me prit en charge, place Saint-Sulpice. Bien entendu, la direction que je lui fixai, la porte de Versailles, lui mit peut-être *la puce à l'oreille* et lui fit comprendre que je n'étais pas indifférent à ce qui touche l'agriculture. Ce ne fut pas moi qui amorçai le dialogue, mais ce chauffeur qui, entre deux slaloms, lança la conversation sur le Salon de l'agriculture et, par ce biais, sur nous, agriculteurs.

Prudent, et presque sur la défensive, je me préparais à plaider notre cause car je sais, par expérience, qu'il est de bon ton de gloser sur notre dos. Eh bien, je peux l'affirmer, il existe au moins un chauffeur de taxi qui, sans fioritures, ni envolées de manches, ni recherches littéraires, plaide pour nous et avec quelle véhémence!

Le Salon? Ouais, j'y ai été ça fait trois ans. Terrible, hein? Qu'est-ce que c'est beau! Et ces bestiaux! Et les machines! Mais, bon Dieu, c'est vachement cher tout ça et quand on sait ce que ça rapporte! Moi, vous voyez, souvent je charge des clients qui se plaignent que la bouffe est trop chère et que les paysans râlent toujours. Alors je leur dis : « On voit bien que c'est pas vous qui cultivez la bouffe! » C'est vrai, ça, sans blague! Les gens des villes se rendent plus compte, ils voudraient tout à l'œil, mais je leur dis aussi : « Et pendant vos week-ends, vos congés et tous les jours, qui c'est qui se farcit de traire les vaches? Et les légumes, vous croyez que ça pousse tout seul? Je vais vous dire, monsieur, les paysans, on se fout d'eux, n'empêche, s'ils n'étaient pas là pour remplir nos assiettes, on aurait l'air malin, nous, dans les villes! »

Il m'a déposé devant l'entrée du Salon et m'a souhaité une bonne journée. Et moi, oui, le prix de la course et le pourboire, je lui ai simplement dit merci. Oui, merci chauffeur, vous au moins vous avez compris l'essentiel.

Mars 1980

SUIVEZ LE BŒUF, MAIS LEQUEL?

Lors de mon dernier passage à Paris (je suis parfois contraint d'y faire un saut puisque, hélas! rien ne peut se faire en France sans la « caution » de la capitale), j'ai été stupéfait, presque choqué même, par une affiche de belle taille, abondamment placardée dans les couloirs du métro. Et ce ne fut pas l'anatomie complaisamment dénudée d'une belle fille vantant l'utilité de tel produit ou les charmes de telle croisière qui me fit froncer les sourcils : l'emploi de la femme comme support publicitaire est devenu tellement banal qu'on finit par ne plus y prêter grande attention.

En revanche, je tombai en arrêt devant l'affiche sur laquelle se découpait la silhouette d'un énorme bovidé proclamant le slogan suivant : « Ouverture de nos restaurants : suivez le bœuf argentin! » Sans jeu de mots facile, j'ai vu rouge! J'ai vu rouge parce que je connais les difficultés que nous rencontrons, chez nous, pour écouler nos bovins, qu'ils soient limousins, charolais, normands, français en quelque sorte! J'ai vu rouge parce que je sais très bien que le marasme dont tous les éleveurs pâtissent n'est pas à la veille de prendre fin, et ce, malgré les promesses que l'approche d'une certaine élection entache d'un opportunisme et d'une hypocrisie dont nul n'est dupe. Alors, de voir proposer le bœuf argentin pendant que nous ne pouvons pas correctement monnayer nos propres bestiaux, il y a de quoi se fâcher, non?

Bien sûr, je n'ignore pas que la concurrence commerciale peut être un bon stimulant; que le protectionnisme est foncièrement malsain, ce n'est donc pas la fermeture des frontières que je réclame. Pour tout dire, il m'importerait peu que l'on nous expédie du bœuf argentin, du poulet américain et même du mouton anglais si, dans le même temps, nous écoulions nos productions dans ces mêmes pays, et sans y perdre, bien sûr!

Mai 1980

CHOISISSONS L'HUMOUR

Un troupeau de moutons au milieu des poulets – excusez-moi; je veux dire au milieu d'une cohorte de représentants de l'ordre – c'est drôle, sympathique et efficace. La preuve, n'a-t-on pas abondamment parlé de ces éleveurs de la Haute-Vienne qui, pris de hargne – et on les comprend – ont décidé de livrer à domicile quelques agneaux au président de la République. Leur coup a réussi puisque toute la presse a relaté cette expédition. Quant à moi, je l'avoue, je trouve beaucoup plus amusant de voir les agents de police courir derrière des ovins malicieux, que de voir ces mêmes agents rétablir l'ordre à coups de matraque. De plus, et cela mérite d'être noté, il est certain que les forces de l'ordre sont plus facilement submergées et désorientées par une douzaine de moutons que par quelques centaines de manifestants. Et ce, pour la bonne raison qu'il est légal de matraquer les citoyens mais que, si d'aventure, quelque gardien de la paix, excédé par un mouton rétif, se hasardait à le bastonner, il serait aussitôt poursuivi par la Société protectrice des animaux! Blague à part, ce qui compte dans une revendication, c'est son efficacité, mais aussi la façon dont elle est perçue par le public. Vu sous cet angle, il est évident que les badauds préfèrent s'offrir une pinte de rire à la vue des C.R.S. faisant la course aux moutons, plutôt que de voir les camions en flammes à la frontière espagnole, ou les pommes de terre répandues sur les routes.

Certes, je comprends parfaitement la colère et le désespoir des agriculteurs du Sud-Ouest submergés par les primeurs d'Espagne. Il n'est donc pas question de leur reprocher leur révolte. Mais peut-être peut-on se demander s'ils ont choisi le meilleur moyen d'action. Je n'en suis pas sûr. Détruire des denrées reste et restera toujours un gâchis – pour ne pas dire plus – tant qu'un seul enfant au monde mourra de sous-alimentation ; et cela ne fait rire personne.

Juillet 1980

VERS L'ABATTOIR

Très indécente cette campagne d'autosatisfaction, lancée par l'Union des consommateurs, à la suite de la capitulation des ministres de l'Agriculture de la C.E.E. interdisant l'emploi des hormones dans l'alimentation des veaux. Oui, vraiment, quoi qu'en pensent les vainqueurs, et quoi qu'en disent les médias – dont la complaisance et la complicité permirent, sous couvert d'« informations » de mener à bien cette campagne d'intoxication – il n'y a pas de quoi être fier !

Non, franchement, si j'étais à la place des inventeurs de cette grotesque guerre des hormones, je ne pavoiserais pas. Car je me sentirais gêné d'avoir ainsi trompé – je maintiens le mot, car les mensonges par omission existent ! – les consommateurs. Gêné aussi d'avoir flatté chez mes concitoyens ces bas et stupides réflexes d'ignardise et d'hystérie collective que l'on pardonne aux moutons de Panurge mais qui font vraiment pitié lorsqu'ils sont le fait de citoyens prétendument adultes. Et j'aurais également des remords d'avoir mené mon combat en dissimulant, ou en dénaturant, tout ce qui pouvait permettre aux éleveurs de se défendre. Et des remords aussi d'avoir mis dans le même sac toutes les formes d'élevage, toutes les hormones, toutes les techniques d'alimentation, bref, tous les veaux. Et des remords, enfin, d'avoir passé sous silence aussi bien les conclusions du corps médical que des spécialistes de la nutrition animale; comme, par exemple, celles du professeur Ferrando, directeur de l'école vétérinaire de Maisons-Alfort, rappelant qu'un kilo de viande de veau contient entre 100 et 200 nanogrammes d'hormones (1 nanogramme : 1 millionième de milligramme), qu'un kilo de beurre en contient 2 000 à 3 000 et qu'une seule minipilule contraceptive en recèle de 30 000 à 50 000!

Oui, elle serait amère ma victoire et elle m'inquiéterait même, car si, jadis, le général de Gaulle compara les Français à des veaux, on peut dire aujourd'hui qu'ils sont devenus des moutons. Et que plus on les informe mal, plus ils gobent ce qu'on leur dit.

Octobre 1980

MILLE PAR AN!

Avec la même insidieuse obstination qu'un ver de bois rongeant une poutre maîtresse et dévorant, bribe par bribe, les fibres de chêne, l'hémorragie d'hommes vide peu à peu ma région. Avec l'implacable régularité d'une vieille pendule aux engrenages bien rodés, l'exode rural poursuit chez nous – et sans doute presque partout en France – son lent travail de démolition.

Pour les trois départements du Limousin : la Haute-Vienne, la Creuse et la Corrèze, les chiffres communiqués par l'I.N.S.E.E., à la suite du dernier recensement, sont accablants. En dix ans à peine, 9 426 exploitations ont disparu. C'est-à-dire que, par an, ce sont 1 000 fermes qui ont cessé de vivre... Bien sûr, les adeptes d'une agriculture mieux structurée et plus compétitive profiteront de ces chiffres pour assurer qu'il vaut mieux une seule exploitation en bonne santé que trois moribondes. D'ailleurs, diront-ils, la surface cultivée reste stable, elle! C'est sans doute vrai, en théorie. Mais dans la pratique, d'autres chiffres de ce même recensement démentent cette optimiste démonstration. Pour s'en convaincre, il suffit de regarder la moyenne d'âge des agriculteurs restants et d'apprendre ainsi que près des deux tiers ont plus de cinquante ans... Il est permis de douter que ces hommes, encore fidèles au poste, représentent l'agriculture de demain!

Alors, que restera-t-il, bientôt, dans cette vieille terre limousine? Des friches, des landes, des taillis; en somme, une sorte de désert verdoyant dans lequel s'implanteront peut-être quelques Clubs Méditerranée en quête d'exotisme et d'oxygène! Vrai, il est urgent de freiner ce redoutable exode! Faute de quoi se réalisera, sous peu, cette prédiction d'un de nos ministres de l'Agriculture des années 60 : « Un jour viendra, assura-t-il, où il n'y aura plus d'agriculture au sud de la Loire... »

Autant dire que la France, qui est déjà bancale et vieille, sera alors définitivement cul-de-jatte. Quel terrible handicap pour aborder le XXIe siècle!...

Décembre 1980

HENRI IV L'AVAIT COMPRIS...

« *Ils n'avaient pas seulement senti que la France, avec son climat tempéré et varié, avec son sol apte à toute espèce de production, les seules denrées tropicales exceptées, pouvait et devait être le premier pays agricole de l'Europe; que là était son premier, son plus grand intérêt...* »

Tout à fait d'actualité, cette citation! Et pourtant, cette phrase, ô combien vraie! n'émane pas d'un agriculteur excédé de se voir sous-estimé. Elle est de Henri Martin, historien de son état. Elle fut écrite en 1840 et faisait allusion aux idées que Henri IV et Sully se faisaient de l'agriculture française! Voilà donc quelques siècles que la France entière est censée savoir que son agriculture lui est indispensable, qu'il importe donc de ne pas la mépriser, mais encore – et surtout – de la rendre de plus en plus forte. Bref, de la conforter dans sa vocation de terre nourricière. J'ai écrit nourricière, ce qui n'est pas automatiquement synonyme de vache à lait... Or, cette nuance de taille ne semble pas être perçue par tout le monde, loin de là! En effet, et de plus en plus, sous le fallacieux prétexte de préserver l'incertaine unité d'une Europe chancelante, il est de bon ton de pénaliser l'agriculture française. A preuve (et entre autres) la crise du mouton qui sanctionne tous les éleveurs ovins de France, pour le plus grand bonheur des Britanniques. A preuve encore, cette récente surtaxation sur les alcools, le cognac et l'armagnac, qui doivent être mis sur le même pied que le whisky (et ça, c'est plus qu'une injustice, c'est une grave faute de goût!). A preuve, enfin, et nous le verrons, hélas! dès la prochaine campagne, les primeurs de Grèce qui risquent d'inonder et de casser nos propres productions.

Est-ce vraiment avec toutes ces complaisances et ces démissions – et la place me manque pour les citer toutes! – que l'on s'imposera aux yeux du monde comme une nation sur laquelle on peut compter pour nourrir l'humanité?

Février 1981

A UN VACANCIER ANONYME

Sans doute vais-je passer pour un rabat-joie si quelque citadin désœuvré pose les yeux sur ce billet, le lit en diagonale et croit déceler un brin d'amertume dans mes propos. Que cet heureux vacancier se rassure, je ne jalouse pas ses congés et ne lui fais aucun grief de profiter au maximum de vacances qu'il a bien méritées. Mieux : ce n'est même pas lui personnellement qui motive ces réflexions; c'est simplement l'ambiance générale qui, tous les ans à la même date, s'installe dans le pays. Une ambiance très curieuse pour tous ceux qui n'ont pas la possibilité de prendre le moindre congé et, pour qui, surtout, ces mois de juillet et d'août regorgent de travail urgent. Je ne sais alors si tous ceux-là ressentent comme moi – et encore plus fortement que dans le courant de l'année – le gigantesque décalage qui existe entre les ruraux et leurs frères des cités. Ces derniers ne pensent qu'aux vacances, les préparent, les attendent, bref, donnent l'impression que plus rien ne compte, hormis ces quelques semaines de congés. Parallèlement, il est superflu de rappeler à quoi pensent et ce que font les ruraux...

Alors, s'il vous plaît, vous qui partez ou êtes déjà en vacances, sachez que, contrairement à ce que vous avez l'air de croire, la France entière n'est pas en vacances! Personne ne vous les reproche, ces semaines de farniente, mais soyez sympa, quoi, essayez de comprendre!

Par exemple, ne beuglez pas comme une génisse au sevrage si une moissonneuse-batteuse ou une remorque de foin crée un petit bouchon sur la nationale de votre évasion! Soyez gentil aussi, lorsque vous vous arrêtez pour « cassez la croûte » au bord d'un pré, de ne pas expédier vos papiers gras et vos bouteilles vides dans le raygrass! Et puis, s'il vous arrive de faire un brin de causette à un agriculteur, évitez de lui dire : « Oh! vous n'avez pas besoin de partir, vous êtes toujours en vacances, vous! »

C'est tout ce que je vous demande, c'est peu; mais, sachez-le, il ne dépend que de vous pour que, même pour nous, juillet et août prennent un petit air de fête.

Juillet 1981

RIEN DE NOUVEAU SOUS LE SOLEIL

Quoi que certains veuillent en dire, il n'y a pour les agriculteurs rien de nouveau sous le soleil, ou l'orage... Comme tous les ans, depuis des décades, sitôt l'été revenu, ont refleuri sur nos routes les barrages que les producteurs excédés furent contraints de dresser pour attirer l'attention sur eux. Et, comme tous les ans, des fruits et des légumes furent répandus sur les chaussées ou dans les décharges publiques. Comme d'habitude encore, le conflit entre viticulteurs français et fabricants de « vin » italiens se révéla toujours aussi brûlant et donna lieu aux mêmes scènes. Comme d'habitude enfin, et selon une très vieille habitude, le ministre de l'Agriculture annonça le déblocage de crédits et jura qu'on allait voir ce qu'on allait voir! Bref, en cet été 1981, en matière de politique agricole, à l'immobilisme et à l'incompétence dans la continuité ont succédé l'incompétence et l'immobilisme dans le changement...

Il y a pourtant, dans l'attribution de la manne gouvernementale, une petite nouveauté qui doit faire dresser l'oreille. Désormais, les fonds ne seront distribués qu'à ceux qui en ont vraiment besoin. C'est, en soi, une mesure qui part d'un bon sentiment et que l'on applaudirait même si on se laissait aller à oublier que la politique, quelle qu'elle soit, n'a que faire de bons sentiments.

Alors? Alors au risque de passer pour cynique, qu'on me permette de voir d'un œil critique la façon de distribuer les enveloppes après sérieuses enquêtes et étude de chaque cas, donc de chaque ferme. En effet, une fois établie la carte d'identité de chaque exploitation, qui empêchera nos technocrates – et ils sont toujours légion – de décréter péremptoirement : « Ces agriculteurs vivront; quant aux autres, qu'ils disparaissent! » ? De toute façon, pour les condamnés, ça ne changera rien. Hier, ils mouraient dans l'indifférence générale, demain ils mourront après un vote du Parlement, mais toujours dans l'indifférence générale... Vraiment, pour eux, il n'y a rien de nouveau sous le soleil.

Août 1981

LE BATEAU FANTÔME

A la grande époque de la marine à voile, il arrivait à quelque navire de ligne de croiser parfois un trois-mâts ou une goélette dont seuls les albatros et les mouettes composaient l'équipage. Et si, d'aventure, le courageux capitaine abordait le bâtiment errant, ses hommes et lui découvraient, horrifiés, un de ces sinistres bateaux fantômes dont parlent toutes les vieilles histoires de la marine; un de ces bateaux maudits sur lequel s'était soudainement abattue une mortelle épidémie qui, en peu de temps, avait décimé tout l'équipage. Livré à lui-même, mais toujours solide, le navire dérivait au gré des vents, des courants et des tempêtes jusqu'au jour où quelques récifs avaient raison de lui.

Lorsque j'ai entendu, voici peu, au cours du débat sur le budget de l'Agriculture, un de nos députés déclarer ingénument : « L'agriculture va bien, ce sont les agriculteurs qui sont malades! », j'ai aussitôt pensé au bateau fantôme dont on pouvait également dire : il est en très bon état, il tient bien la mer, dommage que la peste ou le choléra ait décimé tous ses matelots!

J'ai également pensé qu'il n'était vraiment pas besoin d'avoir changé de gouvernement et de majorité si, comme par le passé, c'était pour entendre proférer les mêmes âneries. Car si nos parlementaires n'ont pas compris que l'agriculture ne peut se bien porter que dans la mesure où nous-mêmes sommes en bonne santé, c'est vraiment l'annonce de tristes lendemains. S'ils n'ont pas non plus compris que l'agriculture et nous formons un seul et unique corps et que l'une ne peut pas vivre sans les autres, alors, c'est à désespérer! Car c'est avec de tels raisonnements à courte vue, de telles méconnaissances de ce qui est le fondement même de l'agriculture – les hommes qui l'animent, donc nous – que, sous peu, naviguera de par le monde une agriculture fantôme. Ce sera le nouveau paquebot *FRANCE*...

Novembre 1981

LES INDIENS DE FRANCE...

Cette fois les vacances sont bien finies. Depuis quelques semaines, les derniers estivants ont bouclé leurs valises, entassé quelques cageots de fruits et légumes et quelques pots de confiture dans le coffre des voitures et repris le chemin des villes et du travail.

Chez nous, les villages qui, de plus en plus, ne retrouvent un peu de monde qu'en période estivale ont repris leur visage d'hiver et sont retombés dans le silence, la torpeur même. Et sur les portes de quelques granges ou étables abandonnées se déchirent, au gré du vent, les affiches invitant les touristes aux fêtes des moissons ou des battages. Et ces affiches, pourtant lacérées, nous interpellent encore. Oui, elles nous obligent à nous demander s'il est vraiment impossible d'animer les villages, d'attirer les vacanciers et de présenter l'agriculture, sans tomber dans ces spectacles rétro et passéistes qui ont pour premier but de faire découvrir aux gogos les « joies » de l'agriculture de jadis.

Franchement, est-il indispensable de remettre en marche ces vieilles, bringuebalantes et poussiéreuses batteuses Merlin auxquelles on fait avaler, sans rire, de la paille déjà battue par la moissonneuse-batteuse de l'entrepreneur! Et puisque les « acteurs » sont généralement de vrais agriculteurs, comment ne réalisent-ils pas qu'on leur fait souvent jouer de pitoyables rôles? N'ont-ils donc jamais entendu parler de ces représentations d'Indiens d'Amérique, dans lesquelles, pour la plus grande joie des touristes, quelques faux guerriers emplumés miment la danse du scalp autour d'un totem en plastique? Mais, au fait, leur a-t-on dit qu'il existe aussi en Amérique des réserves d'Indiens?

Allons, encore un petit effort, exhumons les araires et les herses en bois, les faucilles et autres fléaux. Et bientôt, nous pourrons nous flatter d'avoir, en plein centre de la France, des réserves de paysans! Et je suis sûr qu'il se trouvera quelques visiteurs sympathiques pour nous lancer des cacahouètes...

Octobre 1982

SURPRENANTE NATURE...

Pour souffler, on peut dire que ça a soufflé! Et nul parmi ceux qui ont subi les deux jours d'ouragan qu'une partie de la France a connus ne me démentira. Dans ma région du Limousin – comme partout où se déchaîna la tempête –, ce ne sont qu'arbres arrachés, hangars et séchoirs à tabac écroulés, toitures envolées, lignes électriques et téléphoniques coupées pour plusieurs semaines, bref, un paysage qui reflète bien la catastrophe naturelle dont nous sommes les victimes. Et ce qui me frappe toujours, devant ce genre de phénomène naturel – et j'insiste volontairement sur ce mot – c'est notre impuissance, notre complète incapacité à changer quoi que ce soit à ces énormes colères des éléments qui, inéluctablement et périodiquement, semblent vouloir nous remettre à notre place et nous rappeler également – et quoi qu'en pensent les disciples de Jean-Jacques Rousseau – que la nature n'est pas aussi aimable, belle et gentille qu'on voudrait nous le faire croire! En fait, tous les agriculteurs savent bien que la nature n'est pas aimable, tant s'en faut! Elle est sévère, parfois même barbare, et elle adore, de surcroît, nous donner des leçons!

Oui, au-delà du profond découragement et de la tristesse qui frappent certaines victimes de la tempête (que reste-t-il à un producteur de noix, lorsque sa noyeraie est détruite?), quelle leçon d'humilité pour nous tous! Quel coup sur les doigts, quel avertissement aussi, et enfin quelle ironie!

En effet, à quelques jours de cette facétie météorologique – et comme pour nous prouver qu'il ne faut jamais baisser les bras –, ce nouveau lancement de la navette spatiale, cette fantastique démonstration que l'homme peut réaliser des prouesses de technique!

Une navette spatiale qui fonctionne à la perfection, une bourrasque qui arrache tout; c'est Jean qui pleure et Jean qui rit! Ou alors, tout simplement peut-être, notre condition humaine.

Novembre 1982

UN MOT MALHEUREUX

Bon, d'accord, tout a sans doute été dit sur le dernier rafistolage ministériel et il serait donc vain d'en parler encore; d'ailleurs, c'est déjà presque de l'histoire ancienne. Et pourtant... Pourtant un détail m'a vraiment trop chiffonné pour que je puisse le passer sous silence. Rassurez-vous, point n'est dans mon intention de donner mon avis sur la permutation des ministres, le portefeuille qu'ils se sont vu attribuer et le plan-matraque qui a suivi. De même ne m'étendrai-je pas sur le fait que, selon toute vraisemblance, nombre d'agriculteurs ont vu, sans déplaisir, notre ancien ministre appelé à d'autres tâches. Et cependant, c'est bien son remplacement qui motive ce billet, ou, plus exactement, la façon dont certains journalistes ont annoncé cet événement...

Oui, comme on dit parfois, je garde un chien de ma chienne à ce bavard de notre antenne nationale qui proclama sans frémir que notre nouveau ministre venait de subir un DÉCLASSEMENT! Fichtre! Voilà un monsieur qui ne manque pas d'air! Ainsi donc le fait d'avoir à s'occuper des agriculteurs, de leurs problèmes, de leur place dans le monde et de leur avenir serait comparable à un quelconque blâme, voire à une punition! Non mais, sans blague, on rêve ou quoi et, franchement, est-il plus dégradant de prendre en charge la destinée des agriculteurs (donc, par extension, le ravitaillement et la vie de tout un pays) que de s'occuper par exemple, par le biais d'un super-ministère des Finances, de gruger légalement les contribuables ou, par celui d'un secrétariat porte-parole du gouvernement, d'intoxiquer le maximum d'électeurs?

J'ignore si notre nouveau ministre s'est posé la question, mais tout ce que je souhaite c'est qu'il ait, lui aussi, entendu qu'il subissait un déclassement et qu'il va avoir à cœur de nous prouver le contraire. Tout le monde y gagnera.

Avril 1983

MOROSITÉ...

Pas gai du tout ce printemps 1983! C'est vrai, il semble que tout s'en mêle pour assombrir notre humeur. Prenez par exemple les manifestations que le monde agricole s'est vu, se voit et se verra encore sans doute contraint d'organiser, qui osera dire qu'elles prêtent à sourire et que toutes ces destructions de denrées sont drôles; et même ces poules et ces porcelets expédiés dans les jardins ou les bureaux des préfectures n'égaient pas l'atmosphère car tous ces actes prouvent que ceux qui les commettent sont acculés à la faillite. Et le fait que nombre de nos politiciens se révèlent inaptes à comprendre cette évidence n'arrange rien à rien. Comme n'arrangent rien l'augmentation des cotisations sociales agricoles ou celles, tout aussi évidentes et douloureuses, des coûts de production qu'est très loin de combler notre prétendue augmentation de revenus... Bref, je vous fais même grâce du dollar qui grimpe et nous annonce la quatrième dévaluation, mais si vous souriez encore, c'est que vous avez un sacré moral!

Ah! J'oubliais! Pour finir, et comme pour nous donner le coup final, ce fichu ciel qui, loin de nous réchauffer l'âme et le corps, nous déverse à pleins seaux cette pluie glaciale et journalière qui gonfle les rivières, inonde les champs, interdit tout travail et noie les rares emblavures de printemps...

Oui, si on s'écoutait, on finirait tous par sombrer dans le plus noir pessimisme! Aussi, parce que je m'en voudrais de participer à cette sorte de démoralisation, qu'on me permette d'espérer que ce sale temps, qui va engendrer une production agricole catastrophique à tous points de vue et pour l'ensemble de la nation, fasse enfin comprendre à tous ceux qui se refusent encore à l'admettre (et ils sont nombreux, les bougres!) que les agriculteurs et l'agriculture sont vitaux pour le pays. Et si ce temps infect sert au moins à cela, nous n'aurons quand même pas tout perdu.

Juin 1983

SANS COMMENTAIRE...

Il n'en pouvait vraiment plus, mon vieux et fidèle râteau faneur de la vieille époque. C'était un de ceux que l'on baptisait « soleil »; un solide engin, simple et pratique. Mais plus de vingt ans de fanage et d'andainage ont fini par avoir raison de toutes ses dents; bref, bringuebalant de toutes parts il a définitivement terminé sa carrière. Et la faucheuse portée, acquise à la même époque, c'est-à-dire au printemps 1961, a, elle aussi, donné trop de signes avant-coureurs d'agonie et d'irréparable usure pour que je prenne le risque d'attaquer une nouvelle fenaison avec elle. Alors, il a bien fallu qu'à mon tour je cède à la mode du matériel moderne ; à savoir le râteau qui ronfle comme une toupie et la faucheuse rotative.

Mon propos n'est pas de vouloir comparer les différents modèles et de lever une quelconque discussion sur les métiers comparés de l'ancien et du nouveau matériel. En fait, je préfère tout simplement vous livrer ces quelques chiffres issus de mes livres de comptabilité ; ils sont d'une redoutable et sinistre éloquence.

En 1961, la faucheuse me coûta 2 800 F, celle de 1983 me revient à 18 000 F, soit presque sept fois plus qu'il y a vingt-deux ans. Coût du râteau en 1961 : 1 100 F, facture 1983 : 11 500 F, soit dix fois la mise de jadis...

Bien qu'il soit le signe manifeste d'une érosion monétaire et d'une lamentable dépréciation du franc, il serait à la rigueur possible d'accepter ce phénomène s'il était identique pour tout, c'est-à-dire si les recettes suivaient elles aussi cette démesure. Las, poussé par la curiosité j'ai aussi consulté mes prix de vente de l'époque. Le litre de lait, livré, valait 0,45 F, un veau de trois semaines, 350 F, un veau de lait de trois mois entre 900 et 1 000 F... Qui osera dire que tout cela vaut aujourd'hui entre sept et dix fois plus? J'en resterai là, les chiffres parlent d'eux-mêmes et se passent de tout autre commentaire... Bon foin et bonne moisson à vous tous, quand même!

Juillet 1983

ILS CRACHENT DANS LA SOUPE

Récemment, j'ai vu à la télévision une émission consacrée à deux agriculteurs. L'un était céréalier, l'autre producteur de lait. Eh bien, tout à fait franchement et malgré les manifestations des éleveurs de porcs, on doit reconnaître que les agriculteurs ont sacrément bon caractère. En effet, comme l'aurait dit Jacques Prévert, toute cette émission « *était cousue d'un fil blanc pas très propre* »! En fait, il s'agissait surtout de bien faire comprendre aux téléspectateurs que nos deux agriculteurs n'avaient pas à se plaindre puisque le premier était payé à des tarifs très supérieurs aux cours mondiaux et que le second, malgré les flots d'excédents, trouvait preneur pour toute sa production... En sous-entendu, et avec un gros clin d'œil, cela tendait à démontrer aux contribuables que c'étaient eux les dindons de la farce.

Je crois qu'il est vain de vouloir tenter d'expliquer à certains ce que, manifestement, ils sont incapables de comprendre; à savoir que l'indépendance alimentaire, dont bénéficie la France grâce aux agriculteurs, n'a pas de prix! Ils ne veulent pas l'admettre, soit parce que ça les dépasse, soit parce qu'ils voudraient que nous perdions, aussi, cette indépendance.

Alors, à ces mêmes censeurs et puisqu'ils aiment jouer les vertueux économistes, demandons d'annoncer, avec la même constance, ce que nous coûtent à tous les astronomiques déficits des entreprises nationalisées; et aussi qui paiera pour que soient construits, trois fois plus cher mais en France, quelques navires...

Mais je doute que ces prêcheurs se lancent dans cette voie, elle est chasse gardée, ce n'est pas comme l'agriculture sur qui tout le monde peut baver.

Février 1984

DES VACHES A TROIS TRAYONS...

Quoi qu'ils disent, expliquent, fassent ou proclament pour se justifier, les ministres européens de l'Agriculture ont pris une décision indéfendable. Pis ils ont fait la preuve de leur totale et sans doute définitive incapacité à remplir efficacement, et surtout intelligemment, les tâches qui leur incombent. Entre toutes les solutions qu'ils avaient à trouver pour régler les problèmes levés par les excédents de lait, ils ont, comme un seul homme, choisi la plus sotte et la plus scandaleuse.

Eh oui ! Trop de lait, ont-ils constaté, donc on limite la production ! Et à l'instant même où ces messieurs repus – voire menacés par le cholestérol et l'hypertension – décidaient, entre deux copieux repas, de prendre cette mesure, à une heure d'avion de là, des enfants sous-alimentés mouraient (et d'autres meurent toujours) faute d'un bol de lait...

Qu'importe ! Il y a trop de lait ! ont décidé nos ministres qui, s'ils le pouvaient, interdiraient aux vaches d'Europe d'avoir plus de trois trayons ! Mon Dieu, quelle accumulation d'incompétences et surtout quel manque d'imagination ! Trop de lait ? Pas de débouchés dans le tiers monde ? Sans blague ! Est-ce qu'on s'est seulement donné la peine d'essayer vraiment d'en faire profiter tous ceux qui en manquent ? Et surtout, est-ce qu'on a mis autant d'ardeur pour trouver des clients qu'on en met pour vendre des armes ?

On a tout tenté, rétorquent en chœur nos « spécialistes ». C'est sans doute vrai, hélas ! Comme d'habitude, ils ont essayé tout ce qui leur est passé par la tête, c'est-à-dire rien.

Avril 1984

AU QUART DE TOUR...

Ce qui est sympathique, avec les lecteurs d'*Agrisept*, c'est qu'ils démarrent au quart de tour. Avec eux, pas besoin de chauffer longtemps le moteur, non, vingt-cinq petites lignes suffisent amplement pour les faire exploser. C'est très bien et ça prouve au moins qu'ils épluchent leur journal et qu'ils ne se contentent pas d'y lire les aventures de Tintin!

Cela dit, sans vouloir développer mon papier sur les excédents laitiers, je veux retranscrire ici mon étonnement à la lecture des réactions qu'il a suscitées. Étonnement, oui, car je dois dire que me stupéfiera toujours cette espèce de prurit qui touche certains dès l'instant où l'on évoque le mot aide (je ne l'ai pas employé dans mon article, mais suggéré, ça a suffi!). Eh quoi! C'est si condamnable que ça d'aider un voisin qui est en train de rendre l'âme?

Autre étonnement, il paraît qu'il ne faut pas nourrir les gens qui meurent de faim, mais leur apprendre à se nourrir eux-mêmes; d'accord, mais en attendant qu'ils aient appris, on les laisse crever en leur faisant un cours d'agronomie?

Allons, j'en ai assez dit pour recevoir une nouvelle volée de bois vert de la part de quelques lecteurs! Mais qu'importe, cela ne m'empêchera pas, incurable comme je suis, de tendre une perche à quelqu'un que je verrai en train de se noyer. Quitte à passer pour un... âne, je le sortirai d'abord de l'eau; après, je lui apprendrai à nager. Et tant pis si je fais figure d'affreux paternaliste-réactionnaire-colonialiste, ça me gênera beaucoup moins que de l'encourager à se sortir seul de l'eau, tout en le regardant se débattre, puis couler à pic, au nom de je ne sais quelle pernicieuse et perverse pédagogie.

Juin 1984

UNE LÂCHETÉ

De toutes les bassesses qui jalonnent les discours que nous infligent les responsables politiques, celle qui consiste à dresser les catégories sociales les unes contre les autres semble désormais faire partie de la panoplie du parfait petit politicien.

Et pourtant, si elle ne confinait au ridicule et surtout si son principe même n'exhalait une puante odeur proche de la délation, l'argument invoqué par certains pour « excuser » le mauvais indice des prix de juillet serait, pour nous éleveurs, une bonne affaire. En effet, il faut remonter loin dans le temps pour qu'un membre du gouvernement daigne reconnaître que les prix de vente à la production ont baissé dans de telles proportions qu'il est impossible de n'en point parler.

Malheureusement, dans le cas qui nous concerne, ce n'est pas du tout pour le déplorer et tenter d'y porter remède que certains en sont venus à invoquer cet état de fait. Non, c'est tout simplement pour dénoncer les bouchers qui n'ont pas tenu compte de cette baisse, et ne l'ont donc pas appliquée à leurs prix de vente!

Je ne cherche pas ici à défendre leur corporation, ce serait malvenu de ma part et en écrivant cela, je sais que tous les éleveurs me croiront. Ce n'est donc pas le besoin de prendre leur défense qui me dicte ces lignes, mais l'inquiétude que m'inspire ce système de gouvernement qui consiste à faire porter à certains citoyens (hier les médecins, aujourd'hui les bouchers, demain qui?) la responsabilité de sa totale incapacité à maîtriser la crise. En bon français, cela s'appelle une lâcheté.

Août 1984

COMME UN NUAGE DE LAIT...

Ah, ces politiciens, quels acteurs de talent! A croire qu'en plus de la quasi-obligation qui leur est faite de sortir de l'E.N.A., il leur est indispensable, pour faire une carrière « honnête », de suivre aussitôt des cours d'art dramatique. Oui, franchement, c'est l'impression que m'a donnée l'autre soir notre ministre de l'Agriculture pendant une brève apparition à la télévision.

En effet, voilà un homme qui, systématiquement, s'emploie à démolir notre agriculture et qui, malgré cela, non seulement ose s'étonner qu'on ne l'approuve pas, mais voudrait, en plus, qu'on l'applaudisse! Car, c'était bien l'impression qu'il donnait au cours de cette interview, avec ses pauvres yeux de chien battu et sa mine pathétique d'une victime d'erreur judiciaire au temps de la guillotine! Ah! oui, quel acteur!

Ou alors, c'est beaucoup plus sérieux. C'est peut-être que, pour la première fois de sa vie politique, cet homme s'est enfin aperçu qu'il y a un monde entre la parole et l'action. La parole, ou plutôt le discours politique (donc le vide) qu'il tient depuis plus d'un quart de siècle, lui a permis de caracoler allégrement à la tête des sondages d'opinion; et c'est une position très confortable.

Mais l'action, celle, entre autres, qui le désigne maintenant comme un des responsables du lamentable état dans lequel sombre l'agriculture, ça c'est autre chose. Ce n'est plus du cinéma, ni de la parlote, ni de la promesse électorale. C'est du concret, du solide et, surtout, ça reste et ça se voit; exactement comme un nuage de lait dans une tasse de café...

Novembre 1984

LES BLASÉS

Ce qui est redoutable, avec la télévision, c'est qu'elle nous habitue à tout et qu'elle fait de nous, sans que nous nous en rendions compte, des individus que plus grand-chose n'émeut. Et pourtant, il est des journaux télévisés qui mériteraient de passer à la postérité, ou du moins d'être cités en exemple, tant ils sont l'exact reflet de l'état de notre civilisation.

C'est ce qui m'est venu à l'esprit, l'autre soir, quand, en moins de trente minutes, les reportages nous ont fait passer de l'an 2000 au Moyen Age. Nous avons d'abord eu droit à cet événement tout à fait fantastique et, pourquoi ne pas le dire, tout à l'honneur de l'intelligence dont l'homme peut être capable. Oui, il y avait vraiment de quoi s'extasier en voyant avec quelle aisance, précision et sûreté ce cosmonaute évoluait dans l'espace et récupérait un satellite en perdition ; c'était vraiment du grand art, le fin du fin de la technologie, bref, du très beau travail.

Et puis, sans transition, l'image a sauté et nous a plongés d'un coup dans l'horreur absolue, dans l'abomination. Et de triomphants que nous pouvions nous sentir, nous sommes devenus des accusés. Et même, pour peu que l'on s'attarde sur le regard de ces enfants d'Éthiopie en train de mourir de faim – et sans doute étaient-ils morts entre le tournage du reportage et sa diffusion –, des coupables.

Coupables d'être à la fois capables de vaincre l'espace et de le domestiquer et, dans le même temps, d'être incapables de nourrir ceux qui ont faim. Coupables aussi, sans doute, de nous être habitués à tout et d'être ce soir-là restés tranquillement assis dans nos fauteuils, sans applaudir et, ce qui est plus grave encore, sans pleurer, comme des hommes blasés.

Novembre 1984

AU REVOIR, L'AMI...

Nous étions très nombreux ce matin à faire un dernier brin de conduite à ce voisin qui nous a quittés et qui, déjà, nous manque. Il était de ces hommes qui commencèrent à gagner leur vie dès l'âge de douze ans et qui passèrent leur existence à travailler. Il travailla sans cesse, mais sans jamais se plaindre parce que, peut-être, nul ne lui avait jamais appris qu'il n'est pas du tout immoral ni anormal de prendre parfois quelques jours de vacances, et aussi, sans doute, parce qu'il se serait ennuyé à ne rien faire.

Et maintenant, il se repose, mais son absence se fait déjà sentir. Et si j'éprouve le besoin de lui dédier ces quelques simples lignes, c'est parce que je lui dois beaucoup, parce que, à sa façon, il m'a beaucoup appris chaque fois qu'il est venu m'aider à venir à bout de quelques gros travaux sur la ferme ou dans la maison.

Outre ses occupations d'agriculteur et d'éleveur (il n'avait pas son pareil pour estimer une bête à une livre près), il avait, au cours de son existence, pratiqué, comme il disait, « trente-six métiers et trente-six misères ». Tour à tour cheminot, garçon boucher, maçon, couvreur, menuisier, charpentier, il savait tout faire, le faisait bien et avec beaucoup de goût et prenait un réel plaisir à transmettre son savoir, ses tours de main, ses secrets même. Il avait la fierté du travail bien fait.

Il est parti et nous étions tous un peu dépaysés ce matin en l'accompagnant pour son ultime voyage ; dépaysés car, déjà, le village, son village, sans lui, n'est plus et ne sera plus jamais le même...

Mars 1985

QUELQUES IMPRESSIONS...

Les voyages, dit-on, forment la jeunesse. Mais il n'est pas interdit aux plus âgés d'en retirer, aussi, quelques leçons. Revenant d'un bref séjour au Pérou, force m'est d'avouer que la rapide visite de ce pays m'a sinon appris, du moins rappelé que nous, Européens, vivons dans l'opulence, le luxe, et même, oui, l'oisiveté. En effet, la première chose qui frappe, qui choque même, en arrivant à Lima – et, à plus forte raison, en traversant les *pueblos* des Andes ou de l'Altiplano –, c'est l'atroce misère dans laquelle subsiste une foule immense d'hommes et de femmes, et surtout d'enfants. Une misère d'autant plus angoissante qu'on ne voit pas quels plans, quelles orientations politiques, quelles révolutions, ou même quels miracles seront capables de la réduire un jour; une misère qui semble définitive, car admise, organisée, et surtout subie avec une fataliste passivité.

Enfin, la deuxième évidence qui saute aux yeux, surtout pour un terrien, c'est le fantastique courage qu'il faut aux Indiens pour travailler à la main, dans des pentes vertigineuses et à près de 4 000 mètres d'altitude, des lopins grands comme des mouchoirs sur lesquels ils cultivent quelques pieds d'orge, de fèves ou de pommes de terre. Cela aussi, c'est une leçon pour nous tous qui avons pris l'habitude de n'envisager la culture qu'en fonction de la mécanisation!

Voici donc, à chaud, quelques impressions de voyage; je les livre simplement pour rappeler que nous sommes, en France, et quels que soient nos problèmes, tout en haut de l'échelle; il est urgent de savoir si nous devons rejoindre ceux qui stagnent en bas, ou, au contraire, les aider à se hisser jusqu'à nous. Tout l'avenir du monde dépend de ce choix.

Avril 1985

ADIEU, MA VIEILLE

Elle avait quarante ans. Ce n'est pas vieux quarante ans et, pour beaucoup, c'est même la force de l'âge ou le bel âge. Elle avait quarante ans et pourtant elle vient de mourir. Et nous tous qui l'avons connue – et nous sommes nombreux – ressentons aujourd'hui une certaine tristesse, un malaise. Car avec sa disparition, c'est une grande part de notre jeunesse qui s'efface...

Oh! Rassurez-vous, celle dont je parle aujourd'hui ne

reposera jamais dans aucun cimetière, car pour effective qu'elle soit, sa mort n'est pas physique; elle n'est que le résultat d'un acte administratif, d'une décision prise après un long combat, hélas perdu. Car ELLE, celle dont je vous parle, c'est ma vieille école d'agriculture, celle qui, voici plus de trente ans, m'accueillit en m'ouvrant tout grands ses champs, ses prairies et ses bois immenses, ses salles de classe et ses dortoirs, et ses vastes réfectoires ouverts sur la campagne berrichonne. Elle, dont tous les professeurs œuvrèrent pour inculquer aux gamins de quatorze ans que nous étions non seulement les bases de l'agriculture, mais aussi de la vie.

Et aujourd'hui, avec cette année scolaire qui s'achève, nous venons d'apprendre son décès. Déjà, elle n'est plus qu'un fantôme et, bientôt, entre ses murs et dans ses bois, ne résonneront plus les rires des élèves.

Oui, c'est vraiment sinistre une école qui meurt, et je suis sûr qu'aujourd'hui, sont tristes comme moi les deux générations d'agriculteurs qu'elle modela.

Elle avait pour nom Lancosme, c'était notre école et je me flatte d'avoir été formé par elle. Je m'en flatte et je l'en remercie. Adieu, ma vieille, tu es morte, mais ton esprit vit en nous, tes anciens.

Juin 1985

LE SUPERFLU ET LE VITAL

Elles étaient vraiment très significatives ces images que, par le jeu de la télévision, le hasard s'est plu à nous mettre sous les yeux cette semaine. D'abord, ce furent les photos, à peine soutenables, de cette famine qui sévit en Éthiopie. Photos d'autant plus épouvantables et accusatrices qu'elles entraient dans nos foyers juste à l'heure du repas, comme pour nous rappeler que nous étions là, repus, devant nos assiettes pleines, pendant que des gosses, là-bas, sombraient dans leur dernier coma. Oui, photos terribles de ces enfants exsangues, squelettiques et condamnés, de ces foules entières qui, par suite d'un désastreux caprice du ciel, mais aussi d'une invraisemblable et scandaleuse gabegie politique, sont en train de mourir de faim, sous nos yeux...

Et puis, ce sinistre reportage fini – et c'est là que le hasard s'en mêle – nous avons pu, sans transition (il suffisait de changer de chaîne), suivre dans leur petite enquête, facile, complaisante, racoleuse, tendancieuse et démagogique à souhait, ces procureurs de service qui, périodiquement, mettent leur point d'honneur à essayer de démontrer qu'en France et en Europe certains producteurs livrent des denrées plus que douteuses, car trop chargées d'hormones, de polyphosphates, d'eau, etc.

C'est peut-être vrai, mais Dieu, que ça tombait mal après ce voyage dans une Éthiopie agonisante! Mal? Ou peut-être très bien au contraire et juste à point pour nous accuser, une fois de plus et avec raison car c'est là un travers de nantis, de nous préoccuper avant tout du superflu et du luxe en oubliant ce qui, pour d'autres, est vital : la nourriture de base, celle qui, au-delà de son goût et de sa composition, peut sauver un enfant.

Juillet 1985

LES PETITS DÉTAILS

C'est souvent par des petits détails que l'on mesure l'état d'une société. En effet, loin des sondages où l'on fait dire n'importe quoi à n'importe qui sur les sujets les plus invraisemblables, reste le fait bien réel, celui que nul ne peut trafiquer à son avantage. Ainsi ai-je récemment pu mesurer, de la façon la plus concrète, à quel point notre civilisation était, dans certains domaines, en train de sombrer dans la pire sclérose qui soit, celle qui paralyse tout et rend suspects les malheureux qui ont encore l'audace de pratiquer une profession non régie par l'horaire officiel.

Mon histoire est simple. Ce soir-là, le temps s'annonçait superbe. Il était déjà presque dix-neuf heures, mais depuis qu'existe cette imbécillité qui a pour nom heure d'été, ça ne veut plus rien dire et nous savions pouvoir bénéficier de plusieurs heures de travail avant la nuit, donc presser les deux hectares de fourrage andainé. C'est alors que l'un des pneus de la presse éclata, il apparut qu'il était irréparable et qu'il fallait le changer.

Les concessionnaires et les marchands de pneus ne manquent pas en ville, oui, mais il était sept heures moins cinq... Le premier à qui je téléphonai m'assura qu'il fermait boutique à sept heures, inutile donc de compter sur lui! Le second fit la même réponse. Le troisième... Mais à quoi bon poursuivre! Par chance, j'ai eu l'idée d'appeler mon garagiste. Il était juste en train de tirer le rideau mais, parce qu'il a, LUI, le sens du service, il s'est débrouillé pour me dépanner. Et, ce soir-là, il n'arrêta pas son travail à l'heure.

Une simple question en conclusion : que se passera-t-il le jour où des gens comme lui auront disparu, étouffés par des irresponsables qui, les soirs d'été, vers sept heures, nous claqueront la porte au nez en disant : « *L'heure, c'est l'heure !* »

Août 1985

SIMPLES COMMENTAIRES

Il est des déclarations qui laissent sans voix. Elles sont tellement scandaleuses qu'on a toujours quelques scrupules à les relever, par crainte de leur donner de la publicité.

Et pourtant, qui n'a pas vu et entendu récemment l'ahurissante prestation d'un des nombreux « cerveaux » que la commission européenne collectionne n'a rien vu. De prime abord, à observer ce monsieur qui incarnait tout à fait la victoire de l'esprit et de l'intelligence sur la bêtise, on était prêt à l'applaudir. Mais ça n'a pas duré car il s'est mis à parler, à expliquer comment lui et ses petits camarades avaient longuement réfléchi pour trouver une solution aux excédents de lait. Alors soudain, malgré les justifications avancées (elles étaient odieuses), on a basculé dans la stupidité crasse, la monstruosité intellectuelle. Car oser dire, en 1985 et en n'ignorant rien de la situation mondiale, qu'on se prépare à payer des producteurs de lait pour qu'ils n'en produisent plus une goutte me semble être le summum de ce que peuvent inventer des intelligences complètement dévoyées. Je n'oblige personne à partager mon point de vue, mais si l'avenir de l'agriculture est entre les mains de ces « penseurs », eh bien, craignons le pire!

Autre petit commentaire, toujours inspiré par les informations télévisées, je cite de mémoire : « On apprend que le traitement des fonctionnaires a augmenté de 4,5 % depuis le début de l'année. » Et puis, sans transition : « Le revenu agricole sera cette année en diminution de 5 %. »

Ce soir-là, je me suis surpris à rire en songeant à ce qui se serait passé si, par un amusant lapsus, le journaliste avait inversé les intéressés! Parole, c'était la révolution dans l'heure suivante!

Novembre 1985

LES AUTRES RETOMBÉES

On peut dire qu'il en aura fait du bruit, ce nuage baladeur qui, depuis quelques semaines, musarde au-dessus de nos têtes au gré des vents! D'habitude, les nuages honnêtes font de l'ombre; celui qui nous intéresse a la particularité de faire des vagues! Trêve de plaisanterie, loin de moi l'idée de minimiser la catastrophe de Tchernobyl. Simplement, force est de reconnaître qu'elle a eu des retombées qui n'étaient pas seulement radioactives!

D'abord, elle nous a rappelé, et c'est positif, que l'énergie atomique n'avait pas que des avantages et qu'elle était dangereuse. Cela admis – et il serait prudent de ne jamais l'oublier –, elle nous a aussi révélé d'autres informations assez surprenantes.

Ainsi, par exemple, que les pays de l'Est nous expédient, à nous Français qui, paraît-il, croulons sous la surproduction, des dizaines de milliers de tonnes de viande! Formidable, non? Et puis, tant que nous en sommes à évoquer les effets secondaires du nuage, n'oublions pas non plus cette redoutable et toujours dangereuse vague de fond de sottise et de stupidité qui accompagne immanquablement les phénomènes extraordinaires. Après les prétendus effets pervers de la comète de Halley, que nous promettaient quelques sinistres prophètes, nous fûmes encore gâtés! Seigneur! A en croire certains la plus modeste feuille de salade, la plus petite fraise ou la plus frêle asperge devenaient plus meurtrières qu'une bombe thermonucléaire!

Enfin, le temps aidant, tout finira par s'estomper. Sauf j'espère dans la mémoire de ceux qui, sait-on jamais, caressent peut-être l'idée de se servir un jour de l'arme atomique. Qu'ils n'oublient pas alors que les vents ont des caprices qui, en quelques instants, réexpédient le colis à l'envoyeur... C'est ce qu'on appelle la Justice immanente et c'est, somme toute, plutôt rassurant.

Juin 1986

A CAUSE D'UN REGARD

Ce soir, je n'ai pas envie de prendre la plume, tant me semblent dérisoires et vains les quelques mots que je vais m'efforcer d'écrire. Dérisoires et vains car, je le sais, ils ne changeront pas un iota de l'invraisemblable situation dans laquelle évolue notre monde, dit civilisé.

Et ce ne sont pas les récents et dramatiques attentats qui me poussent à ces quelques réflexions que d'aucuns jugeront sans doute désabusées; non, c'est simplement, et une fois de plus, deux brèves et consécutives séquences télévisées qui m'ont choqué. Oui, choqué et rendu furieux aussi.

La première nous parlait des quotas laitiers, des excédents de beurre et de lait, du coût des stockages, des manifestations d'éleveurs, bref de tous ces problèmes que notre Europe est incapable de résoudre.

La seconde était un reportage sur le Soudan et sur ces milliers de gosses qui y meurent de faim. A cause d'eux et de leurs regards et aussi à cause de notre phénoménale et scandaleuse incapacité à gérer nos richesses, ce soir, franchement, je n'ai pas envie d'en raconter plus. Mais ne dit-on pas que la honte rend muet?

Octobre 1986

AU COIN DU FEU

Combien de fois avons-nous entendu dire, depuis des années, qu'il n'y avait plus de saisons? D'aucuns assuraient même que nous étions entrés dans une nouvelle ère météo et qu'il fallait faire une croix sur nos beaux printemps de jadis! Et puis voilà que tout est rentré dans l'ordre, mais qu'il se trouve maintenant des gens pour s'en offusquer!

Mais laissons les impénitents grognons à leurs ronchonnements et profitons de cette épreuve hivernale pour mesurer la fragilité de notre civilisation. Demandons-nous, par exemple, comment nos grands-parents tenaient le coup pendant des hivers aussi longs et rigoureux que celui que nous subissons. Eh oui, à la veille du XXIe siècle, et malgré toutes nos connaissances, nous sommes paralysés par une chute de neige; la moindre coupure d'électricité devient un drame et une route glissante une catastrophe économique. Serions-nous donc moins dégourdis que nos ancêtres? Certainement pas, mais dangereusement esclaves de toutes nos technologies modernes, oui!

La preuve, nos grands-parents savaient se chauffer autour d'un bon feu. Il est vrai qu'ils n'avaient pas, eux, eu la stupidité de bâtir des maisons sans cheminée, comme le prônaient certains adeptes de techniques de pointe, qui ne juraient que par le tout électrique...

Février 1987

LA PAROLE ET L'ACTION

Elle est vraiment surprenante cette sœur Emmanuelle dont vous avez peut-être vu la récente prestation télévisée. Surprenante, car on a peine à croire – et peut-être même à comprendre – que cette vieille dame, au sourire et au regard si lumineusement jeunes, trouve sa force, sa foi, donc toute son énergie sur les champs d'épandage du Caire dont l'horreur dépasse toute imagination.

Mais elle est également dérangeante cette missionnaire au verbe dru lorsqu'elle nous reproche d'être d'abominables gaspilleurs qui, par des tours de passe-passe « *intellectualo-économiques* », trouvent moyen de justifier la destruction de nos stocks ou le gel de nos terres. Et pour en arriver là, on connaît la rengaine, elle est censée nous donner bonne conscience : « *Il ne faut pas habituer ces gens à être entretenus, c'est antipédagogique.* » Ou encore : « *De toute façon, ils sont physiologiquement incapables de se nourrir comme nous, leurs estomacs ne le supporteraient pas !* »

Tout n'est pas faux dans ces sortes de réflexions, mais,

ce qui rend les propos de sœur Emmanuelle si gênants, c'est que pendant que nous formulons ces hypocrites excuses, elle, sur son tas d'ordures, fouille et agit. Nous, pendant ce temps, entre deux bouchées, on cause...

Avril 1987

AU RETOUR D'UN VOYAGE

D'un bref séjour en Tunisie, je rapporte, entre autres, l'impression un peu poignante que me laissa un entretien avec des professeurs et des étudiants de l'Institut national agronomique de Tunis.

Impression poignante, car il est toujours gênant – surtout lorsqu'on ne peut rien changer au problème – d'apprendre à quel point notre agriculture française reste le modèle du genre. C'est à la fois émouvant et embarrassant car, franchement, je ne suis pas certain que notre agriculture soit un modèle exportable et économiquement valable pour ce pays... Mais que répondre à des gens qui vous font une telle confiance?

Autre instant de flottement, celui qui succéda à ma réponse lorsque, sur une question précise, je dis qu'il me semblait indispensable de choisir et d'aimer le métier d'agronome pour pouvoir le pratiquer au mieux. C'est un peu plus tard que j'ai appris que les étudiants de ce pays ne choisissent pas leur orientation et qu'ils sont dirigés au hasard des besoins et des décisions administratives vers des spécialisations pour lesquelles ils ne se sentent parfois aucune attirance...

J'ai alors compris pourquoi ils prenaient notre agriculture pour modèle et surtout pourquoi la Tunisie qui fut jadis le grenier à blé de Rome est aujourd'hui incapable de s'autonourrir...

Mai 1987

DU CONCRET S'IL VOUS PLAÎT

Allons, disons-le tout net, que cela plaise ou non, nous sommes déjà en campagne électorale. C'est-à-dire en cette trouble période au cours de laquelle on parle surtout de l'avenir, assez peu du présent et pas du tout du passé, sauf s'il s'agit de rappeler leurs bourdes aux adversaires ! Oui, les douze mois qui viennent ne vont pas manquer de discours de tous ordres. Et il en est un qui reviendra souvent, que tous les candidats auront à cœur de prononcer et qui tournera immanquablement sur l'Europe en 1992, cette Europe qui, théoriquement, n'aura plus de frontières.

Moi, je n'ai rien contre l'Europe, ni contre le Marché commun. Simplement, parce que je suis simple électeur, au lieu d'entendre palabrer sur des jours qu'on nous promet meilleurs, j'aimerais qu'on nous explique comment, et surtout quand, on va enfin régler les problèmes actuels qui touchent tous les producteurs. J'aimerais, par exemple, qu'on nous dise comment il va être possible de satisfaire à la fois les fraisiculteurs espagnols et ceux de la Dordogne ! Qu'on me dise aussi pendant encore combien d'années la France fera figure de quasi vaincue après chaque négociation de Bruxelles. Oui, j'aimerais qu'on nous parle concrètement de tout cela. Le tout est de savoir si le concret apporte des voix...

Juin 1987

CE BRAVE ONCLE SAM

On peut dire ce qu'on veut des Américains, et même les critiquer, il est un reproche qu'on ne peut leur faire, celui de manquer de suite dans les idées ! Ah ! les bougres ! Ils emploient de tels arguments pour saper l'agriculture européenne qu'on est presque contraint d'admirer une aussi phénoménale mauvaise foi, elle est tellement flagrante qu'elle en devient presque honnête!

Oui, ils sont honnêtes et logiques avec eux-mêmes, nos amis d'outre-Atlantique; ce qu'ils veulent, c'est détenir la complète maîtrise de la production agricole mondiale. Pour atteindre leur but, tous les moyens leur sont bons, y compris les plus pervers. Et on doit dire que leur dernière proposition était un modèle du genre : supprimer d'ici à dix ans toutes les aides à l'agriculture. Par chance, pour une fois, nos représentants n'ont pas gobé l'hameçon, il est vrai qu'il était très gros. Mais soyons sûrs que d'autres offensives sont prévues...

En fait, le seul moyen de décourager les prétentions de ce brave oncle Sam serait de lui opposer une Europe soudée, unie, un bloc. Une Europe capable de se diriger autrement qu'à tâtons et au coup par coup. Sur ce point, l'exemple que nous venons de donner avec nos atermoiements, nos tergiversations et nos querelles bruxelloises ne peut qu'inciter nos voisins d'Amérique à multiplier les croche-pieds, en toute amitié, naturellement.

Août 1987

SUR LA TÊTE, VOUS DIS-JE!

Ce billet n'apprendra rien aux lecteurs du *Nouvel Agriculteur*. Ce serait en effet leur faire insulte que de croire qu'ils en savent moins que moi sur les sujets qui les concernent. Aussi est-ce aux témoins qu'ils sont que je m'adresse. Pas même pour quêter leur approbation, simplement pour me faire plaisir et dire : « *Nous sommes tombés sur la tête!* » Libre à eux de partager mon point de vue.

La première nouvelle qui m'a donné envie de marcher au plafond fut l'évolution des stocks agricoles de la Communauté européenne. La place me manque pour citer tous les chiffres. Rappelons simplement que le coût de ces « *surplus* » s'élevait, l'an passé, à 75 milliards de francs! Belle réussite, non? Et ce n'est, paraît-il, qu'un modeste début!

Le deuxième choc me fut procuré en lisant dans un journal sérieux (qui n'était pas daté du 1er avril) que des chercheurs américains avaient découvert la molécule miracle qui permet d'augmenter de 10 à 25 % la production laitière et voulaient la commercialiser! Allons bon! Moi qui croyais qu'on ne savait que faire des stocks de beurre et de lait en poudre, ce qui avait permis à quelques godichons, incapables de résoudre le problème, d'instaurer les quotas laitiers!

A ce niveau d'incohérence, ce n'est même plus le serpent qui se mord la queue, c'est vraiment nous qui sommes tombés sur la tête. (Ne le répétez pas, mais il paraît que pour cela aussi ce n'est qu'un début!)

Février 1988

AUTRES TEMPS...

Lorsque Virgile, dans les années 40 avant Jésus-Christ, prônait les bienfaits de la jachère, il agissait sagement car ce principe avait alors pour but de reposer les terres. Virgile avait du bon sens.

Quand Olivier de Serres fit appliquer, à l'aube du XVIIe siècle, le système de l'assolement, il agissait avec discernement. Et s'il présentait une sorte de jachère améliorée, c'était pour donner un temps de repos aux terres. Olivier de Serres aussi avait du bon sens.

Les temps ont bien changé. On ne vante plus la jachère pour reposer les terres mais pour cacher une pesante incapacité à résoudre certains problèmes. A la compétence et au bon sens a fait place, bien souvent, un total manque d'imagination, masqué par une prétention sans bornes. Car, franchement, il faut être animé d'une belle outrecuidance pour présenter, comme le font certains, le gel de terres comme une mesure intelligente et de bon sens ! Avec les quotas laitiers cette décision figurera parmi les plus stupides et les plus scandaleuses jamais prises par les responsables européens du dossier agricole ! Et il est à craindre, hélas, qu'ils n'en restent pas là !

Sauf si, par chance, on réussissait à les mettre eux-mêmes en jachère. Je viens de lire dans un vieux traité d'agronomie du XIXe siècle que c'était excellent pour se débarrasser des plantes parasites.

Mars 1988

DEMAIN, LE SILENCE...

N'en déplaise aux amateurs des fables de La Fontaine, toutes ne sont ni aussi édifiantes et vraies que nos maîtres d'école l'affirmaient. Il en est surtout une que je vous déconseille de déclamer devant un public d'agriculteurs ! Souvenez-vous : « Travaillez, prenez de la peine : c'est le fonds qui manque le moins », nous assure le fabuliste. Lequel, après nous avoir exhortés à relever nos manches, à : « creuser, fouiller, bêcher... », finit par conclure que le travail est un trésor. Quelle blague !

Le triste à dire est que ce n'est pas par excès d'ironie que je tiens de tels propos. Si je l'ose, c'est parce que l'actuelle situation du monde rural me pousse à reprendre mon stylo. On ne se refait pas et je ne veux pas que quiconque, parmi mes voisins et amis, et parmi tous les agriculteurs de France, connus ou inconnus, vienne un jour m'accuser de non-assistance à personne en danger.

Alors disons-le, c'est effectivement pour les remercier d'avoir trop bien travaillé et de s'être classés, en quelques décennies, parmi les meilleurs agriculteurs du monde, que l'on étrangle aujourd'hui, sciemment, et je dirais presque scientifiquement, les derniers agriculteurs qui nous restent.

Il est vrai que, depuis quelque trente ans, cette pratique est devenue naturelle en France; le forfait qui consiste à tuer la profession ne date pas d'aujourd'hui!

Mais sans doute est-il nécessaire de s'interroger sur les mobiles qui poussèrent un jour nos dirigeants à « casser » du paysan. C'est simple, je le répète, les agriculteurs ont trop bien travaillé, trop produit; ils sont devenus trop compétitifs, trop professionnellement bons. Mais, ce faisant, ils se sont contentés d'écouter et de croire ce qu'on leur serinait, à temps et à contretemps. Et il fut même une époque, pas si lointaine, où on les suppliait d'accroître leurs productions, toutes leurs productions, fussent-elles de choux-raves ou de topinambours! Les plus de cinquante ans, qui n'oublient pas le pain de maïs et les rutabagas, savent de quel temps je parle.

Sollicités de toutes parts, encouragés, puis très vite aidés par la formidable évolution des techniques – agronomiques et culturales –, les agriculteurs travaillèrent d'arrache-pied. Et, déjà, dans les années 50, se profila pour certaines cultures le spectre de la surproduction et de la destruction des excédents...

Dans le même temps, parce qu'il était manifeste que tous les agriculteurs ne pourraient rester en piste (ils étaient réellement trop nombreux), on présenta l'exode rural comme la panacée. Partant du principe que, moins on est de monde, plus les parts du gâteau à partager sont grosses, on poussa vers la porte les retardataires, les petits, les trop vieux, les boiteux. Mais, déjà, au lieu de surveiller de très près ce qui, intelligemment conduit, eût pu être très bénéfique, on laissa faire. Et ce furent des régions entières qui devinrent exsangues, qui entrèrent en agonie.

Sur ces entrefaites, parce qu'il importait d'insérer notre agriculture dans un cadre moderne et européen, vinrent les lois d'orientation des années 60. Combattues par beaucoup – y compris par le plus important des syndicats agricoles, les chambres d'agriculture et les partis de gauche –, elles ne pouvaient, à elles seules, résoudre une situation déjà compromise; mais elles avaient au moins le mérite d'exister et de proposer ce qu'on peut appeler une politique agricole. C'était il y a trente ans et ce fut la dernière politique agricole à peu près cohérente que nous eûmes. Car déjà, çà et là, des économistes proclamaient que, tout ça, c'était de la bouillie pour les chats : que la France avait son avenir agricole derrière elle; que toutes ces histoires de soutien des marchés, de subventions, d'aides diverses étaient ruineuses pour les contribuables et qu'il était, chiffres en main, beaucoup plus rentable d'acheter toute notre alimentation aux Américains.

Le drame est que ces élucubrations trouvèrent des échos très complaisants. A tel point que ceux qui, en France, assuraient que l'indépendance alimentaire n'a pas de prix passèrent pour de pitoyables rêveurs, des cocardiers, des Déroulède du bœuf mironton et de la tête de veau!

Pour aggraver l'affaire, on plaça le devenir de l'agriculture française sur le plan européen; c'est-à-dire qu'au bon sens et au pragmatisme qui auraient voulu que l'on réglât d'abord nos propres problèmes avant de les mélanger avec ceux des voisins, on préféra la technocratie et la myopie (et j'ai honte de proférer un tel pléonasme!). Cela déboucha, entre autres sottises, sur le principe effarant qu'il fallait aligner tout le monde sous la même toise. C'est-à-dire le petit agriculteur du fond de la Calabre et ses dix chèvres, ou le modeste paysan du Limousin, ses dix-huit hectares et ses dix vaches, avec les céréaliers de la Beauce ou les betteraviers du Nord et de l'Est et leurs trois cents ou quatre cents hectares de surface agricole utile, sinon plus!

Cela étant, on continuait à affirmer que, moins on serait nombreux, plus les problèmes seraient rapidement et heureusement résolus. Mais, fait pour le moins étrange, ceux-là même qui claironnaient cet adage faisaient campagne pour que s'agrandisse encore l'Europe verte et n'eurent de cesse de l'ouvrir au plus grand nombre.

Et pourtant, les agriculteurs crurent aux lendemains qui chantent, œuvrèrent plus que jamais et s'endettèrent en proportion. Bien obligés, puisque les prix de vente ne cessaient de baisser au fur et à mesure de l'augmentation des productions. Oui, elles augmentaient et, déjà d'autres graves penseurs préconisaient l'abattage de quelques centaines de milliers de vaches laitières, le gel des terres, la pénalisation de tous ceux qui produisaient trop! Et il est bien vrai que les stocks devenaient démentiels, qu'on était submergé par des montagnes de beurre ou de lait en poudre. Mais à qui fera-t-on croire que l'on se donna – et que l'on se donne toujours – vraiment la peine de chercher des clients? Je dis bien des clients, c'est-à-dire des gens qui sont censés payer ce qu'ils achètent. Parce que, bon sang! nous ne sommes quand même pas mauvais pour trouver acquéreurs de nos usines atomiques, de nos fusées à têtes chercheuses, ou autres sinistres babioles...

De toute façon, je dis tout net qu'il sera toujours scandaleux de parler de surproduction tant qu'un seul gosse au monde mourra de faim. Et tout aussi scandaleux et lamentable de payer des agriculteurs pour les inciter à ne pas travailler leurs terres, ou de leur imposer des amendes s'ils produisent trop de lait! Et pitoyable, voire criminel, d'être en train de faire de la France une terre en friche! Il ne faudra pas alors s'étonner si des régions entières se couvrent de ronces et de broussailles, si des milliers de bourgs et de villages disparaissent. Il ne faudra pas s'étonner si, bientôt, nous perdons la dernière indépendance qui nous reste, l'indépendance alimentaire; non seulement elle nous permet de bien nous nourrir, mais vient, de surcroît, en aide à une balance commerciale pour le moins déséquilibrée.

Oui, un jour, bientôt je le crains, lassés d'avoir écouté de La Fontaine – et autres incitateurs au travail – les agriculteurs français baisseront les bras. Alors les responsables de ce désastre pourront sabler le champagne, ils auront enfin réglé le problème agricole, comme d'autres, jadis, réglèrent le problème indien, pour ne citer que celui-là.

Planera alors un grand silence sur la campagne française..

Le Figaro, *31 juillet 1991*

« *AGRICULTEURS, VOUS AVEZ RAISON* »

Que vous soyez quatre-ving mille, ou plus, que vous veniez du Gers, du Pas-de-Calais, du Morbihan ou de la Corrèze, que vous soyez éleveurs, céréaliers, producteurs de légumes ou viticulteurs, s'il vous plaît les amis, lors de votre marche parisienne (le 29 septembre prochain), soyez très prudents, et calmes. Surtout calmes.

Je sais, vous avez toutes les bonnes raisons du monde pour vous déchaîner et extérioriser cette énorme colère qui vous assombrit depuis tant d'années. Vous avez toutes les raisons mais, s'il vous plaît, soyez calmes; l'image que vous donnez au pays et l'idée qu'il a de vous dépendent de votre attitude.

Rassurez-vous, personne ne vous demande d'oublier à quel point on s'est moqué de vous. Je le sais bien qu'on vous a raconté des histoires depuis dix ans, depuis vingt ans! J'y ai cru, moi aussi, elles étaient tellement belles et encourageantes.

On vous a tellement menti, et si souvent! On vous a tellement poussés au travail, à la spécialisation, aux rendements, au suréquipement, à l'endettement! On vous a tellement dit : « Ça ira mieux l'année prochaine! » On vous a tellement ressassé que l'Europe agricole serait votre planche de salut et que plus vous seriez compétitifs, modernes et productifs, meilleur serait votre sort! C'était une blague, bien entendu!

La preuve, vous figurez parmi les meilleurs agriculteurs du monde, vous devriez être heureux, fiers, confiants dans l'avenir, sûrs de vous! Et pourtant vous manifestez, et votre démarche ressemble plus à un sursaut dû à l'instinct de conservation qu'à un défilé de victoire!

Vous manifestez pour essayer de faire comprendre au pays que votre disparition précédera de peu son agonie. Car c'est bien de votre disparition qu'il est question. Elle est programmée, voulue, attendue. Et il serait trop facile de dire qu'elle est le fait des incompétences et des incohérences de quelques incurables eurocrates, ce serait trop simple, même si ces parasites ont leur part de responsabilité. En fait, c'est beaucoup plus grave et dangereux, votre condamnation ne relève ni du hasard ni d'une accumulation de bourdes dont Bruxelles a le secret, elle procède d'un plan sciemment établi que concoctent, depuis longtemps, ceux qui, théoriquement, devraient vous défendre et qui, en fait, vous bradent! Ils vous sacrifient au nom d'une certaine idée de l'Europe dans laquelle les deux tiers d'entre vous sont superflus, voire gênants. Une Europe pourtant de plus en plus bousculée, dépassée, chahutée, boursouflée, une sorte de cour des miracles matinée d'auberge espagnole!

Alors vous avez raison de protester, vous les éleveurs qui, cette année encore, allez perdre plus de 12 % sur la vente de vos animaux! Mais il est vrai que nos frigos sont sursaturés d'une viande très médiocre venue tout droit de l'ex-RDA, de Pologne et de Hongrie. Au nom de l'Europe, il faut bien faire plaisir à tout le monde, n'est-ce pas; et comme chacun sait que les habitants de ces pays croulent sous la surproduction...

Mais est-ce que les consommateurs français savent que le prix de vente du bœuf est passée de 24,50 F en juillet 1989 à 21,60 F en juillet dernier? S'en sont-ils aperçus chez leurs bouchers? Et savent-ils aussi que l'aide promise pour atténuer un peu – à peine – les pertes dues à la sécheresse de 1990 n'est toujours pas versée à l'heure où j'écris, c'est-à-dire à la mi-septembre 1991! Et ont-ils bien compris aussi que, de nos jours, en France, on pénalise lourdement ceux qui ont l'outrecuidance de produire trop de lait?

Et vous avez raison de vous faire entendre, vous aussi les céréaliers. Vous, votre cas est grave, que dis-je, critique! Ça vous apprendra à être trop compétents et trop productifs et à battre, cette année, des records. Mais, je vous le demande, est-ce bien raisonnable? Eh oui, en ces temps où presque trois cents millions de voisins récemment libérés du communisme s'enfoncent dans une poignante disette – le mot est faible! –, vous vous offrez le luxe d'embarrasser le marché avec 32,61 millions de tonnes de blé, un record absolu! Mais que fait la police? Je vous le dis tout net, on va vous mettre au pas, et vite fait! Je veux dire en jachère, ça vous apprendra à désobéir à ces messieurs et dames de Bruxelles!

Alors vous avez raison d'être tous excédés, découragés. Il est urgent que les citoyens de ce pays – je ne parle pas des politiciens, à l'impossible nul n'est tenu – prennent conscience de cette exécution capitale qui touche la campagne et qui, tôt ou tard, les touchera eux aussi, et plus vite qu'ils ne le pensent!

Mais que sera une France sans paysans si ce n'est une gigantesque et impénétrable friche cernant des « mégalopoles » de plus en plus monstrueuses, des chancres surpeuplés, ingérables, des provinces entières désertées, des milliers de villages morts et, à terme, et ça ne déplairait pas à certains fossoyeurs, l'obligation d'acheter notre blé aux voisins, pourquoi pas aux Ukrainiens?

Vous avez raison de vouloir avertir le pays du mauvais coup qui le menace, raison aussi de vouloir exprimer toute votre inquiétude, votre désespoir même. Mais, s'il vous plaît les amis, n'oubliez pas qu'on vous regarde, on vous jauge, on vous attend.

Vos détracteurs sont là, à l'affût, prêts à saisir au vol toutes les occasions qui permettent de présenter une manifestation ferme et grave en une méchante foire d'empoigne dans laquelle, très vite, le terme casseur rime avec agriculteur; ne tombez pas dans ce piège.

Car ne vous faites pas d'illusions, ceux qui font tout pour vous avoir à l'usure et qui sont les responsables directs de vos coups de colère, n'hésitent jamais à récupérer, à leur avantage, tout ce qui peut paraître comme un débordement, un manque de sang-froid, voire une provocation de votre part; ces gens-là ne veulent surtout pas que l'opinion publique penche en votre faveur, ne leur donnez pas d'armes! Alors, s'il vous plaît, les amis, soyez très prudents, et calmes!

Surtout calmes. Vous n'en serez que mieux compris, mieux respectés, mieux écoutés par tous les citadins qui, dans le fond et quoi qu'on leur serine, savent qu'ils ont besoin de vous et sont prêts à vous soutenir.

Le Figaro, *27 septembre 1991*

LETTRE OUVERTE AUX FOSSOYEURS DE L'AGRICULTURE FRANÇAISE

Et voilà, puisque l'agriculture française vient de sombrer dans la phase du coma dépassé et puisque de deuxième puissance productrice au monde on la range benoîtement dans le placard européen aux accessoires, il importe de remercier les artisans d'une telle déchéance.

Alors merci à vous – presque à vous tous – messieurs les députés français. A cause de vous, de vos petites et stériles querelles d'hémicycle, de vos bouderies partisanes, de vos « maastricheries », de vos calculs électoraux et autres courses aux sondages, bref, de vos incapacités, l'agriculture française se meurt sous vos yeux. Vous y aviez pourtant encore quelques électeurs ; certes, ils vous savaient plus prompts à l'autoamnistie qu'à l'autocritique, mais quand même ! Ils attendaient de vous un peu plus d'énergie, de combativité, d'initiative. C'était trop vous demander. Alors merci pour cette bataille de France que vous n'avez pas menée ; il est vrai que vos prédécesseurs déjà, à quelques exceptions près, dans les années 40...

Merci à vous aussi, messieurs les parlementaires européens. On vous devinait peu courageux, frileux et très complexés à l'abri de vos douze petites étoiles, devant la myriade d'astres que brandit le voisin d'outre-Atlantique, mais quand même ! Quels aveux d'incompétence, de faiblesse, de lâcheté vous venez de proférer ! Vous aussi vous fûtes élus soi-disant pour défendre – au milieu des loups – une agriculture que le monde entier nous envie ; surtout le monde affamé d'ailleurs, et il est majoritaire. Vous étiez là pour essayer de gérer, avec brio et intelligence, cette formidable richesse que vous offre chaque année l'agriculture française. Las, pétrifiés par la peur que vous inspire l'idée que l'on pût vous accuser d'être anti-européens si vous défendiez nos agriculteurs, vous avez choisi la pire solution, la plus lâche ; celle qui consiste à détruire et non à bâtir, à arracher et non à planter. Merci à vous tous au nom de ce désert français que vous venez d'institutionnaliser. Merci surtout, à vous tous, au nom des millions d'affamés du monde entier à qui vous préférez vendre des cartouches plutôt que des protéines ; un jour, ils s'en souviendront...

Merci aussi à vous, monsieur le ministre de l'Agriculture française. A cause de vous aussi, la friche couvrira bientôt les trois quarts de la France. Et vous n'y serez pas pour rien, même si, d'ici là, vous avez changé de maroquin. Dieu sait pourtant si l'on vous a entendu proclamer, urbi et orbi, que jamais vous ne céderiez aux exigences américaines ! Que vous vouliez une agriculture française solide et forte, capable d'affronter le XXIe siècle la tête haute et que la nation entière, pour vivre mieux, avait besoin de ses agriculteurs, de tous ses agriculteurs, ne serait-ce que pour entretenir le paysage ! On vous savait historien de formation, on ne vous connaissait pas ce penchant pour la poésie de Malherbe. Comme vous la mettez bien en pratique ! Car, disons-le, vos propos, vos discours, vos promesses ont vécu « *ce que vivent les roses l'espace d'un matin...* » Merci à vous, monsieur le ministre, au nom des centaines de milliers de chômeurs que va donner au pays une agriculture assassinée ; comme chacun sait, nous manquons de chômeurs...

Et enfin, merci à vous, monsieur le président de la Commission de la Communauté européenne. A cause de vous (surtout de vous d'ailleurs, il faut assumer une présidence !). La France va sombrer dans un flot de broussailles et de ronces. D'intensifs vous voulez que nos derniers agriculteurs deviennent extensifs. Par leur travail, leurs investissements et leurs compétences ils étaient devenus céréaliers, betteraviers, éleveurs, arboriculteurs. Vous les voulez désormais cow-boys, glaneurs, cueilleurs, voire clochards ! D'une terre de France entretenue comme un jardin et capable de nourrir une foultitude d'hommes, vous voulez faire une jungle improductive. Merci à vous, monsieur le président.

Il est vrai que vous n'avez jamais caché votre jeu et que l'agriculture française vous était un boulet dans cette Europe – province américaine – que vous voulez nous imposer. Avec votre auréole de parfait honnête homme en bandoulière, votre main gauche sur le cœur et la droite dans la cuvette de Ponce Pilate, on se doutait bien que vous préfériez, et de beaucoup, les citoyens européens aux agriculteurs français. Mais de là à les assassiner! Enfin, merci à vous, monsieur le président.

Et à vous tous, pour conclure, messieurs les parlementaires, ministre, président, pour vous aider à bien dormir le soir venu, relisez et méditez ce que Bernanos écrivait, en son temps, à une classe déjà déliquescente et pleutre qui : « ... *au premier signe d'un maître étranger, se couchera sur le dos, écartera les jambes : Prenez-moi, rendez-moi heureuse!* »

Tous les enfants du monde qui meurent de faim à cause de vos incompétences et de vos capitulations vous souhaitent de beaux rêves, messieurs les eurocrates.

Le Figaro, *31 mai 1992*

BIBLIOGRAPHIE

Les paysans dans la société française, M. Faure, Éd. Armand-Colin.
Une France sans paysans, M. Gervais, S. Servolin, J. Weil, Éd. du Seuil.
La chasse au paysan, Madeleine Lefrançois, Éd. Stock.
L'avenir de l'agriculture française, P. Le Roy, Presses Universitaires de France.
La structure économique de la France, P. Maillet, Presses Universitaires de France.
La population française au XXe siècle, A. Armengaud, Presses Universitaires de France.
Citadins et ruraux, J.B. Charrier, Presses Universitaires de France.
Géographie agricole de la France, J. Klatzmann, Presses Universitaires de France.
L'espace rural, H. de Farcy, Presses Universitaires de France.
L'aménagement de l'espace rural, J. Jung, Éd. Calmann-Lévy.
Socialisation de la nature, Ph. Saint-Marc, Éd. Stock.
L'économie agricole, H. de Farcy, Éd. Sirey.
Histoire de la France rurale, S. Duby, A. Wallon, Éd. du Seuil.
La fin d'une agriculture, F.H. de Virieu, Éd. Calmann-Lévy.
La révolte paysanne, J. Meynaud, Éd. Payot.
Les paysans parlent, J. Robinet, Éd. Flammarion.
Images économiques du monde, J. Beaulieu-Garnier, A. Gamblin, A. Delobez, Éd. Sedes.
L'économie française, M. Baleste, Éd. Masson et Cie.

REVUES, JOURNAUX, PUBLICATIONS

Annuaire de statistique agricole
Le Nouvel Observateur, faits et chiffres 1976
La Presse économique
Compte général du ministère de la Justice.
Promovère, revue trimestrielle internationale de socio-criminologie clinique.
Paysans
Agrisept
La France agricole
Économie et finances agricoles
Le Monde, dossiers et documents
Bulletin d'information du ministère de l'Agriculture
L'opinion agricole.
Chiffres clés de l'économie laitière

Cet ouvrage a été réalisé par

FIRMIN DIDOT
GROUPE CPI

Mesnil-sur-l'Estrée

pour le compte des Éditions Laffont
en mars 2001

Imprimé en France
Dépôt légal : décembre 1993
N° d'édition : 41807 – N° d'impression : 55050